El poder de los sueños

Roberto Meléndez

ISBN-13: 978-1-63065-137-4

PUKIYARI EDITORES
www.pukiyari.com

Epígrafe

Yo tengo la sospecha de que me encontraré con otra forma de vida después de la muerte. Prefiero suponer que la expiración del cuerpo físico no es el fin de la conciencia y que la esencia del ser humano puede continuar más allá del primer camino andado por senderos terrenales. Tal vez no en este mundo con su tiempo y lógica, sino en otro universo, infinito, donde la oscuridad simbolice la paz y donde el amor reine muy por encima del mal.

Roberto Meléndez

Agradecimiento

Quiero dar las gracias a Angelina Contreras, por su apreciable confesión y sincera aportación a esta historia.

Índice

Introducción

Estimado lector:

La historia que leerá a continuación evoca un universo de experiencias. Es una relación cronológica de acontecimientos que se matizan entre la ficción y la realidad. El escenario geográfico es la vieja y romántica perla tapatía. Guadalajara, Jalisco. Los años en que discurre la narración son los originales y los personajes están disfrazados bajo otros nombres y apelativos.

La novela se desarrolla, en una buena parte, dentro del enorme territorio de la imaginación. Su lectura invita al viaje lejano de las posibilidades transhumanas, a conocer el más allá de los límites ordinarios de la mundanidad. En cualquier lectura la conciencia se solidariza, formando imágenes, dibujando rostros, trazando ideas y figuras que conmueven la sensibilidad del lector, trátese de ficción, o realidad de los hechos, o incluso de los sueños.

Esta historia surca intermitentemente entre una realidad difícil de sufrir y una imaginación espinosa de abordar. Las descripciones son verosímiles, admisibles. La crónica de los hechos es enteramente real, experimentados en carne propia por parte de los personajes. Es una historia recogida de un pasado reciente en que los protagonistas transponen el mundo de los vivos, y, al mismo tiempo, circundan y se elevan a un espacio donde la edad y la discrepancia no son elementos seculares.

En el ámbito de la cotidianidad, el ser humano tiene un severo encuentro con su subconsciente. Los individuos toman decisiones, acciones y pensamientos que tienen un filtro inescapable llamado conciencia, que es la capacidad de reconocer la diferencia entre el bien y el mal en la conducta humana.

Y precisamente a ella recurrimos para sopesar o valorar el grado de aceptación o negación de nuestros juicios o sentencias.

Es en este espacio en donde la novela quiebra la cordura del lector al percatarse de los poderes de la concentración mental, de la experiencia extracorporal, y, a su vez, de la proyección de la conciencia, permitiendo el desdoblamiento astral de los protagonistas y creando un escenario de guerra.

Esta es, por tanto, una historia tejida para el lector que no tiene límites en su imaginación.

Roberto Meléndez

Primera parte

Aquilatando el tiempo

Ella fumaba paciente, tranquila, aspirando el humo del cigarro, con esa calma que guardan las mujeres en el momento en que las inundan los recuerdos. Levantaba la mirada más allá de su estatura rasgando la techumbre baja del departamento, oscilando su cabeza, pensando en sus cosas, en ese ayer increpado por la deuda impagable de decenas de preguntas del ahora. Son así cuando invocan al pasado. Se sumen en los recuerdos y buscan en la selva de su memoria aquello que parece olvidado. Saben que existe un cercano parecido entre la memoria y el olvido; analogía consustancial. Parecen entidades remotas, pero subsisten una con la otra. Como la playa y la ola, siempre juntas, no se les puede mirar separadas; como la luz y la sombra, es una con la otra. Entidades como éstas conllevan a pensar que nada en la vida se encuentra sin un verdadero propósito. Como ahora, el cigarro encendido y aprisionado entre los dedos blancos de la dama, da como resultado el humo en la intemperie.

Angelina fumaba arrojando el humo boca arriba y se volteaba para esquivar su regreso, jugando con su espacio. Exhalaba hacia la bóveda de sus reminiscencias, viajando en el tiempo. Le encantaba fumar a solas, un regocijo contraindicado, un placer de autodestrucción bronquial. Estando en su casa, quién podría reprocharle lo que hiciera. Ella hacía en su territorio lo que le viniera en gana, para eso era la jefa de esa vivienda. Era temida por su temperamento. No tenía pelos en la lengua y a cualquiera le hubiera dicho: "Si no te gusta, la puerta está muy ancha".

A la señora Angelina se le mentaba como doña Kily. ¡La doña! La familia, sus amistades y conocidos la identificaban como tal. Dicho seudónimo la bosquejó para siempre con ese diminutivo de Kily. Significativo piropo, propio de una ama de casa bien querida, aún y con ese genio que, enojada, era comparable a un huracán.

El apodo Kily nació un día que su padre, a escondidas de su esposa, se escapó con su güerita en los brazos y tomó rumbo hacia las oficinas del Registro Civil. Como el juez de paz y el sublevado padre se llevaban de maravillas, éste registró a su hija, sin la anuencia de su cónyuge, con el nombre de Angelina, igual al nombre de su fallecida madre. Patronímico que a la progenitora le irritaba mucho. Cuando una de las tías de la recién registrada se enteró del desacato paternal, de puro coraje, pero con mucho cariño, la rebautizó como Kily, para personalizarla dentro del ámbito familiar. Lo hizo porque le sonó cariñoso, infantil y bonito. Esa fue la ilustre causa por la que el resto de su vida llevó a cuestas ese mote mimoso, gracias a la ocurrencia de la hermana de su papá.

Angelina, o Kily, se levantó de su lugar y fue hasta la cocina en donde se hizo de un cenicero que le urgía colocar en la mesa, antes de que la colilla de cigarro cayera al piso bien lustrado. La verdad es que la distancia entre la cocina y el comedor era exigua, breve, casi inmediata. El esfuerzo por llegar de un lado a otro se reducía a cuatro pasos. Era una casa extraordinariamente pequeña. La doña vivía en un apartamento minúsculo dentro del área de un condominio que se erguía irrespetuoso en la periferia de Guadalajara. Era un sitio que bien parecía que las autoridades habrían construido a fuerza. Obligados por las crecientes demandas de expansión poblacional. De esas casitas en condominio, abigarradas, que se niegan a ser llamadas pajareras, pero que la gente conoce como "jaulas". Muy estrechas, comprimidas, pero donde se viven ardientes pasiones humanas. ¡Ah! Pero eso sí, cómo le agarran cariño sus inquilinos, cuando son cárceles del amor familiar. Cuando entre sus cuartos se tejen crucigramas humanos y se cocinan los quehaceres del futuro.

Esta vivienda tenía un sello muy exclusivo. De completa armonía familiar. Limpiecita, ordenada con esmero, pulcra, inundada de cuadros en las paredes, con la disfrazada facha de ser un museo iconográfico de la ascendencia y la descendencia.

Retratos por doquier, figuras encuadradas en marcos de muchos estilos, tamaños y colores, hurtaban los espacios en la pared, chantajeando la mirada del que entraba, realizando una especie de secuestro al pensamiento, que no tenía escapatoria y esclavizaba su ojeada en todos los rincones de los muros donde las imágenes se exhibían sin recato. Sin embargo, justo a la mitad de la pequeña sala, se exponía un cuadro de buen tamaño, que sustraía el poder de la vista. Mostraba muy de cerca las hélices de un portentoso helicóptero con su difunto esposo. Entonces varonil, joven, erguido al lado de las aspas del fenomenal aparato. La atracción del cuadro era digna de hacerle torcer el cuello a quien se atreviera a verlo por primera vez. Lo maravilloso de esta nave era que se posaba sobre una gigantesca roca a la orilla de un despeñadero, mostrado entre los riscos de puntiagudas montañas. Justo eso era lo que hacía interesante a la fotografía, con la interrogante consabida. ¿Dónde fue tomada? ¡La escenografía parecía elevarse sobre un gran cañón! Al contemplar el cuadro, el que lo divisaba daba cuenta de unas rocas afiladas que circundaban al helicóptero. Sin duda, las de una inmensa cordillera.

Su esposo en esa fotografía lucía bastante vigoroso, desafiante, orgulloso y vivo frente al espectáculo natural de una vastedad aventuradamente espaciosa en las alturas. Un desafío entre una nave voladora hecha por el hombre y los picos montañosos de un paisaje prodigioso.

Retratos, cuadros, fotografías, pinturas y otras imágenes atraían por fuerza el examen visual de quien penetraba al pequeño departamento, que más bien simulaba apreciativamente un nido de tórtolas, porque allí vivían dos generaciones. Madre e hija. Invierno y primavera, captadas en todas las direcciones de la vivienda.

Angelina era una mujer en busca de los sesenta años que todavía gobernaba su casa y a su hija, Zujey. Bueno, eso decía ella, porque gobernar a un retoño cuya edad ronda pasando los treinta, es mucho alardear. Digamos que sostenía una fuerza implacable de energía maternal sobre la figura casera que llegaba a casa a diario, después de trabajar. La agraciada heredera se dejaba conducir con docilidad para convivir afablemente con su madre. *"Sabía virtud de conocer el tiempo"*, Renato Leduc atinadamente observó en uno de sus poemas acerca de esta relación humana.

Inicialmente fueron cuatro de familia, pero el destino quiso, según las reflexiones tristísimas de la doña, que la vida se llevara a dos de sus seres más queridos por delante. *Cuando mi esposo y yo nos matrimoniamos*, cavilaba mientras caminaba de fondo a fondo entre esas macizas paredes, *lo hicimos con tanta ilusión, que nunca pensamos en lo que nos iba a ocurrir. Pero así es la vida. El futuro no es de nadie, ni siquiera el tiempo lo gobierna. El mañana es tan impredecible como la fecha del huracán en el próximo verano.*

Dolida por la opacidad de sus ayeres, sus introspecciones la sorprendían con el cigarro en la boca. Antes que a su esposo recordaba a su hijo Ricardo. No cumplía los veinticuatro años cuando el muchacho decidió morirse, y, bueno pues, no tenía nada que reprocharle. Él lo quiso así. Aun ahora volvía a licuar sus pensamientos. Con el poder de su mente lo revivía dibujándolo con su mirada. Le parecía increíble que su hijo hubiera sido capaz de poseer tan extraños poderes como para gobernar su propio destino, sin la aquiescencia de Cristo, su Señor. Un jovencito provisto de virtuosas facultades.

Infinidad de veces Kily se rebeló cuestionándose: ¿Qué poder tendría su hijo para decidir con arbitrariedad si se iba o se quedaba en este mundo? Pensaba que solo un enviado de Dios podría dignarse a exhibir la capacidad de poseer tamañas dotes. De veras le impactó el día en que se enteró de las propiedades psíquicas y astrales que su hijo Ricardo dominaba. Un verdadero fenómeno desprendiéndose de su propio yo. Ocurrió que su Ricky, como ella lo bautizó de cariño, comenzó a mostrar sus propiedades mentales en forma paulatina, a medida que la edad lo fue empantanando.

Todo este torrente de alusiones brotaba en la retentiva de la señora. Así como aparecían, también desaparecían. Un sinnúmero de imágenes en un movimiento constante de traslación. Un bodoque de datos, de fechas y mini relatos circulando incesantes en su cabeza. Una dolida historia que ella terapéuticamente platicaba para que cada vez le doliera menos su pasado. La ausencia de sus hombres en casa la tenía incompleta. A su hijo lo operaron cuatro veces. De la última ya no se levantó. O él ya no quiso hacerlo. Y a su esposo, siete años después, le sobrevino una crisis cerebral, de la cual tampoco se levantó. Lo más raro de todo esto es que padre e hijo al parecer padecieron del mismo mal apopléjico, muriendo en los pabellones del mismo Hospital Civil de Guadalajara.

¡Qué contrariedad!

Un hombre al que amó desde el primer instante en que el juez los declaró marido y mujer, a pesar de sus lamentables desconciertos al final de su vida. Vivió al lado de su compañero de apariencia inmune e indestructible. Con una excelente preparación académica, profesionista, según ella, el señor que todo lo sabía y al que alardeó en todas las reuniones. Treinta y seis años viviendo juntos, todo ese montón de tiempo representa la eternidad. Le encantaba verlo jugar al ajedrez, disfrutaba del sabio movimiento de las piezas. Ella pensó, cuando murió, que él mismo, en vida, hubiera pronunciado el contundente jaque mate.

Hundiéndose en el mar de sus proverbios maritales se zambullía entre la abundancia y la escasez. Buceaba en las entrañas oceánicas de su amargura y se clavaba en los gelatinosos intestinos de la tierra. Intimaba con la selva y el desierto salvaje. Y es que todo lo vivió con él. Un ser humano que le dio a lucir un segundo apellido. Sus dos hijos y una prolongada lección de vida, que, aunque no derrochadora, sí digna de compartirse. Lo amó desde el primer día en que vivieron juntos. Desde el eterno ayer. Incluso en el necio presente del calendario. Y lo seguiría amando si todavía respirara. Hoy, sin su media naranja, con las paredes atiborradas de recuerdos, se iba en aquella espiritual exploración de un tiempo perdido.

Al unirse en matrimonio, Kily siempre se supo de aquellas que cumplirían con el compromiso nupcial de estar con su pareja hasta la muerte. Con él y únicamente con él, desde el génesis hasta el apocalipsis. Perfecto o incapaz, talentoso o testarudo, pero era su hombre, al que le tenía ley. Incluso ya muerto seguía sus preceptos.

Reflexiva camina entre el estrecho pasillo de paredes amarillas atestadas de cuadros hasta llegar a su diminuta y perfumada recámara. Se recuesta frente al televisor. Con extrema parsimonia enciende otro cigarrillo, exhala el humo hacia el techo enano y se consuela mirando su minúsculo ámbito. Lo siente impregnado todavía de voces masculinas. En su reposado silencio oye, desde todos los rincones de su vivienda, la reconocida paz que le hace compañía. La melancolía en su aislamiento y la introspección que le provocan la ausencia de sus hombres queridos. La hacen fuerte para enfrentar la suerte que le espera a su hija Zujey a la que prepara y alecciona para vivir. Los inviernos con sus viejas prácticas de soledad ya le han adoctrinado a esperar. *¿Esperar a quién?*, se responde intacta. *A mi hija, solo vivo por ella y para ella, no la dejaré a mitad del camino.* Y cierra los ojos para sumirse lenta en lo que fue y ya no será, mientras que mira sonriente la nube de humo que se esparce sobre el blanco de su blusa.

Fuma incansablemente, llora, sonríe, evoca y sintoniza la radio gritona de Jalisco. Entona, nostálgica, la melodía que brota de su bocina vieja y deslucida, una famosa frase cantada por un cantautor mexicano: *"Yo soy quien soy, y no me parezco a naiden"*. Transpirando su personalidad esta dama cubre su historia que narra en su claustro. Una aristócrata que se estiró al lado del nopal, del maguey y de la tuna, en las campiñas semidesérticas que Juan Rulfo y José Clemente Orozco hicieron exorbitantes en los anales de la historia, dándole brillo al decorado tapatío.

Oxígeno para vivir

Doña Angelina recordó que una maestra de la escuela le dijo alguna vez, colocándose bastante cerca de ella para develar la información y frunciendo el ceño para darse más ínfulas de importante, que su Ricky no oía bien. Eso fue antes de que su hijo cumpliese los diez años, pero ella no le prestó mucha atención. Lo archivó como un comentario fugaz. Con infortunio, años después lo corroboró viéndolo de frente. Notó que su adorado retoño acusaba ciertas desavenencias con su oído izquierdo cuando apenas contaba los doce años.

Su chiquillo era un noble jovencito con alto grado de fidelidad, bastante aplicado en la escuela, comúnmente leal al empeño de sus clases, de buenas calificaciones. Se le hizo costumbre ver sus boletas siempre con notas sobresalientes, como para sentirse orgullosa de tener a un hijo hecho un genio. Kily lo presumía ante cualquier escenario. "Mi Ricky inteligente". "Mi Ricky cumplidor". "Mi Ricky atildado".

En el papel de mamá, Angelina se encargó de despertar constantemente una rivalidad amigable entre sus hijos. Así que, desde una edad temprana entre él y su hermana menor, Zujey, subsistió una especie de reto escolar para ver, no tan solo quién obtenía mejores calificaciones en las materias, sino también para demostrar cuál de los dos era más perseverante en la escuela. La mamá lo fomentó sabiamente. Fue una competencia sana si se aprecia desde ahí, aunque el chavalo era bastante adelantado y lúcido, un chico muy avispado, con promedio regular de un puntito debajo del diez. O sea, un discípulo de punta. Un talento bien plantado.

Cuando las cosas no iban del todo bien en la escuela, cuando sus calificaciones en la boleta no correspondían al esfuerzo económico de sus padres, el castigo que les imponía su señora madre era no asistir a clases. Kily les advertía sin pena ni gloria: "Si no obtienen buenos resultados en sus boletas no tiene caso que vayan a ocupar un pupitre en clase, mejor déjenle el lugar a quien sí quiera estar en la escuela aprendiendo". Su madre era muy rigurosa y estricta; y, cuando la transgresión lo requirió, en lugar de obligarles a ir a la escuela los castigó en casa realizando tareas domésticas como lavar trastes, limpiar ventanas, barrer la casa, limpiar paredes y todos aquellos quehaceres mundanos que ellos detestaban. Los jovencitos aprendieron rápido la lección. Solo dos veces fue necesario hacerlo, nunca más se repitió la mortificación.

Dicen que los años no pasan gratis, menos cuando penden de la cuerda floja. Angelina todavía conservaba en su mente al Ricky listo y ágil en su intelecto. Un chavo estupendo, sobrado, ordenado, disciplinado y esforzado. Empeñado por no ser un retoño dependiente de su madre. Lo caracterizaba una verdadera obstinación en querer hacer las cosas por sí mismo, sin ayuda de nadie. Muy capaz para la toma de decisiones, nada peculiar a su edad. Él tomaba sus determinaciones a paso veloz. Se volcaba sobre la solución de los resultados asumiéndolos de modo responsable. Mostraba empuje y coraje para realizar sus cosas. Su comportamiento desde que cursó su sexto de primaria le dio ese carisma que pronto proyectó su personalidad. Pasados los años, todos lo veían como un muchacho que imponía respeto. Inclusive a sus propios padres los asombraba con chispazos llenos de talento para responder sobre un tema en específico.

Dentro de las aulas de la escuela secundaria empezó a exhibir actitudes y posturas diferentes. Nada comunes entre los demás. Por ejemplo, en una ocasión, haciendo un ejercicio de parasicología que les ordenó ejecutar su profesor, auguró un accidente próximo a suceder a uno de sus compañeros llamado Erick. En clase, escuchado por todos, predijo lo que le acontecería en breve. Días más tarde, le sucedió efectivamente al compañerito lo que Ricky había presagiado. Lo atropellaron. Fue un hecho tan real y rotundo que lo marcó en su camino. Ante ese cosquilleo en puerta, pulió esa habilidad de manera consciente, escrupuloso en su potencialidad.

De repente se asomaron cosas medio raras cuando era chiquillo. Una de ellas era que al dormir prefería irse a la cama de su hermana, decía que tenía miedo de alguien que le hablaba al oído. Algún ser extraño le cuchicheaba en la oreja. Y encima de esa voz predominante, escuchaba, según él, voces misteriosas que parecían deformes y aberrantes.

Incluso antes del ejercicio en la escuela, Angelina sabía que su hijo Ricky poseía ciertos poderes. Uno de ellos era que tenía la facultad de adivinar y descifrar el futuro de las personas. Estrechando sus manos o viéndolos directo a los ojos. *Quizás fuese percepción extrasensorial*, se decía la madre. Pero luego cambiaba de idea, y se cuestionaba si más bien pudiese ser telequinesia. Después se preguntaba: *¿Cómo es que se le dice a tener el tino de vaticinar lo que acontecerá? A eso se le llama clarividencia*, se autoafirmaba. El caso era que su hijo tenía el dominio sobre su propia mente. Su madre nunca pudo confirmarlo más allá de su propia percepción. Tampoco sus compañeros y menos sus maestros. Eso sí, no dudaba un milímetro que su muchacho podía visualizar lo que pronto habría de ocurrir. Cacaraquearlo, imposible. Era como echar a la hoguera a su propio hijo en tiempos de la Inquisición. Ella bien sabía que para demostrar la existencia de fenómenos paranormales habría que hacerlo científicamente y no estaba en condiciones de justificarlo. Se conformaba con la purificada adoración que le profesaba a su vástago, resignándose a su manera de ser. Claro, su muchacho correspondía fiel y noble al amor extraordinario de su progenitora. Si su Richard tenía el privilegio de ver hacia adelante sin barreras del tiempo y le confesaba lo que vendría, ella simplemente le prestaba atención y lo guardaba como palabra santa de su hijo. En todo caso, la precognición estaba en la fuerza prodigiosa de un jovenzuelo que a nadie le causaba daño; al contrario, se ganaba el cariño de la gente a través de su afabilidad.

En referencia a sus estudios, Ricky cursó y terminó su primaria y secundaria de manera tortuosa. Todo porque su honorable padre, José Gilberto, proveedor de la familia, viajaba constantemente por toda la República Mexicana debido al trabajo que tenía. Se desempeñaba como ingeniero civil y por aquellas temporadas pertenecía a las filas de la Secretaría de Recursos Hidráulicos. De manera que a Richard unos años le tocaba por suerte asistir a una escuela de Querétaro y en otros tantos a la de Toluca. Pero por caprichos del destino el jovenzuelo terminó su secundaria en la ciudad de Guadalajara, lugar donde finalmente su madre regresó a echar raíces.

Años después, Ricardo eligió entrar a la vocacional, escuela que pertenece al Instituto Politécnico Nacional, para cursar sus estudios medios. Lo hizo por varias circunstancias que lo acosaron. Una, porque su papá había estudiado su carrera profesional de Ingeniería Civil precisamente en el mismo IPN en la Ciudad de México, y este hecho influyó lo suficiente para dirigirse a su nuevo objetivo. Otra, porque dicho instituto se situaba muy cercano a su domicilio: Av. Olímpica y García Barragán. En cuestión de minutos y caminando recorría las calles para llegar a la escuela. Angelina aceptó dichosa la elección. Decía que el plantel escogido tenía fama de ser un magnífico centro de estudios para los jóvenes. De modo que todos los miembros de la familia coincidieron felices en que esas paredes fueran las que cobijasen su educación media. Así quedó el asunto.

Aun ahora su madre guarda los sueños grandiosos que su Ricky abrazaba. Su hijo le comentaba seguido de sus proyectos y ambiciones, platicándole que deseaba ser alguien importante en la vida. Quería ser el orgullo y la satisfacción de la casa. La piedra angular del apellido que abanderaba. Ser un emprendedor talentoso de negocios y ayudar a su padre para ganarse la vida. Luego sonreía cuando escuchaba la fábula de los *Tres Cochinitos* que interpretaba Gabilondo Soler (Cri-Cri), donde uno de los cerditos anhelaba ayudar a sus padres cuando creciera. El atrevido jovenzuelo había llenado a su madre de planes para hacerlos realidad una vez que la edad se lo permitiera. A Kily le encantaba que su hijo le confesara sus cosas como si fuese su novia. Eran como caricias para sus oídos escuchar a su chamaco presumir de sus aspiraciones. A ella, quien era su estrella, su guía, su protección y su sol con que se alumbraba.

Pero el tiempo nunca se detiene. Nadie puede jugar a adelantarlo o atrasarlo. Es una máquina que a cada minuto marca la existencia del mundo y los siete mil millones de personas que en él viven se rigen bajo sus preceptos. Situación mundana inexpugnable. Y así fue como a su hijo maravilloso el reloj pronto le marcó la hora en que empezaría a someterse a las consultas interminables con los médicos. Los numerosos síntomas que su Ricky empezó a mostrar torcieron con vileza los sueños que traía en su maleta.

Una vez cumplidos los catorce le surgió sorpresivamente una grotesca bola a la altura de la frente, encima de la oreja izquierda, sobresaliendo por entre el cuero cabelludo y el cabello que empezaba a mermar en esa zona. Una prominencia inseparable de su cabeza, imposible de esconder pues se veía como parte de su rostro. Una característica física que estaría asociada con su deforme apariencia el resto de su vida. Con ese abultamiento que venía del cerebro y se desbordaba por la cabeza acudía a la escuela. Socializaba con sus amigos. Tenía confidencias con su novia Isabel, a la que se refería como si fuese una amiga de todos los tiempos, pero a la que revelaba sus molestias íntimas sobre el abombamiento creciente en su cerebro. A dicho chipote, como sus compañeros de escuela lo bautizaron, los médicos le llamaron inicialmente meningioma, palabra que a Kily le sonaba rara, y que, según le explicaron, se originan en las membranas que rodean al encéfalo y que son una especie de tumores cerebrales regularmente benignos.

El crecimiento del meningioma fue francamente lento, pero a Angelina le llenaba de pavor ver a su hijo exhibiendo en la cabeza un tumor cerebral que le provocaba una deformación por demás llamativa y que desfiguraba su precioso rostro. Justamente esa bella faz que ella creó dentro de su vientre, que adoró tanto de pequeño, que la hizo tan feliz en su primer parto de vida, y que le ofreció una primera sonrisa que le dio aliento, el cruel destino se la mostraba hoy amorfa.

❇❇❇

La imparable alteración del rostro de su vástago, con las semanas se torna, cada vez más difícil asimilar. La pone de nervios permanentemente, al punto de no soportar las condiciones naturales en el paso de los meses. Llora en el sanitario a solas. En la cama cuando espera a su marido. En el camión que aborda para ir a hacer sus mandados. La gente la mira llorando por las calles al caminar. Le brotan las lágrimas al desahogarse con sus amistades. Llora cuando está sola en casa, llora, llora y llora todo el tiempo. Le implora al Señor alguna cura para su hijo. Algún milagro. Ruega a todos los santos que se manifiesten en la vida de su Ricky.

El montículo en su rostro no escapa los ojos de nadie y es tan notorio que termina por convertirse en una esfera grande en el término de unos tres años. Lo peor fue que teniendo como maldito cómplice al tiempo jaló el ojo del mismo flanco, haciéndolo más visible ante el espionaje periférico de cualquiera. Algunos meses después la realidad agudiza sus dolores. Su pierna derecha empieza a perder el recato, la compostura, y concluye su enemistad desprendiéndose hacia el vacío en el andar natural de caminante. Cuando camina se ve clarito que no tiene el control total sobre el manejo de su pierna. No la puede mover con libertad, se nota como se lanza hacia un lado sin poder gobernarla adecuadamente. Por si aquello no fuese suficiente, le atacan además espasmos respiratorios, haciendo que de rato en rato no pueda respirar, ahogándolo en su misma ansiedad.

Ante tales manifestaciones había que estar visitando con rigurosa constancia al médico, para que le atendiera sus gripes irrenunciables. Presentaciones a la Clínica de la Comunicación para darle atención a su sordera. Después al neurólogo, porque el abultamiento era insoportablemente notorio. Cierto, a veces sin dolor, pero sus signos se distinguían por el recurrente agotamiento, el insomnio y un desequilibrio cada vez más pronunciado.

En el espacio de muchos, pero muchos días, con el mismo padecimiento, los médicos a fuerza de tanto interrogatorio, exámenes y exploraciones clínicas realizaron un nuevo diagnóstico. "Neurofibromatosis", afirmaron. De inmediato sus padres preguntan: "¿Y eso qué es?". Los doctores se encargan, para variar, de confundirlos a la perfección, explicándoles que se trata de trastornos del sistema nervioso adquiridos por deficiencias genéticas. Agregaron sin clemencia que de allí en adelante vigilarían estrechamente una posible afectación en la coordinación de movimientos de sus extremidades, así como la capacidad de mantenerse en posición vertical, además de explorar sus funciones corticales. A partir de allí Kily y Gilberto empezarían a experimentar los hipotéticos y vagos diagnósticos de los médicos.

Desafortunadamente, con la complicidad del paso del tiempo en el cuerpo de su hijo no se revela nada positivo. Con toda la interminable lista de obstáculos Ricardo sigue en las mismas: deforme y confuso con lo que le ocurría, persistiéndole las serias dificultades para oír. Con severa amenaza de parálisis facial. Y casi al final de la historia clínica, emergen signos de una posible ceguera que vino a desbordar los ánimos en el paciente. Y aunque sus padres lo animaban con palabras de entusiasmo, de encomio, para confortarlo de su estado lastimoso, Gilberto, le dice a Kily a solas en su recámara: "Amor, a sabiendas que el dolor de nuestro hijo es irreparable, te diré lo que dijo alguna vez el romano Cornelio Tácito: *'Cuando gozamos de salud, fácilmente damos buenos consejos a los enfermos'"*.

⌘⌘⌘

Al principio de aquella tremenda cantidad de desencantos, entre el ingeniero y su doña guardaban celosamente la información que provenía de los médicos y de los exámenes practicados a su hijo. Pensaban que si él se enteraba de los diagnósticos y pronósticos del tumor cerebral, sufriría demasiado. De modo que las indagaciones y circunstancias que gravitaban en torno a su padecimiento no bajaban a su nivel; es decir, por un tiempo el chico se mantendría ignorante de lo que le ocurría a su castigado cerebro. Preferían conservarlo en la luz del que no sabe mientras ellos batallaban la oscuridad que se cernía sobre su hijo. De nada le advertían, salvo lo que él recogía de por aquí o por allá. Esto duró mientras su mansedumbre hacia los padres se mantuvo vigente. Sin embargo, en el transcurso de los acontecimientos, Ricky tuvo que adoptar actitudes combativas para arrancarles información de la que era necesario enterarse. Al fin y al cabo, quien padecía todo era él, no sus viejitos chapados a la antigua.

Cumpliendo los dieciocho años fue imposible mantener la vertical en este mar de convulsiones. Kily vio a su hijo desesperado. Creció su deformidad de modo implacable. Ya no la escondía como al inicio en que trató de disimularla con una gorra de beisbolista o con pañuelos entre el cuello y el rostro. Su dolor y las contrariedades se volvieron incordios. Sus molestias ya no lo dejaron en paz y las visitas al hospital fueron tan frecuentes que dislocaron sus prioridades.

Los horarios los trasnocharon y volvieron locos, para entrar rápido en un lugar e inmediatamente trasladarse a otro. Del hospital a la casa, de la casa a un especialista y, sin preguntas, iban de ahí a un laboratorio. Tomando camiones, taxis, peseros y aventones para ir a un consultorio y meterse luego en otro. Así se la pasaron incontables veces. Como bolas de boliche, rodando hasta pegarle a un pino.

Guadalajara se convirtió para ellos en una ciudad manicomio en donde la familia iba y venía, llevaba y traía, subía y bajaba desenfrenadamente. Hoy entraban en un hospital y mañana invadían un instituto o una clínica. En algunos lugares sus rostros se hicieron familiares de tanto concurrir a los mismos laboratorios o consultorios. Los de bata blanca ya les otorgaban el pase inmediato sin más preámbulos. Era un paciente cuya circunstancia no requería una credencial para entrar. Era obvio.

Al final, el Hospital Civil de Guadalajara fue su guarida. Un antiquísimo edificio llamado antes San Miguel de Belén, inaugurado por allá de los finales del siglo XVIII. Su cueva, no preferida, aunque inevitable para tener acceso al mundo de los neurocirujanos con etiqueta de asequibles sin la imperiosa presión económica. A punto de cerrarse en el siglo XX, su edificación le daba forma de una clínica de estructura robusta que prestaba servicios cómodos a la gente de condición humilde, además, de ser muy concurrida por una gran mayoría de la población jalisciense. Un reconocido nosocomio considerado el "Hospital del Pueblo". Una especie de policlínica que fungía como una sucursal de tipo profesional para admitir entre sus filas a estudiantes a punto de titularse, con la urgente necesidad de presentar su Servicio Social a la comunidad. Por supuesto, vigilados y supervisados por el ojo de un especialista experto que, en conjunto, brindaban al paciente en turno atención médica de alta especialidad a bajo costo.

Alcanzando los dieciocho años Ricky se acercó a una juventud entrometida que todo lo quería saber. Inquieto, incisivo. Un jovencito alto, bien proporcionado, espigado, franco y bondadoso. De buena presencia. De piel apiñonada y, si no fuese por su protuberancia al margen de su cara, diríamos que era un joven agraciado. Bien parecido. Porque se le observaba atlético, de buen cuerpo, robusto, de tórax ancho y brazos fuertes, de paso firme y largo. Pero con el infortunio de ser un joven dañado por una deformidad. Caminaba como si fuese un militar, derecho, erguido, de una pieza.

⌘⌘⌘

Richard, dotado de esa inocencia característica de la adolescencia cuestiona e investiga sin rencores con los especialistas del hospital lo que padece. ¿Por qué ese tumor justo en la cabeza? Esa protuberancia que causa tanta morbosidad ante la gente y genera la mirada insana de sus compañeros. Sus interrogantes nacen siendo una mera curiosidad para darle un significado coherente a sus penalidades, pero con el paso de los años adquieren una carga de amargura al corroborar que nada cambiaría su apariencia, que las cirugías serían inminentes para tratar de quitarle al menos parte del yugo que lucía sobre la testa.

Con todo, a esa edad, tenía buen humor y talante para sostener una mirada romántica con su novia, una jovencita de diecisiete años. Amor de primavera. Disfrutando de su sazón. Viéndose en la escuela y en el parque de la colonia. Mintiendo en sus casas para simular ser solo amigos y hacer juntos la tarea. Fieles a sus deseos y sabores. Un beso aquí en el pasillo, otro robado en la escalera. Y uno más atrevido en el camión urbano. Compartiendo el helado y el refresco en la miscelánea. Dos pájaros procurando desprenderse del cascarón.

En eso, Isabel le hizo saber a su novio que su padre se oponía a que ella tuviese una relación con él. No lo veía con buenos ojos. Desconfiaba de su apariencia. Un joven grandote, ancho, de voz de claxon junto a una jovencita menuda y tímida. Pensaba que él iba a darle problemas en un futuro cercano. El celoso padre quería evitar el nacimiento de un conflicto a tan temprana edad. Y cuando ella preguntó "¿por qué?" el padre se concretó a prohibírselo. "¡Ya no saldrás con él, punto!".

Lo mismo ocurrió con Kily. Recelosa de Isabel, la vio con escepticismo, pensó que era una chiquilla ladina, taimada, tramposa y convenenciera. No obstante, ellos siguieron juntos sin mostrar mella de la opinión vaporosa de ambas familias. Se hicieron los que no se daban cuenta. Omitieron juicios puntillosos, fortalecieron su apego de modo natural y sin aprehensiones de ninguna índole. Se veían a escondidas y punto. Se las ingeniaban para evadir la vigilancia de sus progenitores. Obvio que ambos conversaban sobre la espantosa situación facial que él sufría. De sus síntomas, de sus molestias y trajines cotidianos, a la caza de las consultas médicas. De las aventuras y peripecias dentro y fuera de los hospitales, de los laberintos que debía sortear para conocer si finalmente existía una solución a su odiado tumor.

Deglutir ese océano de circunstancias no era nada fácil para la doña. Olvidar lo inolvidable en la mente de una madre sería utópico. Por lo que ella, tatuada con todas aquellas ingratas experiencias suspiraba hondamente como si necesitase de una botella de oxígeno para vivir.

Obstáculo a vencer

Febrero de 1998

Daniel caminaba por las calles de Guadalajara invadido por las ráfagas de un viento fresco que junto a un *chipi-chipi* apenas perceptible en la piel, humedecía su cabello. Con las manos metidas en los bolsillos deambulaba con toda la libertad de quien lleva ya buen tiempo con la brújula desatendida. De rato en rato pensaba en qué debía hacer esa tarde y las que le siguieran. Tenía dos semanas de haber llegado a la ciudad y su semblante advertía un fastidio imposible de fingir. En las primeras horas de ese día había visitado Tlaquepaque. Las artesanías desbordaron sus sentidos. Acarició entre sus dedos una que otra manualidad que le resultó una obra de arte. Admiró la destreza del trabajo artesanal en el recorte alfarero donde la presunción brotaba de manos expertas. También se emocionó con la orfebrería tendida sobre los manteles repletos de miniaturas en ónix y malaquita. Le fascinaron los sarapes y los sombreros de charro y las espuelas originales de jinetes jaliscienses. Todo elaborado con pulcritud y maestría.

El día anterior paseó por el barrio de San Juan de Dios, en donde conoció su enorme mercado y saboreó sendos platillos en el área de comedores establecidos. Un plato de birria le llenó la panza y por la noche un pozole le cayó de perlas. Aprovechó también para paladear una vez más los recuerdos de las experiencias que vivió en su juventud cuando conoció por primera vez la hermosa Guadalajara.

Como en días pasados, ese día de febrero tampoco estaba de humor. Caminaba sin saber adónde ir. La tarde lánguida se veía amenazada por unas nubes pesadas que flotaban en el cielo encapotado. La lluvia repentinamente se detenía y luego, voluble, reaparecía. No había sombra sobre su perfil, el sol dejaba ir la tarde sin su amparo. El tránsito lo aturdía y los humos de tantos automóviles lo ponían fuera de sí. La multiplicidad del claxon era arbitraria e inconsciente. *¡Oh! Dios, si supiéramos usar ese sonido adecuadamente, pero no es más que un signo de desesperación*, pensó. Había tomado un camión urbano desde el Parque de La Concordia y cuando creyó oportuno y a su antojo, solicitó al chofer la parada. Ignoraba en qué lugar bajó, pero frente a él, después de que el autobús dejó la esquina, pudo contemplar unos prados grandes y verdes al otro lado de la avenida. Para cruzarla tenía que buscar un lugar seguro para hacerlo. El tránsito intenso le forzó a rastrear un puente peatonal. Lo localizó una vez que miró hacia todos los puntos cardinales. Caminó hasta hallar el primer peldaño y comenzó a subir los escalones con paso cansino.

¡Tiempo era lo que le sobraba!

Con su mente puesta en la nada tropezó en la cima de la escalera con un muchacho que portaba una gorra roja de beisbolista cuya visera casi le cubría los ojos. Un muchacho de cuerpo hercúleo que calzaba un par de tenis blancos poco mugrosos, de media bota pero en buen estado, aunque lucía las agujetas sin abrochar. Se hallaba sentado en el primer escalón de la escalera, el que para Daniel era el último por subir. El adolescente mostraba sus piernas bien abiertas sobre el peldaño. Éstas revestían una mezclilla azul bien planchada. La humana percha, a su vez, le impedía a Daniel el progreso de su consecución, para cruzar a salvo el puente peatonal.

Claramente le obstruía el paso. Daniel pidió permiso para pasar, pero el chamaco testarudo no se movía del escalón donde estaba.

—¿Me dejas seguir? —profirió él anunciándole su intención.

Muy a su pesar, la humanidad del joven perseveraba en la necedad. No se movía. Y para desgracia de Daniel, se veía frente a un adolescente considerablemente fornido. No iba a ser tan fácil hacerlo a un lado. El muchacho tenía facciones de chavo, como quiera le calculó apenas los veintidós, tal vez veintitrés, pero igual presintió que iba a tener problemas con el terco individuo.

Ocurre a veces que surge un interés inmediato por personas a las que uno no conoce incluso antes de hablar con ellas. Este fue precisamente el efecto que le causó a Daniel.

—¿Qué sucede? ¿Por qué no me dejas pasar?

Intentó verle directamente a los ojos, buscando una respuesta en su mirada. Quería saber por qué no lo dejaba seguir su camino. Pero el chaval seguía en las mismas, anclado e impertérrito. No se movía de su lugar. Con el rostro agachado para no dejarse ver y la visera de la cachucha cubriendo su cabeza, evitaba la interpretación flagrante de su postura. *Peor que una mula*, pensó el afectado. Seguía empeñado en su propósito: interrumpir su avance.

Se le vinieron a la cabeza los tiempos aquellos en que él anduvo de vagabundo cuando era un chiquillo y caminaba por las calles sin compás ni tiento. Desde entonces aprendió a discernir con muchos adolescentes y aplicarse debidamente con los adultos en sus días difíciles y aciagos. No siempre los hijos recogen el lustre de los padres. Requieren la calle para aterrizar sus pensamientos y cultivar sus aficiones.

La vagancia le enseñó que las andanzas por la ciudad albergan un centenar de personas de las que no se sabe lo que están pensando. Cargan una infinidad de incógnitas que a veces solo un psicoanalista podría resolver. Propiedad de cada costal humano. Es comprensible entonces que cada mente es un mundo distinto. De manera que, apoyándose en el saco de sus experiencias, trató de moverlo de los escalones explorando el flanco sensible del infractor.

Un tanto miedoso y a la espera de una reacción violenta, decidió ponerse en cuclillas dos escalones abajo. Lo hizo despacio y con cautela. Expuesto a un golpe traicionero del muchacho.

—¿Qué harás cuando otras personas quieran llegar hasta arriba? ¿Moverás tu trasero de lado? ¿O seguirás aferrado allí, buscando pleito? ¿O es que estás en pos de una travesura?

—¡No haré nada! —contestó el joven al fin—. Simplemente los dejaré pasar y san se acabó.

—¿Y por qué no me dejas pasar a mí? ¿Qué tienes en mi contra?

—Nada en especial. Solo que me da flojera moverme —dijo medio sonriendo por su desfachatez. Así fue, no se movió. Es más, ni siquiera volteó a verlo. Ahí se quedó como un poste telefónico. Inamovible.

De pronto, desde el nacimiento de la escalera del puente peatonal empezaron a subir varias personas. Entre ellas, mujeres jóvenes y adultas sujetando la mano de dos chiquillos. Daniel se quedó mirándolo para medir su resistencia. Cuando la gente llegó hasta la cercanía de su cachucha, el chavo movió su trasero hacia la izquierda y los dejó proseguir su camino. Así les dio el pase. Forzado, de mala gana, pero sin ser intransigente. Una vez que las gentes cruzaron al lado de sus piernas, volvió a cerrar el paso con su cuerpo. Daniel y el joven entrelazaron una mirada. Y rieron por el desenlace.

Segundos después, tal vez diez o quince, el tozudo chamaco se levantó como si un militar se lo hubiera ordenado y viendo de frente a su rival desde dos escalones arriba, le dijo sin pasión en sus ojos:

—¡Ahora sí, ya puede pasar, mi estimado...! —Haciéndole incluso una reverencia como si fuese un personaje de la nobleza británica. Reapareció una sonrisa, pero esta vez era franca y abierta, como si dos amigos hubieran hecho las paces y sin palabras encontrasen el sosiego.

La lluvia tímida seguía cayendo en el febrero loco y voluble de esa tarde. Fue cuando Daniel se dio cuenta que debajo de la gorra escurrían unas gotas de agua, aprovechándose del momento para torcer el ánimo del rival.

— ¿Te invito un refresco? ¿Qué dices?

— ¡Mis padres me han dicho que no acepte nada de un desconocido!

—¡Sin duda alguna es un buen consejo! Aunque yo no soy un desconocido. Corrijo: Soy un peatón agraviado por un individuo cuya existencia corporal la utiliza como obstáculo. Y, como tal, reclamo una satisfacción. ¿No te parece?

No paraba de mostrarle su dentadura en pos de una sonrisa. Lo que quería era encontrar una tregua haciéndolo cómplice de su petición.

—Le saldrá caro, le advierto. Nunca tomo un refresco sin algo que lo acompañe. Generalmente pido un pilón. Puede ser una torta o cualquier otra chuchería, soy un glotón de primera.

—No importa, me arriesgaré —contestó Daniel con ánimo de no negarle nada al chamaco rebelde.

De improviso éste agregó con voz grave y concisa:

—¡Un momento! Advierto: ¡No soy homosexual y me encabronan esos fulanos que quieren sobrepasarse conmigo! Estoy harto de que me agarren de su barquito.

Daniel reviró con prontitud reponiéndose inmediatamente:

—Te juro que me encantan las mujeres y, además, estás muy feo como para que yo pierda los estribos.

Bajaron los escalones y el adulto persiguió al chamaco de gorra roja hasta una tienda de abarrotes cercana, que quedaba justo a un lado de un parque que lucía extensas áreas verdes. Daniel ya la había visualizado cuando bajó del camión, y por lo mismo iba a cruzar el puente peatonal.

Sin querer queriendo, se percató de que el joven rengueaba al caminar, como si trajese grilletes en los tobillos. Su modo de andar lo orillaba a ir pegado a las paredes, se le notaba cierta inseguridad en su marcha. Reconoció también que el adolescente conocía el barrio, porque no titubeó para dar con la diminuta tiendita. Enseguida pusieron un pie al umbral de La Conchita. La dependienta del humilde establecimiento acomodaba refrescos en las cajas cuando escuchó la petición de los clientes que entraron a su changarro. Al solicitar dos refrescos la señora les indicó que estaban dentro del refrigerador. Lo abrieron, sacaron las bebidas, destaparon los envases y al término del primer trago se observaron cada uno detenidamente.

Daniel era un tipo que medía el metro ochenta. Se dio cuenta que su amiguito era todavía un poco más alto.

—Ahora sí. Con calma ¿Me puedes decir que pretendías?

—¡Estorbarte! —repentinamente el joven lo tuteó.

—¿Motivo?

—Me caíste mal desde que subías las escaleras. Tienes cara de pocos amigos. Y la verdad creí que eras un patán. Últimamente a mi Guadalajara se le han dejado venir gentes de aspecto muy desagradable.

—A ver si entiendo —reparó Daniel de inmediato en lo dicho por el jovenzuelo—. ¿Quieres decir que a todos los que te caen mal a primera vista les haces la vida imposible? —también lo tuteó para ponerse al mismo nivel de la conversación.

—No tanto, pero algo hay de eso.

El fornido muchacho se encaminó hacia la salida de la tiendita y se paró sobre la orilla de la acera de la avenida. Se detuvo allí, mirando los coches que iban y venían en ambos sentidos. Daniel miró sus anchos hombros detenidamente y su altura la calculó en metro noventa. Le pasó ligeramente por la conciencia que este chavo, enojado o furioso por cualquier pretexto, con su corpulencia despedazaría a cualquier individuo que se le pusiera enfrente. Sus facciones rudas y grandes ojos negros irradiaban una patente hostilidad. Su mirada hería por su carga tan pesada. Parecía tener un defecto en el rostro. Se le apreciaba un desfiguro en la parte superior de su cabeza, jalándole uno de los ojos hacia la frente, aunque su gorra impedía la claridad de su examen visual. Daniel lo siguió hasta el sitio donde el chavalo se desplazó para interrogarlo. Le intrigaba ese aire contradictorio de fuerza bruta con la alteración de sus gestos.

—¿Vives aquí en Guadalajara?

—¡Sí! ¿Y tú?

—No, yo estoy de paso. Tal vez me quede, pero lo dudo, no hay por el momento algo que me detenga. No acostumbro a estacionarme por mucho tiempo en alguna ciudad, aunque me agrade. Por tanto, te anuncio, hablas con un trashumante. Un errante que no le gusta echar raíces en ningún lugar. Un gorila primitivo peleado con la implacable modernidad. Y tú, ¿cómo te llamas?

—Me llamo Ricardo —hizo una pausa prolongada, seguida de un vacío que se extendió larguísimos segundos; y cuando menos lo esperaba el interfecto, prosiguió—: Este nombre se lo debo a la conmemoración de mi abuelo. Verás, mi madre me dice Ricky de cariño. En la escuela me conocían como el Richard y mi padre me apoda "mi socio". Así que, ingéniatelas para llamarme como se te pegue la gana.

—Te agradezco que me hayas aclarado el punto, ahora yo repregunto: ¿Supongo que vas a la escuela?

—¡Ya no! Me salí de clases para evitar el *bullying*. Ya me agarraron de su cochinito. He cambiado de objetivo, ahora quiero ayudarle a mi padre en sus negocios. Mi viejito es un señorón que necesita de mi hombro y no se lo voy a negar.

—¡Ah caray! ¿Y por qué te hacen *bullying*? No entiendo. Explícame. Claro, si quieres…

Ricardo volteó y miró detenidamente a quien tenía enfrente. Lo examinó tan lento como pudo, sin urgencia, bajo los auspicios de un Daniel dócil y permisivo. Tomándose el tiempo suficiente como para preguntarse si a este tipo, que no conocía y que era la primera vez que veía en la calle, debiera contarle lo que le sucedía. ¿Quién se creía para meterse en su vida privada? Pero al mismo tiempo quería franquear la barrera de la desconfianza y entregarle a alguien su estafeta pintada de negro. Tenía ganas de expulsar el veneno de su úlcera. Quería vomitar otra vez lo que lo traía envuelto en llamas. No obstante, antes de hacerlo, decidió hacer otras preguntas:

—Oye, antes que nada. ¿Quién eres tú? ¿Cómo te llamas? ¿Y por qué te empeñas en meterte en lo que no te importa?

Del experto al bisoño

Daniel consideró necesario echar mano de sus argumentos. Sacarse de la manga parte de su verdadera personalidad para poner en claro sus rasgos particulares; por lo menos, los que estaban a primera vista. La idea era que aquel joven se llevara una buena impresión de él. Decidió entonces hablarle derecho y sin preámbulos:

—Te lo diré francamente. Soy un tipo arraigado al vicio de la vagancia. Me encantan las calles y su fisonomía. He caminado tanto en ellas que he llegado a concebir que nunca una avenida es igual a la otra, aunque partan del mismo punto. Acabo de salir de un hospital ya que una enfermedad me hizo cumplir una condena de dieciocho meses tirado en cama. Me llamo Daniel. Estoy en la cima de los cuarenta y cinco. Estoy pensionado por el IMSS por una incapacidad total permanente. Y no meto las narices en cualquier parte; créeme que con los años que tengo encima huelo desde lejos a las personas que, como tú, viven con problemas difíciles de extirpar. ¿Algo más que quieras saber?

—O sea. ¡Le haces a la clarividencia! —replicó el Richard afirmando su nota para esperar un veredicto que le pareciera más amigable.

—No. Te equivocas. Soy un ser humano tratando de ayudarle a otro. No cualquier sujeto tiene la actitud beligerante de encarar a un extraño desconocido, a menos que él tenga un inmenso rencor contra el mundo. Los años también me han revelado que cuando alguien destruye, arruina, roba o causa daño a un semejante sin justificación alguna, retiene un abismal resentimiento contra todo lo que lo rodea. ¿Me equivoco?

La respuesta no pudo haber sido más certera. El desconocido para el jovencito callejero era un cuate que, sin duda, se las sabía de todas, todas. Y sin temor a meter la pata en sus conjeturas, también estaba dotado de una veteranía aguda que, con su lenguaje acomodado, se imponía a las circunstancias. Por lo que estimó que el camino estaba zanjado y podía sentirse un poco más tranquilo para tender una conversación amistosa.

—No. No te equivocas. Tienes razón.

Después de haber escuchado sus equivalencias patronímicas y subrayado la procedencia del nuevo conocido, el muchacho ya no tuvo empacho para abrirse de capa y descubrirse ante Daniel.

—Bien, entonces te diré. Iba a la escuela, efectivamente, pero mi mente estaba en otra parte, muy lejos de allí. Inmensamente lejos. Me iba buscando a la muerte con quien, estoy seguro, ya hice amistad. Viajé con frecuencia dejando mi cuerpo en tierra firme y, desapareciendo del pupitre, me transportaba hacia espacios que nadie podía ver. Solo yo. Lo malo era que cuando el profesor me hacía una pregunta de improviso, yo estaba en la baba. Y claro, me ganaba una reprimenda de las buenas.

Richard aprovechó el momento para sentarse en el borde de la banqueta con visible dificultad. El esfuerzo fue patente, como si la cadera no le obedeciera. Con el refresco en mano invitó a Daniel a hacer lo mismo, pero del lado derecho. Él obedeció la señal para seguir escuchándolo, porque si algo había retenido en su papel de errante, era saber escuchar. La mayoría de la gente no domina esta virtud. El mundo no escucha, solo emite ruidos y quejas por sus bocas. Por lo que es un arte saber escuchar.

Presintiendo que aquel era el instante para que el muchacho expulsase todo el mugrero que guardaba en su cabeza, con gran habilidad Daniel le permitió dilatarse y que vomitara lo que le estorbaba en sus adentros. El tiempo no lo apremiaba para nada. Mirándolo directamente al rostro en pos de sus comentarios, se mostró dispuesto a escucharle con atención.

De pronto Ricardo se acercó más a él, de modo que la distancia entre ambos cuerpos se hizo de apenas unos cuantos centímetros. Se quitó la gorra y dejó ver su cráneo, que lucía pelón, pero deforme. Bien afeitado, con una bola casi en el centro, aunque inclinada ligeramente hacia el lado izquierdo, que más bien parecía un tumor. En su corteza se apreciaban huellas de hendiduras o grietas ya cerradas. Cicatrices grotescas fácilmente perceptibles para el ojo humano. Si no estuviesen cubiertas por su gorra de beisbolista despertaría el morbo de cualquier individuo. Pensamiento que en Daniel fue automático, al descubrirse el Richard la cabeza.

—No sé cómo empezar a decirte que pronto me iré de este mundo —emergió su voz sin permiso desde la orilla de la banqueta—. Sí, así como lo oyes. En breve ya no estaré. Me fugaré. Aquí está la evidencia de lo que te digo. —Con el dedo índice señaló su cabeza sin la cachucha, para que su compañero pudiera darse cuenta de la profanación de su testa.

Daniel, muy sensibilizado por lo que estaba viendo, no sabía externar el comentario pertinente sin que sus palabras revistieran la ridiculez o lo absurdo. Quería evitar decir una pendejada. En ese instante comprendió que cualquier opinión hipócrita que exteriorizara, con tal de suavizarla, estaría fuera del ámbito de lo que el joven deseaba escuchar. Por lo que decidió preguntar antes de emitir algún juicio:

—¿Qué tienes? ¿Cómo se llama eso que luces en la pelona?

—La eminencia hiriente de los médicos lo ha bautizado con varios títulos. Lo han denominado con exclusivos términos clínicos, difíciles de deglutir para un novato en la materia como yo, un inventario de calificativos que la verdad no entiendo. De lo que sí estoy seguro es que mi cabezota guarda dentro el racimo imparable de un tumor que después de cada operación vuelve a crecer, el muy desgraciado. ¡Maldita sea! Y ahí va otra vez, necio el cabrón. ¡Obcecado! Mira cómo se agranda —dejó de hablar y con la cabeza gacha invitó nuevamente a su camarada a que le diera otra versión de lo que veía—. ¿Qué te parece mi deformación? Dime la pura verdad. ¿Qué te parece? ¡No quiero mentiras! ¿Cómo la ves?

—¡De la chingada! ¡Se te ve horrible!

El comentario que emitió Daniel fue tajante y al grano. Al punto y a la herida. Aciago, agudo, filoso. Bien sabía él que, si ocultaba la verdad o trataba de ablandar la infame petición, hubiera perdido la oportunidad de acercarse a la interioridad del muchacho. Y lo que él deseaba era ganarse su confianza. De otra manera, estaba seguro de que Ricardo se hubiera levantado de la banqueta y, sin importarle un pepino, lo hubiese dejado hablando solo.

Y a Ricardo le satisfizo la descarnada respuesta. Así era, se veía de la chingada. Esto es porque corroboró la estúpida posición de los doctores en cuanto a que sostenían que su fisonomía no era extraña a los ojos de los demás. Por supuesto que lo era. Y para prueba, había escuchado la pura verdad de un individuo que apenas acababa de conocer en la calle, sin que estuviera encariñado con su persona.

Después de ese crudo tanteo, Daniel lo escrutó directo a los ojos. No erró en su proyección mental. Las primeras lágrimas aparecieron en el rostro del chavo. Sus gotas hiladas desfilaron a la boca humedeciendo sus mejillas. Al fin se había destapado la alcantarilla del dolor. Su siguiente escala era abrirle el corazón, donde con toda seguridad estaba la diarrea sentimental. Tenía que prestarle oídos y tantear el modo de ayudarlo. Su actitud al borde de las escaleras, la agresividad que mostró al no dejarse rebasar y el rencor que brilló en sus ojos cuando se refirió a los médicos, eran pruebas inequívocas de su desesperación por algo que él desconocía. Y quería averiguarlo.

Efectivamente, Ricardo se abrió de capa y entre los sorbos del refresco y el llanto que se le atoraba en el gañote, inició el relato de sus minucias. Comenzó diciendo que en su interior habitaban tres mosqueteros. ¡Mente, cuerpo y alma! Con quienes sostenía una batalla todos los días.

—Los tres son seres inseparables —dijo—. Armoniosos, extravagantes, caprichosos. Permanentemente trabajan en una compleja sociedad, que a todas luces es perfecta. A través de ellos puedo percatarme de lo que me ocurrirá mañana. Los tres son una inagotable fuente de fe, valor y esperanza. Mi trío dinámico me ha enseñado a saber amarme, respetarme y glorificar mi vida. Déjame decirte algo, Daniel: He estado escribiendo mis sentimientos. Antes de morir dejaré plasmados mis ardores para que mi escritura motive a alguien más. En verdad que lo deseo. No quiero irme sin dejar escrito lo que siento y pienso, de lo poco que he de vivir. Me han abierto la cabeza tres veces. Es decir, el cerebro ya no es cerebro, es una piñata donde practican los pinches cirujanos. Pero ya no se los permitiré nuevamente. —Y en eso volteó a ver a Daniel encontrando sus ojos para señalarle nuevamente las huellas de las operaciones en el cráneo—. Sí, me han rajado la pelona en tres ocasiones. Y estoy vivo aún, de milagro, pero dispuesto y firme a que, en la próxima, me quedaré en la plancha. No quiero una cuarta cirugía. Se acabó.

Ricardo hablaba y hablaba, sin parar. Como si la llave del agua de su casa tuviera fuga sin control. Sin ponerle orden a sus parlamentos. Tal y como desfilaban los recuerdos en su mente, así los decía. Llegó un momento en que Daniel se vio obligado a interrumpirlo:

—¿Siempre hablas tanto y dices lo primero que te viene a la mente? ¿Nada te detiene? ¿Acaso no organizas tus pensamientos y ordenas tus frases para que el receptor sepa lo que estás tratando de decir?

Lo encañonó con sus ojos. Como si fuese su tutor, lo puso en su lugar. Casi lo regañó, sin ser aquella su intención. Lo que en realidad buscaba el tipo maduro era ubicar al adolescente, para que Ricky le fuera relatando las cosas de modo que él lo entendiera. Es decir, desde un principio puntual hasta un final que pareciera lógico, acorde con las expectativas del rostro de su nuevo amigo. Para tal efecto pensó que lo propio sería poner en práctica su mayéutica y emitir algunos consejos de carácter paternal para centrarlo; ya después él dispararía sus comentarios con el rumbo corregido.

—Primero, quiero que me digas: ¿Qué te han dicho los médicos? ¿Qué han hecho?, y si tú sabes lo que tienes. En otras palabras, ¿conoces el significado de tu afección?

Ricardo agarró la onda de volada y captó la intención severa de Daniel. De modo que en adelante se esforzó por relatar las cosas de manera cronológica y pausada. Por lo que recomenzó su interlocución:

—Los doctores del hospital adonde primero acudimos, nos dijeron, desde hace mucho, que sufría de la aparición de un tumor cerebral aparentemente benigno. Tumores como éste, dijeron, eran comunes en el sistema nervioso central. Será pasajero. ¡Conste!, eso fue hace como unos seis, quizás siete años. Posteriormente cambiaron el *chip*. Y a su peregrina interpretación le dieron un giro distinto, tasándolo como algo relacionado con trastornos genéticos del sistema nervioso que afectan de manera directa al progreso y avance natural de los tejidos. Algo así. Recuerdo que a dicha denominación le pusieron el número "2", supongo que era para reclasificarla. Claro, desde entonces lo chequé en la biblioteca de la universidad. Consulté libros y gordas enciclopedias, tanto su significado como sus efectos. ¡Por supuesto que lo hice! Todavía iba a la escuela. Decía allí que son tumores benignos, de crecimiento lento y que desarrollan pocos síntomas de enfermedad. Pronto me desengañé. Con lo sanguinario de estos pinches abscesos, en realidad lo que yo tengo es otra cosa. Estas imperfecciones que ves —señaló tocándose la cabeza, nuevamente—, no son benignas, no pueden serlo. Se han eternizado en mi cabezota, carajo. Al contrario, son malignas. Después de foguearse los cirujanos con tres operaciones ya hubieran desaparecido. ¿No crees? Bueno, tan brusca es su pinta que aparte del dolor que sientes en la tapa de los sesos, toda la gente te mira, te hace sentir como si fueses un esperpento. Algo así como que eres parte integral del programa de un circo. ¡Fíjate! Obvio que de lo primero que te preocupas es de tu aspecto, no tanto de tu aflicción. Digo, yo estoy chavo, si fuera un señor grande, como tú, tal vez pensaría de otro modo. Los doctores no ven eso. A ellos les vale madre, nada más velan por su pinche trabajo. En cambio yo acarreo una bola en la sesera. Es como si trajeras una pelota de béisbol pegada a la corteza. Te miran tus cuates, tus amigos y compañeros de la escuela y a las primeras de cambio, eres el salero de sus chistes y sarcasmos. Te conviertes en la burla de esos méndigos, y la chica que tanto quieres termina por repudiarte. ¡A todos se les nota, tarde o temprano muestran el cobre! A primera vista les causas repulsión. Y por más que luchas contigo mismo para darte ánimos y sobreponerte a la situación, doblas las manos y cedes al pitorreo colectivo de todos los que te rodean. Y para acabarla de amolar: Mi pierna derecha no la domino. Por el contrario, ella domina el movimiento de mi cuerpo. ¡No sé si me explico! Quiero caminar correctamente, obligando a mi extremidad a dirigirse en línea recta. Pues no. Esta maldita pierna gana y se impulsa sola hacia la derecha. Es decir, abre el compás y parece que camino como si estuviese lisiado. No puedo gobernarla. No la muevo con libertad, he perdido su control. Por tanto, mi mortificación se ha multiplicado. O sea, es la cabeza llena de chipotes y cicatrices; y encima, mi pierna demente que baila para el lado contrario de mi caminar. Fíjate, cómo han cambiado las cosas, cuando tenía apenas dieciséis años mi primera preocupación fue cubrir esta protuberancia sobre la cabeza. Ahora, con tanto agujero y rajaduras como ves, ya ni me preocupa que se noten. Ya me acostumbré a la retorcida mirada de mis vecinos y de todo el que me mira.

Ricardo hizo una pausa y tomó un trago más al refresco que luego se le derramó como un hilo por la comisura de los labios. Secó sus lágrimas con la muñeca de su mano izquierda y luego trató de limpiarse sin conseguir más que embarrar su pantalón de mezclilla. Miró al infinito, para allá y para acá, sin objetivo alguno. Después giró hacia el rostro de su oyente que lo contempló alelado, petrificado, muy pendiente de su confesión, casi de modo sacerdotal y luego le pasó su brazo izquierdo sobre sus espaldas, sobando su playera gris lisa, bastante holgada, en signo de "te comprendo amigo", pero sin decirle media palabra. Ambos guardaron silencio por un momento, dándole tiempo al tiempo, hasta que Ricardo asumió el mando del monólogo nuevamente y reinició su testimonio:

—Además de estos síntomas e indicios —se figura que ya está hablando como los inútiles doctores que lo tratan con ese pergamino tangible de insensibilidad, simplemente realizando su trabajo. En una actitud similar a la de colocarle los birlos al rin para que la llanta vuelva a ser útil. Sonrió en su pensada soledad, sin mirar a su nuevo amigo—, me he vuelto muy propenso a gripes. Con facilidad asaltan mis vías respiratorias. Son constantes, me atosigan noche y día. Antes, así como venían se iban, ahora no. Duran un montón. También me falla la respiración. A veces siento que no puedo respirar, me asfixio. Es una sensación desesperante, agónica, porque quiero meter aire a mis pulmones y como que hay algo que se me atora en el gañote que me impide hacerlo con libertad. ¡Puff! Es una premonición de muerte, de angustiante estrangulamiento. Y todavía me quedan un par de cosas que contarte. Estoy completamente sordo del lado izquierdo. He perdido mi oído. No oigo nada. Cada vez que quiero escuchar a alguien, como a ti ahora, yo me coloco del lado derecho de quien me acompaña para enterarme de lo que está diciendo. Mis padres me tienen que gritar para que yo pueda oír lo que están tratando de decirme. Eso me pone histérico, carajo. Igualmente con la vista, ha sido la misma situación. El ojo derecho lo tengo, y tú lo ves, pero apenas percibo las siluetas. Por ejemplo, creo que traes una chamarra de dos colores, rojo con gris ¿no es así? —Daniel asintió con la cabeza para certificar la deducción que su compañero hizo—. Estoy perdiendo mis facultades y sé que si me someto a otra operación, que sería la cuarta, al volver en mí, estoy seguro que habré perdido otra porción de mi cuerpo o de mis sentidos. Lo sé, carajo, es triste reconocerlo.

Al parecer le gustaban las pausas, porque de nuevo hizo otra a su interminable parlamento. Le lanzó una mirada amarga a Daniel. Le revisó sus facciones. El tipo le inspiraba respeto. Pero le agradó que el desconocido le pusiese atención. Pocas veces como aquella alguien que no pertenecía a su círculo familiar le escuchaba con atención. Sintió mucha gratitud esa tarde. Un fulano que conoció por primera vez se interesó por sus aflicciones. Le dio un trago más a su refresco hasta terminarlo. Miró al horizonte y se enteró que la noche les había dado alcance.

—¡Me tengo que ir!

—Son las nueve de la noche. ¡Te van a regañar!

—No, eso no me inquieta. Pero estoy consciente que mis padres, en el estado en que me encuentro, se preocupan cuando no llego a casa a mi hora —y sin que Daniel se lo pidiera, el jovencito lo invitó para volver a reunirse—. ¿Y qué?, ¿cuándo nos vemos otra vez para platicar?

—Te voy a dejar mi número de teléfono —le contestó Daniel—, para que puedas localizarme; y el día que quieras nos vemos. Me gustaría ayudarte. Créeme que me voy a echar un clavado en cualquier biblioteca y estudiaré todo eso que te amenaza en la cabeza, a ver qué encuentro, para ver si puedo echarte una mano. ¡Ah! Otra cosa. No busco tu intimidad, ni tu cuerpo musculoso, ¿sabes?, físicamente no me agradas. Busco tu mente. Tu experiencia de vida. Perdona mi franqueza, pero quiero aprender de tu dolor para mejorar mi sensibilidad. Aunque no lo creas, los humanos aprendemos más de la adversidad que de la felicidad. El placer es efímero, pero el dolor nos marca. Estoy seguro de que encontraré cosas sorprendentes. Me ha dado gusto platicar contigo. Y de verdad, espero que haya una próxima vez. Nos vemos.

Primera cirugía

Guadalajara, 1992

Enfermeras, camillas, jeringas, batas y estetoscopios. Radiografías sobre el parietal y el occipital, en la nuca, por la frente y de ambos lados. Un despiadado e invasivo golpeteo sobre su humanidad. A fuerza tuvo que adaptarse. Inyecciones en las nalgas, en el brazo y en la vena. "Acuéstese aquí, espéreme allá, póngase así". "Fórmese y espere su turno". "Cierre su puño, ábralo, doble su brazo, venga mañana en ayunas". "Deposite aquí su orina y tráigala temprano". Ricardo ya estaba hasta el copete de tanto peregrinar.

Por fin se dio a conocer fecha y hora para practicarle la calamitosa, pero esperada, cirugía. La primera de cuatro que le tenía deparada su suerte. De hecho, él la ansiaba. Todos los caminos lo llevaban a su encuentro. No le tenía miedo, deseaba que llegara ese día, porque quería volver a verse al espejo tal y como era antes de toda esa pesadilla. Se imaginaba nuevamente sano, agraciado ante su propia reflexión, recuperado, limpio, sin nada que le estorbara en la cabeza. Verse a los ojos sin mácula. Como cuando lucía los catorce años en que su rostro era de un perfil armonioso, juvenil, homogéneo. Encarar al quirófano por vez primera figuraba un desafío. Una situación que enfrentaría con recelo, pero ilusionado, optimista, esperanzado en que después del apuro, el reflejo sobre el cristal mostraría otro aspecto más amigable de sus facciones. Con un semblante genuino, diferente, cambiado, donde se viera la alegría de su mirada y el regreso a tiempos mejores.

Siente cómo un par de enfermeros empujan la camilla por los pasillos. Suben dos pisos por el elevador. Salen y dan vuelta a la izquierda, después a la derecha y luego otra vez. Lo trasladan al quirófano. Le han rasurado la cabeza. Le han quitado hasta el último pelo de su cuero cabelludo. Todo huele a medicina, a hospital, a cloro, a enfermedad, a virus y a bacterias viajeras que impúdicas se pasean por las salas de espera y los rincones de cada pasillo. Un medio ambiente contaminado de microorganismos y de dolor. En segundos que el tiempo le arranca al reloj, la camilla choca con dos puertas que se abaten al empuje y se cierran de inmediato como hojas de lata, para después rodarla hasta el sitio enmarcado por un rectángulo amarillo en el piso blanco, muy bien trapeado. Hasta ahí llegó. Lo instalan. Cirujanos y enfermeras empiezan el protocolo consabido de la operación al cerebro. Mientras tanto, percibe la cariñosa palabra que emana de todas las cofias que sus ojos dominan. Le llaman "mi amorcito", "no pasará nada", "todo saldrá bien cariño". Le sujetan su ánimo por la cuerda de su caricia. La voz de cada una le llega desmayada a sus sentidos. Todo es una falacia, el peligro es inminente. Pero él ha preferido estar ahí antes que resignarse al atropello de su fatalidad. Todos le sonríen disfrazando la trascendencia de la intervención quirúrgica.

Antes de que le apliquen la anestesia inicia el plan previsto. Se concentra con toda fiereza para realizar lo que tanto ha practicado en casa durante centenas de noches. Suspender su cuerpo por encima de su física existencia y presenciar lo que hacen con él en la espaciosa sala de operaciones. Se sume profundamente en su yo interno (como él le llama) y trata de ponerle oídos sordos a la profusión de voces que al unísono se manejan alrededor de su camilla. Intenta concentrarse lo más que puede y se va en busca del exterior de su cuerpo antes de que la jeringa de anestesia cumpla con su objetivo. Pero el apremio de las acciones del personal enfermero y médico le impide lograr su objetivo. La eficiencia y prontitud de todos ellos le ganan. La insensibilidad corporal parece alcanzarlo rápidamente. Siente que sus ojos se van yendo de las paredes blancas y de las lámparas que brillan más que el sol. El tacto y el olfato lo abandonan. En cuanto la hipodérmica se vacía, Ricky ya no está al comando de su mente. Ya no gobierna nada en él. Soportó como héroe el vasto recorrido de la aguja en sus carnes. Hasta que su cuerpo perdió la humana resistencia. Siendo la inicial experiencia en cuanto a la impresión de habitar un quirófano pensó que nunca estuvo al alcance de un grupo de gentes que se ocuparan de él con tanto esmero.

Todos hablan en la sala. Cada integrante dice lo que ya hizo para que el siguiente prosiga con el proceso quirúrgico. Ricardo ya no les encuentra sentido a las voces de los doctores y enfermeras. No está en nada, aunque hubiera querido estarlo. Arriman a su camilla algunos aparatos que producen zumbidos y sordas resonancias. No alcanza a distinguir las rayas que cruzan por las pantallas. Son computadoras sustentadas sobre ruedas. Desaparecer de esa geografía ansiada era precisamente lo que no quería. Hubiera deseado mirar para saber lo que hacían con su cerebro. Verles a los ojos para saber si era tratado y pensado como un ser humano o, más bien, como una pieza de carne y hueso sobre la que ejecutan, descarados, una tarea cualquiera a la que no dedican su corazón. Hubiese deseado estar al pendiente de todo. Le intrigaba, y mucho, conocer cómo es que abren la corteza craneana y se deslizan robóticos por encima de ese bulto lleno de apósitos y sábanas impolutas cubriendo su cerebro al que perforan inmisericorde.

❆ ❆ ❆

Ricardo estaba fuera de combate. Ni siquiera pudo percibir la materialidad de las cosas al estar narcotizado. Antes de irse noqueado por la anestesia alcanzó a prometerse que la próxima vez, porque de seguro habría una próxima vez, lograría ver la totalidad de las acciones en el quirófano, una a una.

No calculó la rapidez del cuerpo médico para embolsarse una victoria. La anestesia administrada antes que otra cosa lo sorprendió a pesar de haberse preparado concienzudamente para ese día. Su intención era suspenderse bajo la vigilancia de su entrenada conciencia. Flotar como un globo aerostático desde todos los lugares de aquellos techos blancos. Pender entre las paredes del quirófano. Percibir los detalles y minucias que se producen alrededor de su mortandad viviente estando postrado en la camilla. Atestiguar desde la parte superior de un rincón la ejecución de la intervención quirúrgica de su cráneo y su cerebro. Comprobar el mangoneo y aplicación de los operarios. O, en su defecto, testificar su indolencia y desgano para horadarle los huesos. Aunque también le llamaba la atención el cinismo audaz, sin repudio ni pánico a la sangre, que tienen los médicos cuando practican una operación a cráneo abierto. Le hubiera resultado fantástico contemplar cómo su cerebro cedía ante el poder de una herramienta con espantosa similitud a la de un ancla, para perforarlo y revelar una oquedad emponzoñada. Observar el rostro desapasionado de los cirujanos para alzarse con la victoria sobre un cuerpo que no puede defenderse y está expuesto al manejo rudo de su habilidad. Escucharlos llenarse la boca con la innumerable designación de sustantivos empleados con sencillez en su entorno: incisión, endoscopio, arteria, aneurisma, escalpelo, disección, resonancia magnética, tomografía computarizada, broca, craneotomía, etcétera. Toda una gama técnica de enciclopédicos términos, tanto de instrumental quirúrgico como de la especialidad. Pero bueno, se había quedado con las ganas y ahora estaba sometido al tacto profesional de los que operaban.

El reloj, en su eterno descuido por la humanidad y cansado de su aburrido *tic-tac* monótono, ni se dio cuenta cuando la operación concluyó. Antes de salir, y como poniéndose de acuerdo, los doctores manosearon la cabeza de Ricardo para dar por terminado el trabajo, como si del acto esperaran su perdón por martirizarle.

"Terminamos", susurra uno. "Habrá que esperar a que su subconsciente haga el resto. ¡A que tenga ganas de vivir!", dice otro al irse desprendiendo del tapabocas. Las enfermeras hacen ademanes, le proporcionan caricias como si fuesen madres religiosas impartiendo el catecismo.

Las manecillas recorrieron varias veces el ecuador del reloj, quizá cinco o seis ocasiones, el caso es que cuando el perforado jovenzuelo despertó y percibió su jadeo, le entraron inmensas ganas de llorar. En parte porque estaba nuevamente entre los vivos, pero desilusionado por no haber podido desdoblarse como él hubiera querido. *Tanto que lo practiqué en casa*, se dice desilusionado. *Noches enteras ensayándolo. Fogueándome en la faena. Metido en mi cuarto como chinche entre los retorcidos resortes del colchón. Memorizando su ejecución. Todo para que en el momento de ponerlo en marcha me ganaran la partida. Ni modo, será para la otra.*

La familia lo vio vivo y lo consoló, festejándole el feliz regreso del quirófano.

Fue entonces cuando él se dejó ir al espacio juicioso de su paciencia y tolerancia. Pasada la marea se dispuso a descansar. Se enchufó a la calidez de su hogar. Papá, mamá, hermana y demás. Una voluntad controlada a su entera jurisdicción. Como si no se hubiese ido de casa, ahora dormía al lado de los suyos.

✸✸✸

Antes de lograr la primera cita con el cirujano, Richard le arrancó el tiempo al calendario. Tiempo que le urgía para enfrascarse en la identidad de su persona. Buscándose a sí mismo. Ansiaba averiguar cómo escapar de su cuerpo estando en vida. Caminó a la biblioteca y abrió el tomo de Platón a través del "Diálogo de Fedón". Ahí se enteró de los conceptos primarios del alma y su destino, bajo el prisma de la reencarnación. Después puso sus sentidos en otros libros. El asunto no era para manejarlo con frivolidad. Se adueñó del texto con severa sensatez. Aprendió que el alma es la autoconciencia, una entidad individualizada. Ésta, controlada, viaja más allá del cuerpo físico durante el desdoblamiento. Estudió lo relevante de tres valiosos elementos, como son el alma, la conciencia y el espíritu, que eran sus equivalentes para sus pretensiones astrales.

Transitando entre los anaqueles en los pasillos de las bibliotecas, leyendo libros, preguntando a maestros y a todos los que tenía al alcance, comenzó a desarrollar diversas técnicas que con el tiempo le arrojaron resultados positivos. Emprendió sus primeros ejercicios con la postura clásica de *decúbito supino*, es decir, adoptó lo que todos llaman la postura ideal. Acostarse de espaldas, mirando al techo en posición totalmente horizontal, con los brazos bien extendidos y evitando, con una almohadilla, que la garganta expectorara. Tumbado, boca arriba, en posición plena para la relajación. Cuidando el ritmo de la respiración, tomando aire por la nariz, llenando los pulmones y reteniéndolo para después expulsarlo, como relojito, por la boca. No hacía nada más que eso. No aromatizaba su habitación, tampoco ponía música, eludía corrientes de aire y todo tipo de ruidos. Y a meditar se ha dicho. Pronto los frutos obtenidos arrojaron excelentes conclusiones. En muy poco tiempo desarrolló técnicas que a él mismo le sorprendieron. Todo a escondidas, sin hacerlos partícipes a sus padres, que incluso al abrir la puerta de su cuarto lo creían dormido, cuando él en realidad se encontraba trasponiendo los umbrales de la conciencia por sobre otros lares.

Cuantiosas tardes se introdujo de lleno al estudio de la metafísica. Le gustaba meterse en camisa de once varas con cuestiones sobre lo abstracto, elevado y difícil de comprender. Leyendo y descifrando las ideas sobre el "ser" de Aristóteles, así como a Shakespeare con el asunto de *to-be-or-not-to-be* que aparece en el Acto III (escena I) de *Hamlet*, pero que a él le hacía ruido en su cerebro.

Al paso febril de innumerables noches profundizó en infinidad de cosas. Inmediatamente después las ejercitaba como si fuese una tarea cotidiana. Por el simple albedrio de jugar con sus concentraciones, retándose al espejo para conocer el avance de su destreza. En unos meses lo realizaba a través de la meditación en el plano físico, pero ya con cierta pericia practicando de lleno el desdoblamiento de su cuerpo, para que él pudiera presenciar desde un punto distante a su masa extendida.

¡Qué cosas! Todo esto había comenzado por un sueño. Un sencillo y ordinario sueño vespertino, después de notificarle su ominosa afección cerebral. Soñó que estaba ciego, que no veía nada, pero que sus ojos parecían estar saludables. Mas, a pesar de esa discapacidad él podía desplazarse para un lado y para el otro. Es decir, no necesitaba ojos para transitar sobre el camino. El sueño le enseñó que podía abrir los ojos a través de una profunda concentración de su mente, tan solo con desearlo con intensidad, escudado bajo la conexión de una fuerza mental poderosa. Por lo que su esencia circulaba sobre senderos como si no estuviera ciego. La ceguera no fue en su sueño un impedimento para ver. Se percató que el dominio de su mente tumbaba muros. A partir de esa experiencia onírica Ricardo dio comienzo a lo que al final sería su ansiada escapatoria incorpórea.

⁂⁂⁂

Cuando vuelve en sí después del lastimoso desenlace de la cirugía y recobra completamente la conciencia del ser y estar, el primer reflejo absoluto es el de tocarse la cabeza, para sancionar su estado y advertir si el molesto chipote había desaparecido, o seguía infranqueable en su inconmovible sitio. Y aunque sus manos se enfrentaban con una venda prominente, siente gran alivio cuando sus padres le mencionan que todo ha salido bien y que los médicos quedaron muy satisfechos con los resultados de la operación. "Tu cerebro debe estar tan liso como un tablero de ajedrez", le dijo su padre. Pasado el trago amargo, vuelve a tranquilizarse y se sume en otro sueño tan profundo como el primero. Había que recuperar fuerzas luego de someterse a una operación considerada de alto riesgo y darle tiempo a que sus heridas se reconciliaran con la invasión craneana.

Once horas más tarde, despierta. Abre los ojos justo en el momento en que sus padres duermen enroscados al lado de su cama. Ella, recargada en el hombro de él, y Gilberto sumiendo medio trasero en el asiento, mientras que la otra mitad vuela por encima del brazo del sillón. Se les queda viendo fijamente, sin que ellos se den cuenta que son enternecidos por su vástago. Verlos así le ablanda sus penurias. Dormidos, vulnerables, dolidos, desvelados y agotados de tanto esperar. Piensa que sus padres son una invaluable tenencia en su vida. Un tesoro a manos llenas. La escena es lo mejor que le ha sucedido después de tantas andanzas en hospitales. Ambos preocupados y ocupados en asistirle, en darle, en prodigarle lo preciso. Lo indispensable. Moviéndose frenéticamente como desaforados entre el bajo mundo de los médicos, laboratorios y hospitales, que, como en la botica, se encuentra uno con todo. Doctores buenos, malos y regulares, y otros peores. Pero, bueno, él piensa que sus padres se mueven inquietos en ese quehacer que les ha dado el padecimiento infortunado que sufre su hijo mayor. *Qué lástima*, reflexiona en su brevedad, *pude haber sido otro, pero soy yo. Un maltrecho chaval cuyo cerebro debiera pertenecer al de un ser de otro planeta.*

⌖⌖⌖

Pasada la operación tan temida, fuera del pánico que lo arrolló al principio. Echó a la basura muchas cosas que figuraron entre la cobardía y el sobresalto. Se vio muerto en la camilla, a expensas del tiempo en que los médicos hicieron de su cuerpo lo que recogieron tras sus años de estudio. Se imaginó quedar tendido como un trapo en el mecate. Tenía tan solo quince años cuando apareció sobre su cabeza la infeliz joroba craneana. Desde entonces el mentado chipote trastornó su adolescencia. Razón suficiente para apurarse a vivir de otra manera. Después de oír permanentemente diagnósticos, pronósticos, dictámenes, evaluaciones médicas, quería estar preparado para los momentos de vida o muerte, como el que acababa de ocurrir. Por fortuna y para ser la primera vez, todo había salido bien.

Ser operado a corazón abierto o ser vilmente agujereado por una herramienta en el cerebro, en más de las veces no la cuentas. Son eventos difíciles de superar, tanto para los pacientes como para los doctores y, por supuesto, para la familia entera. Reflexionarlo así lo serenaba. El artificial conocimiento de los médicos, su disposición a los buenos resultados y el anhelo de vibras positivas de sus padres dieron como consecuencia un final feliz.

Se sintió satisfecho.

Un mundo de ruido

Los meses para alcanzar su penosa rehabilitación comienzan con las usuales consecuencias de un joven que quiere ponerse rápido en acción. Quiere volver a entrar al ritmo que demanda la actualidad moderna después de haber pasado por el trago amargo del quirófano. Pronto entrará el nuevo milenio y siente que en su alrededor hay una inquietud constante en la atmósfera que respira. No quiere ser un inútil en casa, aborrece ser dependiente de los demás, quiere valerse por sí mismo. Aparte que lo que le está pasando empieza a fracturar su intención. En seguida de la operación se da cuenta de que ha quedado afectado del oído izquierdo. Se le dificulta bastante escuchar de ese lado. Tiene que estar muy atento para poder percibir los sonidos que provienen de ese flanco. Justo donde la protuberancia creció. Fijándose más, también el ojo del mismo costado se nota un poco ladeado. La piel evidencia una ligera señal de jaloneo desde la parte de arriba para favorecer la costura en el hemisferio izquierdo de su corteza cerebral. Este detalle facial le obliga a utilizar durante una temporada un parche en la cabeza. Aunque, a decir verdad, con el tiempo se deshizo de éste y pudo callejonear por la vieja Guadalajara sin huellas grotescas en la testa.

El *bullying* se apodera de su entorno. En la escuela lo agarran de bajada. Muchos alumnos lo defienden y están con él, pero otros se empeñan en hacerle la vida pesada. Por ahí alguien le recitó un proverbio árabe: *"Si un hombre te dice que pareces un camello no le hagas caso. Si te lo dicen dos, entonces mírate al espejo"*. Desafortunadamente el espejo parecía mostrar más enemistad con su apariencia. Ponerle un alto a la situación era urgente. Imposible seguir condoliéndose de sus propias imperfecciones transigiendo con el irreverente organismo, necio y absurdo, que se empecinaba en propinarle malas nuevas cada mañana. Habría que propiciar un cambio y éste tendría que venir de su interior. Apenas cumpliría los diecinueve años y no quería que el tiempo viniera a darle solución a un asunto de su total incumbencia. Así que habló con su padre y le dijo que en adelante él iba a ser su asistente.

En primera instancia el padre se opuso de manera determinante y discutió fuerte sobre lo que él consideraba un absurdo. No quería que su hijo descuidara la escuela. Su tutor había terminado la vocacional en el Instituto Politécnico Nacional (IPN), de Jalisco. Y consiguió hasta el final titularse en las filas del mismo centro educativo. Sobre él ya pesaban muchos años de ejercer la profesión de manera honorable y digna. Ejemplo de la familia y de su apellido. Razón por la que defendía desde su trinchera la propuesta de su vástago a que siguiera con sus estudios. Sin embargo, cuando escuchó las penurias que vivía entre los pasillos de la vocacional, se inclinó a favor de su hijo que le ganó a su resistencia.

El chamaco le contó a su padre de los motes y apodos con que los compañeros de clase lo bautizaron. De la costosa dificultad de oír bien las instrucciones de los maestros cuando daban su catedra. Le refirió de la frecuencia en que los maestros le amonestaban porque, según ellos, lo acusaban de no poner atención a sus clases. En realidad, sus habilidades psicomotrices habían mermado de manera importante. Para colmo, las medicinas que debía tomar a diario lo ponían en un estado de aletargamiento imposible de vencer.

Todas estas fueron razones suficientes para sustentar su petición de trabajar al lado de él. Así que ahora le pedía a su señor padre que le ayudara a ayudarlo, para que juntos emprendieran una nueva forma de ganarse el sustento de cada día. En tales condiciones don Gilberto no tuvo más remedio que prestarse para tan noble remedio.

Tal acontecimiento dio como resultado que en breve dieran de alta en las oficinas generales de Hacienda de Guadalajara, una innovadora empresa a la que llamaron Arsico, S.A.

Con este motivo se lanzaron hacia el frente como pequeños empresarios, emprendiendo una marcha con toda la energía dispuesta. A doña Angelina la conmovieron de inmediato. Tanto, que estuvo al punto del éxtasis cuando se enteró del propósito de ambos. Porque esto significaba un gran progreso para las ambiciones profesionales de su esposo; y para su hijo, una especie de terapia urgentemente requerida. Aplaudió el trueque convenido y esa noche les regaló una cena en pos de los nuevos empresarios de la familia. Brindaron alzando las copas de vino junto a un espagueti a la italiana acompañado de sendos camarones para adornar los platillos, todo ello sobre un mantel tan blanco como sus ilusiones.

Segura estaba que con esta nueva actividad se vendría una metamorfosis providencial para su Ricky. Se alegraba de que ambos formaran un equipo de trabajo cumpliendo con las tareas encomendadas y ayudándose entre padre e hijo. ¡Bravo!

Rebasados los estragos de su restablecimiento y teniendo por delante mucho trabajo con su tutor, el Richard se abocó a llevar y traer, subir y bajar, ir y volver, con todo lo que éste le ordenaba. Y pronto su papá se percató de que la voluntad e inteligencia de su hijo lo rebasaba. A cualquier problema le encontraba solución, fuera simple o sencillo, económico o de planeación, pero ordinariamente descifraba la incógnita. El jovencito poseía grandes dotes de intelecto. Perspicaz, rápido para encontrar la salida en el túnel. De una agilidad mental increíble, provisto de un talento difícil de superar. Por lo menos el papá, que lo tenía cerca, aseguraba que su Richard era una lumbrera. No en balde ya había mostrado desde jovencito algunos rasgos de presagios y premoniciones que la familia guardó en los archivos de la memoria.

Gilberto presumía de ser un magnífico ingeniero civil y en Guadalajara tenía cierto prestigio en el medio de la construcción, pero —siempre hay uno—, se ganó la fama de ser un poco lento en sus procesos y como que al final de los proyectos se le descomponían las cosas con el personal a su cargo. En las obras chicas no había discusión, pero en las obras de mayor envergadura algo acababa mal con su gente, y, las más de las veces, terminaba poniendo de su bolsa para pagarles a sus albañiles, a los sobrestantes y los "maestros de la cuchara".

El hijo se dio cuenta de los inconvenientes que su padre exhibía al respecto, por lo que decidió buscar distintas posibilidades que le dieran otro matiz a la veteranía de su progenitor. Fue así como Ricky escarbó en nuevos medios. Se metió en las cuestiones hidráulicas de los edificios, de las que advertía que su padre era un señorón y se las sabía de todas, todas. Así que por ahí le buscaron, ahorrándose muchos compromisos difíciles de subsanar entre obras cuantiosas y tumultuosas, para dedicarse de lleno a construcciones mucho más sencillas y poco numerosas. Al fin y al cabo, Gilberto contaba con los conocimientos hidráulicos suficientes. De la materia en el trabajo, nada que decir, pero quien movía el pandero de los negocios era su hijo. Poseía vasta desenvoltura para manejarse en la consecución y armado de los contratos; encontrando, con visión, los proyectos a realizar; planeando lo que venía por delante. A su temprana edad, un magnífico organizador que ponía en la mesa de las negociaciones las condiciones óptimas para que los planes se dieran sin obstáculos.

Un año y medio, casi dos —si hablara el calendario—, duraron trabajando de ese modo, el uno para el otro. Dividieron las labores. Mientras uno se dedicaba de lleno a la cuestión de mantenimiento y operación; el otro se concentraba en los aspectos administrativos y financieros, en el cumplimiento de los contratos. Todo marchaba a pedir de boca. Hasta que una mañana de tantas en que Ricky se miraba al espejo, se encontró naciendo otra bola en el parietal. ¡Otra vez! Crecía insurrecta al lado de su frente casi en el mismo sitio donde extirparon la anterior.

Esa mañana nunca la olvidó. A pesar del paso de los años, no la borró de su mente. Nunca supo exactamente porqué, pero ese momento lo marcó por el resto de sus días. Y es que mirarse al espejo se convirtió en una obsesión a partir de esa fecha. Es más, las sucesivas operaciones tampoco quitaron de su recuerdo el impacto que le causó ver alterada su cara nuevamente, con la pinche protuberancia en la sien.

Los días que siguió vigilándose en la luna del botiquín del baño fueron de terrible decepción. Ya no quería verse en él. A partir de ahí consideró a ese cristal como su peor enemigo. Aunque no se examinara allí, él sentía como el abultamiento volvía a cobrar altura y su dimensión irreverente comenzó a espantarle igual que la vez pasada.

La triste circunstancia sobrevenida provocó que su actitud hacia la vida abriera un nuevo boquete en el que solo asomaba la nostalgia y el rencor en contra de todo lo que sucedía en su entorno. ¿Por qué a él? ¿Por qué en su cara? ¿Por qué no en otra parte del cuerpo? ¿Por qué ahí, al lado de sus ojos? ¿Valdría la pena esconder su deformidad que él mismo repugnaba?

Los médicos reaparecieron. Las incontables vueltas al hospital. Las filas en las salas de espera, las consultas, las medicinas, los exámenes de laboratorio, los rayos X, el TAC, a volver a reconocer lo aprendido.

—Madre. Dime algo: ¿esto es vida? —la pregunta sonó a reclamo. El hijo a la mamá en un tono tan vívido y humano.

Ricardo jamás olvidaría aquel momento en que el neurocirujano especialista le dijo con cruel exactitud toda la verdad y nada más que la verdad. Le dijo, a petición de él y sin preámbulos, que esa protuberancia era un tumor canceroso. Pero eso no era todo; como si no fuera suficiente, el médico agregó arrogante: "Tiene usted jovencito dos tumores más, avanzando directo hacia su cerebelo, ambos situados en los nervios auditivos. El de la derecha está un poco más grande que el otro. Le advierto, en la próxima operación podría usted quedar sordo de por vida. No podrá evitar la cirugía. Será inminente".

Ese pronunciamiento, "se lo advierto", sonó parecido a una sentencia implacable. Algo que tendría que suceder tarde que temprano. Nada podría impedirlo. Ni yendo al templo de rodillas. Fue una noticia que cambió el derrotero de su vida. De ahí en adelante ya nada fue igual. Para cualquier decisión a tomar siempre surgía esa *advertencia*. Fue una impresión en tinta indeleble que etiquetó su futuro.

Ese dantesco diagnóstico retumbó en su deshonrado cerebro desde aquella jornada médica. Salió de esa clínica sumamente conmovido. Deglutir ese infame dictamen le costaba trabajo y horror. Fue un golpe certero al futuro de sus días. Con el entendimiento apanicado, el dolor que en ese momento sentía lo apuñaló. El vaticinio de ese doctor se metió muy adentro de su alma, en la aorta de su corazón, en sus intestinos, en cada una de sus células, en cada tejido de su estructura, era como un objeto punzante causándole una herida de muerte. No lo podía creer, no solo uno, sino tres tumores en el cerebro. Insospechado, sorprendente.

De regreso a casa, Ricardo se fue a su cuarto sin emitir una palabra, con un silencio intencionado. Con la mirada angustiada y el disgusto en la profundidad de su pensamiento, rodó hacia la cama donde el llanto lo convulsionó durante un largo rato sin que quisiera controlarlo. *Es tan incierta esta vida. Yo la creía mía y que nadie podría arrebatármela,* se dijo. Luchaba por despedazar de su pensamiento aquel veredicto médico que le horadaba la cabeza como una broca en operación. Nunca hubiera querido escucharlo. Tendido y aturdido en su recámara, con el llanto sin disimulo, conmovedor, vencido en la cama, las dudas y las preguntas envenenaban incluso más su estado de abatimiento. Para hacerle frente a esa situación requería de una paz imposible de albergar. Se quedó sin mañana. Se lo robaron los hechos. A partir de ese instante su plan de vida quedó en cachos. Los disparos virulentos le llegaban a su corazón. Surgió el conocimiento, sin equivocación, de que iba a morir de una pinche afección cerebral. Y el primer flanco que atacaría sería la inminente sordera. No podría librarse de ella. El doctor lo anunció muy claro: "Tengo que cortar los nervios auditivos, no hay otra forma". Perder el oído sería como aislarse del mundo. Porque el mundo es ruido. La infranqueable sordera rompía sus ilusiones a cristalazos. La noticia deshacía su juventud. Sus planes y sueños, al caño con la mierda, junto con todos esos afanes empeñados en querer ser y tener, mientras cumplía con las promesas de la edad. ¡Escuchar! Requisito indispensable para la música, para el susurro, para el equilibrio de su caminar. Ya no escucharía un "te quiero" de su mamá. Un "socio" de su entrañable padre que lo mimaba como a un osito de peluche.

Pasó noches enteras maldiciendo el destino que le tocó por vivir. El especialista había emitido su dictamen sin preámbulos ni cortapisas. Para el doctor el asunto estaba resuelto. Sin embargo, para Ricardo apenas iniciaba su agonía. "Quedarás sordo de por vida", y "detrás del primero vienen otros dos tumores". Frases que entraron por su oído todavía sano, llevándole un pronóstico enemigo de su arribo a la parálisis auditiva y al martilleo de su cráneo.

El conflicto de su trágico horizonte no se iba a resolver nunca. *Todos morimos*, decía, *sí, pero no de esta manera*. El cadalso estaba listo para la ejecución. Tal vez el suicidio pudiera haber sido ser una posibilidad que le pusiera fin a todo esto sin maltratar tanto su sesera. Se fue de viaje al abismo de sus locos desvaríos, yéndose prolongados lapsos de su realidad física, hacia la inevitable inmersión de su concentración. Muriendo en vida paulatinamente.

Túnel sin salida

Sucedió algo asombroso pasados los primeros meses después del desafortunado análisis de su trastorno cerebral. Por increíble que parezca, se levantó de la lona y se puso a trabajar con una nueva ilusión. Ricardo se dispuso a hallar vida después de su muerte. Para tal efecto tuvo que quemarse las pestañas y poner el todo por el todo de ahí en adelante. Convirtió a su habitación en una celda, en un lugar místico, ascético, piadoso. Un lugar de oración. Cada vez que su hermana Zujey entraba a su cuarto se tropezaba con un cuadro solemne, austero, silente. Hacía frente con un Richard en un estado mancomunado entre la frágil sonrisa y una mueca de dolor. Incapaz de sostenerle una conversación continua, animosa, dinámica. Era como platicar con alguien robotizado, mecanizado, sin cerebro. Con respuestas breves y al punto: "¡Sí!". "¡No!". "¡Quién sabe!". "¡No lo sé!". "¡Quizás!".

El durísimo impacto, aparte de quitarle la paz, le hizo buscar a autores como Robert Monroe y su libro *Viajes fuera del cuerpo,* que rasga los perfiles de la alteración de la conciencia. En su ansiedad por leer y conocer busca robarle tiempo al tiempo, innegable necesidad. Por eso es que indaga, investiga, consulta acerca de los recorridos astrales en planos diferentes. Hace varias interpretaciones de este fenómeno y trabaja en la recreación de la salida y desplazamiento del alma fuera del cuerpo. Calibra su capacidad para entrenarse "viendo" con la mente. Lo asume como un músculo de su organismo que se ejercita y lo mantiene en forma. Un músculo que no se ejercita, muere, pregonan hasta los más ignorantes.

También busca y ensaya con las ideas de Lobsang Rampa. Se maravilla con la penetrante narración acerca del espiritismo y sus características. Lee aquí que todo el poder está en la imaginación, y que ésta lo puede todo. Imagina que la forma espectral del cuerpo astral debe ser impulsada para separarse del cuerpo físico.

Flanqueado por estas perseverancias experimenta, se foguea, practica con vasta frecuencia las técnicas del autor, eligiendo un destino hacia donde encaminar su desplazamiento. No solamente suspenderse en el aire, como ya lo tenía previsto, sino viajar en aquel espacio desdoblado de su cuerpo hasta familiarizarse con su propósito, hasta dominarlo enteramente. Su aspiración mayor lo arrastra hacia insondables caminos por recorrer. ¿Adónde ir? ¿Con quién incrustarse sin tener miedo? ¿En qué recodo mental puede estacionarse sin que lo expulsen?

Después de cavilarlo ardorosamente decide desdoblarse hacia su ser más querido, con el que tiene contacto todos los días y al que admira como si fuera Rodrigo Díaz de Vivar, el Cid Campeador. Escoge a su padre. A su viejito, como él le dice, para instalarse en su espacio contemplativo y espiritual.

Entreteje un novedoso panorama especulativo. Su plan de aquí en adelante será tratar de alojarse en el intelecto de su progenitor. Con ello, no tan solo conocerá sus recónditos pensamientos, también se pondrá en paralelo con el ser que más entiende y admira. Por eso es que no duerme, practica. No descansa, trabaja. No platica, medita. No come, sueña. Ya no existe el antes, se anticipa al después.

El cometido tiene sus primeros experimentos que le conforman una utilidad cien por cien productiva. En pocas semanas logra el éxito. Justo en el momento cumbre de su entusiasmo se percibe encima de su padre. Se conecta por una cuerda que enlaza ambas sustancias. Dos masas unidas desde su ombligo. Al estar dentro de la cabeza de su señor padre se aloja seguro y sin temores. No lo amenaza la expulsión, tampoco el desahucio. Sabe que su tutor no lo echaría de su cerebro. En ese rincón pensante descansa resguardado.

Lo ensaya casi a diario, no importa la hora, lo realiza cada vez que puede y siente la necesidad de hacerlo. Se convierte en una manía. En una obsesión. Después de un tiempo de estarlo experimentando repetidamente, ejecuta otro tipo de pruebas de mayor dilatación. Se concentra en su propósito con un ímpetu indestructible. Cambia de color a las cosas, a los objetos, a las caricaturas. Modifica su volumen y estatura. Se percata que las expectativas de estos experimentos son cuantiosas. Analiza su potencial, maduran sus intervenciones. No especula, es práctico, hace con sus ejercicios cosas extraordinarias. Al poco tiempo descubre que no necesita dormir para flotar en su habitación. Y se desplaza en sus espacios realizando viajes astrales con singular maestría. Detalla, examina e intenta excursiones sobre los techos de su casa en reiteradas ocasiones hasta que las domina. Tras la repetición nace el maestro. Su progreso en la materia es evidente. Lo sabe, pero todo lo guarda, a nadie le comenta de su afinidad astral, espiritual, meramente romántica, porque le ha tomado tanto amor a su súbita afición que la ha convertido casi en su ocupación profesional. Él mismo se sorprende al observar su progreso en la asignatura. Incluso ya puede calificar sus propios avances y compararlos con los que la lectura de otros autores le han mostrado.

Es aquí donde nace la primera interrogante que lo tendrá lúcido durante toda su convalecencia. *¿Podré mantenerme así estando sin vida? ¿Estacionarme por siempre en el cuerpo de mi padre? Ya soy capaz de desprenderme de mi cuerpo y desplazarme adonde yo quiera, pero... ¿cuánto tiempo viviré dentro de otro cuerpo sin morir? ¿Muerto mi cuerpo, podrá mi otro yo habitar en la vida de otro cuerpo?*

Sabe que no le queda mucho para averiguarlo, de manera que las veinticuatro horas del día le parecen insuficientes para financiar sus ratos consigo mismo.

La gran diferencia entre la primera y segunda operación era que esta vez Ricardo custodiaba directamente los diagnósticos, así como todo lo revelado en los estudios de laboratorio practicados a su cuerpo. En el caso anterior, su madre había llevado la voz de mando en las acciones, y mantuvo la autoridad a través del silencio con respecto a lo que ella consideró prudente. Pero hoy las cosas eran distintas porque Richy, con toda su pesadumbre encima, asumió el liderazgo y dominio de su futuro inmediato.

Lo consultó con su novia ocultando el estrés enfermizo y la angustia en sus facciones. Era consciente también que muy posiblemente sería la última vez que se vieran como novios. Lo que se venía por delante no era nada promisorio, así que fue muy paciente a la hora de estar juntos. Se las ingeniaron bien para pasarla a solas, sabiendo cómo, cuándo y en dónde. Para el amor no hay escondites. El amor tiene momentos que se deben vivir aun al punto de la muerte. La abrazó con todas sus fuerzas, con los deseos enormes de hacerla suya de manera única e inolvidable. Mejor que una fotografía eran cien abrazos coagulando su memoria. Quería dejar huella a través del único gesto humano que dignifica un encuentro solidario, que transmuta calor, suma entusiasmo y da protección, además de fortaleza.

En su escondida intimidad, como ellos tenían la rutina de estarlo, le contó que iban a perforarle el cerebro otra vez y que los tumores descubiertos no pararían de crecer hasta matarlo. Le suplicó no ser objeto de lástima y compasión. "Quiero que me veas como un hombre íntegro. Y aunque es posible que no pueda acercarme a la madurez, a la edad de un adulto, te prohíbo que pienses en mí como un inválido".

Siendo ella de carne y costilla (no de barro, como Lilith), se condolió del Jeremías que la mantuvo a su lado.

Le costaría mucho dejar de frecuentarlo. Innegablemente iba a sufrir. Isabel no podría reanimarlo en semejantes condiciones. *Mejor así*, se dijo. Fue un espacio de intimidad robada en un túnel sin salida. Una despedida con tintes de "hasta nunca". Después de ese atardecer, ya no hubo trayecto por recorrer, ni acoso por alargar. Marcharon cada quien con su pedazo de melancolía.

Segunda cirugía

El día llegó exacto en su tiempo y a la hora prevista por los neurocirujanos. Ricardo volvió a estar en el quirófano. Otra vez transportado en camilla hasta el poliedro de los sacrificios. Sabía que el escalpelo abriría su cráneo, escarbaría en su cerebro por segunda ocasión. Volvieron a entrar a su lucidez las frases consabidas de encomio y buenaventura de las enfermeras. Sus cariñosos salvoconductos verbales para darle ánimos en la difícil situación que otra vez enfrentaba. Pero hoy sí estaba plenamente preparado, la rapidez del cuerpo de enfermería no le ganaría la partida. Esta vez se previno, presintiendo que la inyección anestésica vendría en cualquier momento, se anticipó a su ejecución. Su cometido era suspenderse antes de que la insensibilidad se apoderara de sus sentidos. Flotaría entre los rincones de la sala de operaciones. Así lo había concebido en infinidad de repeticiones en su habitación. Por lo que esta vez el Richard sí logró emerger a tiempo. Su proyectada ambición se hizo realidad. Para cuando la anestesia hacía su efecto, Ricardo ya estaba elevado sobre la espalda de los cirujanos en plena actividad astral.

Su conciencia se mantenía a la expectativa y ahora estaba en condiciones de presenciar con nitidez las acciones y decisiones de todos los actores de bata blanca preparados para intervenirle. Procedería a su desprendimiento astral. Por supuesto que sí. Sería un desdoblamiento hacia otra existencia espiritual que husmeaba desde las mismas paredes donde era operado. Sabía cómo hacerlo, cómo estar pendiente de lo que en el quirófano ocurría. Era la segunda oportunidad que le brindaba el destino para darle vida a un sublime deseo que alguna vez percibió de modo impensado; en una experiencia onírica en donde podía ver su cuerpo tendido mientras que su halo deambulaba en torno a él. Hoy hacía acopio de toda su fuerza intelectual para vigilar los detalles que en su cuerpo ejercitaban.

Siendo en el cerebro la operación, se requería tener al paciente totalmente sedado. Físicamente lo estaba. Primero lo afeitaron a la perfección. Limpiaron con toallas húmedas su cabeza rasurada. Una vez que el neurocirujano aprobó los detalles preoperatorios se puso en acción. Hizo una incisión en su cuero cabelludo sobre el cráneo, cerca del tumor, y la piel se contrajo. Luego tomo un tipo especial de taladro para remover la porción del cráneo sobre el tumor. Y cuando la abertura estuvo lo suficientemente grande, el cirujano emprendió el camino para insertar varios instrumentos con los que se puso a trabajar en la zona previamente localizada.

Desde su espacio aéreo podía cruzar de manera inconcebible los cuerpos de los médicos y especialistas. Observaba la maestría del cirujano en jefe y sus auxiliares para manipular los instrumentos. Verificaba su aplomo, su mesura, pero también la prudencia con que comandaba a su equipo de trabajo. Daba órdenes en torno a los utensilios y aparatos que con extrema eficacia paseaba entre sus manos. Sin duda, un avezado experto en toda la palabra.

El cuerpo del paciente en esos momentos no se veía. Unas sábanas azules se extendían sobre su silueta. Todo estaba cubierto, a excepción del área en donde operaban los médicos. Cuatro faros de intensa iluminación se acoplaban encima de sus cabezas para apreciar los agujeros hechos en su corteza cerebral.

Richard guardaba aun reservados deseos de salir adelante en esta segunda operación, a lo que menos aspiraba era a quedarse tendido en la plancha. Todavía no. ¡Quería regresar! Sin lugar a dudas terminaría disminuido y muy limitado, pero anhelaba volver a la vida, estar todavía en el mundo de los que respiran y sienten. Seguir al lado de sus padres, aunque le soplaran muy cerca al oído qué música estaban escuchando. Percibir los olores y sabores en la cocina de su casa. Sentir el beso de su madre querida, cuyo amor no le cabía en el pecho. Esperar a que su papá le siguiera dando el buen trato tierno de tener un hijo lúcido y perspicaz para conducir un negocio, su piedra angular como él le decía. "Sin ti las cosas no caminan igual. ¡Te necesito conmigo hijo, de cerca, eres muy talentoso! Yo, en cambio, debido a los años voy perdiendo mi agilidad mental".

Por todo ello, lo guardado en su memoria estaba pendiente de los brazos, de las manos, de los pies y pasos de cada uno de ellos a la orilla de su camilla. De los sonidos que emitían las pantallas, mamparas y aparatos, del goteo del suero, de la sangre salpicada sobre el verde de sus batas. De los utensilios e instrumentos que manipulaban, de los dispositivos y el ruido que producían sus voces e instrucciones chocando contra las paredes pálidas y la asepsia del lugar. Estaba en juego su vida y eso era razón suficiente para mantenerse a la expectativa.

Transcurrieron seis horas en el trance operatorio hasta concluirse. Cuando el neurólogo se encaminó hacia la sala de espera y llegó frente a Gilberto y Angelina se notaba la alegría con que sus ojos dejaban ver la noticia. "Gracias a Dios, todo ha salido bien, señores". El cirujano tuvo que hacer un alto para esperar un par de minutos a que ellos pausaran su llanto y seguir comunicándoles los pormenores. "Ahora hay que esperar, ser pacientes, ver sus reacciones y estar al pendiente de su rehabilitación. Además, siento comentarles que", agregó el cirujano cambiando de tono y gesticulando muy severo, "ha perdido el oído izquierdo en su totalidad; y muy probablemente, en breve se vea afectado del ojo derecho. Tal vez ya está minado desde ahora, no lo sé". "Así mismo", recomenzó su monólogo, "cabe la posibilidad de que sus habilidades psicomotrices acusen una mengua notable. Siendo específico con esto, me refiero a todas aquellas cosas que comparten su equilibrio, percepción y coordinación de su condición física".

Dio la media vuelta con dirección a cuidados intensivos y los dejó ahí, salpicados de angustia, hechos garras.

Los padres se miraron angustiados, después se abrazaron francamente dolidos. Mostraron una sonrisa insípida entre tantos sinsabores y desilusiones. Un gesto dividido entre el encanto y el desencanto. Algo difícil de explicar. Su Richy había resistido la segunda operación, pero a qué precio. A un costo abominable. El llanto despuntó sin recato por sus pómulos. Someterse fácil al acatamiento de lo inevitable era dolorosísimo. La pronta resignación a la discapacidad cruel y lenta de su hijo era inconcebible. Les pegaba de lleno sobre la estructura de su paternidad. No habría felicidad para su hijo. Porque no hay alegría cuando el hombre está incompleto. De hecho, pensaban, quien debiera tener mayor mansedumbre era el propio Richy una vez que conociera lo que tendría que soportar por delante. No les quedó de otra, más que conformarse con la infame novedad traída por el neurólogo, que a últimas fechas se había convertido casi en un consejero de la familia, por sus frecuentes recomendaciones y amonestaciones sobre la salud de su vástago.

Después de una victoria pírrica con el resultado de la segunda intervención, los padres vieron en él cambios serios en su disciplina y estilo de vida. Inusuales gestos en su proceder. Actitudes un tanto despectivas cuando a ellos se dirigía. Richy ya no fue el mismo. Decía él que "había ganado una batalla, pero no había ganado la guerra". Ellos intuían que las cosas en lo subsecuente no iban a mejorar. De hecho, estaban por perturbarse.

A partir del momento en que despertó de la segunda operación, sus padres se convencieron de que el miedo se había apoderado de su retoño. Lo veían cambiado, se encerraba en su cuarto días enteros, como si fuese una protesta en contra de las circunstancias, sin exteriorizar la tormenta que se daba en su interior. A todos en casa los mantenía en el misterio. Ellos trataban de ubicarlo en su nueva realidad. Aconsejarlo para enfrentar lo mejor posible lo que era irreparable. Muchas mañanas lo vieron levantarse triste, de mal humor. Cualquier cosa le representaba una molestia; y cuando alguien lo cuestionaba, contestaba con el silencio, con la indiferencia. Le ponía desdén a su respuesta.

De mala gana hacía los ejercicios recomendados por el personal del hospital. Tomaba sus medicamentos religiosamente, pero con una mueca de disgusto. Siempre disciplinado, siempre con enfado. Cumplía al pie de la letra las órdenes emitidas por los especialistas, no quería ser vigilado por una necia postura ya que perdería su libertad en la quieta estancia de su habitación. Dormía con exceso, quizás exageradamente. Imaginaban sus padres que era por la ingesta de excesivos fármacos a los que estaba sometido. También se figuraron que era presa de dolores intensos de los que no quería hacerlos partícipes. Vivía encerrado en su dolor.

Faltaba mucho por recorrer en la vida de su Richard y, sin embargo, el calendario familiar se descompuso. Las horas perdieron sus minutos y quienes dominaban las semanas y los meses eran los tumores cerebrales que pusieron a todos en jaque. La rutina se hizo ruidosa, el genio se desbordó y la tolerancia ya no hizo parada en la siguiente esquina. Choque de voces, choque de identidades que se extraviaron en el escozor del medio ambiente. El hijo tirado en la cama y los padres sucumbiendo ante la tristeza de su retoño que se les iba sin poder cambiar el rumbo de las cosas. Sin poder detener el tiempo.

La flor más bella del ejido

Diciembre de 1997

Siempre será muy significativo poner en la mesa el recuento de los años vividos. Principalmente cuando se ha recorrido una buena cantidad de ellos dejándolos en el camino. Unidos y orgullosos los esposos figuran los días, meses y años con todos sus instantes para conmemorar el ayer. Nada fácil es sobrevivir a tantos problemas, conflictos y contrariedades que surgen en la cotidianidad familiar. Y menos cuando los hijos están de por medio. Esencialmente al arranque de su educación porque las opiniones entre los cónyuges dividen las decisiones. Cada una es impartida desde una trinchera distinta. Padre y madre provienen de lazos diferentes y en el encuentro de su presente, los juicios y criterios se fraccionan en experiencias, herencias y atavismos recogidos desde el vientre de sus familias que los vieron nacer. Y es justamente ahí cuando se recurre a la cordura, a la sensatez, a la comunicación suficientemente humana. A la prudencia. Resquicios que, por lo general, se deshacen al filo del buen entendimiento. La tolerancia en ambos certifica la buenaventura para llegar a buen puerto; como ahora, que disfrutan de su aniversario brindando y chocando sus copas en una taberna conocida por los lugareños como: "Los famosos equipales".

—Felicítame Gilberto. Te he soportado durante veinticinco largos años.

—Felicítame Angelina. Por seguirte amando desde entonces. No me arrepiento un solo momento de haberme casado contigo. No sé tú...

—Hemos sufrido las de Caín, pero aquí estamos juntos. Brindo por ello, de verdad.

Angelina levantó la copa y juntos dedicaron el propósito del brindis. Contentos, satisfechos y en cierto modo plenos de estar todavía casados. A pesar de que su matrimonio no había corrido en línea recta e incluso acusaba algunos descalabros serios y tropezones groseros que supieron corregir en su oportunidad. Hoy brindaban complacidos en la tumultuosa intimidad de un bar cuya antigüedad es el tesoro parlante de sus invitados. Y porque ambos sujetaban en sus manos una bebida llamada "Nalga alegre", un singular coctel que se acompaña de jugo de naranja, limón, ginebra, algo de ron y unas gotitas de vino tinto.

—¿Recuerdas el día que nos casamos? ¡Todavía lo traigo aquí, en la memoria, pegado como si fuera engrudo, caray! Yo te esperaba afuera de la Iglesia de Nuestra Señora de la Merced. Templo chiquito, pero bien pintado por dentro y por fuera, bueno y bonito en aquel entonces. Con bancas lustrosas, pulidas. Lindas, como tus ojos. Ahí estaba yo, inquieto, estresado, nervioso pero emocionado, ilusionado de lo que me esperaba al tenerte conmigo. Por primera vez haríamos el amor. Te veía bella, hermosa, fulgurante. Cuando llegó la limosina y se estacionó al frente de la iglesia sentí que se me caían los pantalones hasta las rodillas. ¡De verdad! Fue excitante ese momento. Yo de treinta, tú de diecinueve. Un poco pasadito de tueste yo, pero bueno, en el amor todo se vale.

—Tú eras el feo y yo la bella. ¡La bella y la bestia! —dijo Kily alzando la copa nuevamente al son de una sonora carcajada.

—Pues, aunque lo digas de broma, justamente así me sentía. Como el jorobado de Nuestra Señora de París —contestó Gilberto sonriendo apenas, con el rasgo infinito de su timidez.

—Mira amor —dijo ella disponiéndose a extender su comentario—. Quiero ser, como siempre, muy honesta. Te amaba y te sigo amando, ¡eh!, no lo dudes. Pero en aquellos años, cuando era una jovencita, yo quería un príncipe azul, como todas las que sueñan en ser amadas en su primera vez. Y al llegar tú, así de golpe y porrazo. De rostro rudo, con tu bigote lleno de púas, tus cabellos hirsutos, brillosos por la vaselina, de frente ancha como una avenida y con una forma de hablar medio rara, clásica de los chilangos. ¡Pos cómo no me voy a espantar! ¡Válgame Dios!

José Gilberto rio a más no poder. Nomás recordar esos pasajes vividos hacía veinticinco años lo ponían de muy buen humor. Miró a su derredor admirando los muebles de apariencia apolillada. Y es que las mesas conservaban un aspecto tradicional con tintes revolucionarios.

—Ya te había echado el ojo, mi amor. Te caché *infraganti* algunos atardeceres platicando por ahí con tus amiguitas, cuando llegaba de Tuxpan, donde yo trabajaba. No estaba lejos. En cuestión de media hora llegaba al centrito de Zapotlán. La verdad es que a bordo de mi camioneta todo se me facilitaba. Nada quedaba lejos. Y un día de esos, que quizás todavía recuerdes, te vi cotorreando entre la bola. Te vi hermosa, distinguida, diferente, blanca, pura como una santa. Tu cabello güero sobresalía sobre tu espalda como una princesa medieval. Fue cuando me impuse la misión de conquistarte. *Ahora o nunca*, me dije. Me propuse enamorarte desde ahí, precisamente desde esa tarde en que te encontré con tu noviecito santo y dominguero.

—¡No seas malo con él! Se llamaba Marcos. Era un buen chico, de buenos modales, bien hablado, decentito. No como tú, pelado, que empezaste con tus cosas a ahuyentarme. Tu misión, si así la quieres llamar, era poco a poco conquistarme. Ya casados me lo dijiste; despacito, suavecito. ¡Pero no! Fue todo lo contrario. Me perseguías, me buscabas, insistías, como sabueso tras su presa. Y luego eso de que pasabas en la camioneta y me gritabas "Quiubo mi alma". ¡Qué corriente!, de verdad. Me caías gordo, canijo. Y para más, te invitabas solo a las reuniones que planeábamos. Llegabas de improviso con tus aires de gran señor. ¡Bah!... Y hasta la fecha, nunca supe quién fue tu soplón, para que llegaras puntualito a los guateques que organizábamos.

—¡Oh! Yo también tenía mi corazoncito. ¡Pos ésta! Es que no me quedaba de otra —riéndose se acercó a su mejilla y le afirmó al oído, sin que nadie le oiga—: Es que yo quería todo contigo, mamacita. —Enseguida siguió con su monólogo—: Quería ganarme tu sonrisa, tus favores, tu mirada, que me llamaras por mi nombre. Estaba enamorado de tu boquita preciosa, de tu cabellera suelta que llegaba hasta el final de tu espalda. Anda, levantemos de nueva cuenta el coctel "Nalga alegre" y dame otro kikorete que de eso pido mi limosna.

—¡Qué pelado y grosero te oyes! No me simpatizas. Te oyes como un pelafustán.

—Es que eras como una piedra preciosa en medio de un pantano. Te recuerdo, estaba flechado de tu estatura, de tu piel nevada, de tu sonrisa de ángel. Hasta de la forma en que te maquillabas, tenue, lisa, discreta, con el rubor acorde a tu personalidad. De eso estaba chiflado. En pocas palabras: Me traías pendejo.

—Ya párale que me estoy creyendo todos tus piropos.

—¡No le paro! ¿No es cierto que fuiste "La flor más bella del ejido"? Tú me enseñaste las fotos de aquel entonces. ¿Dime si no? ese tipo de certámenes los hacen para valorar la belleza de la mujer, además de conservar y resaltar los orígenes de los pueblos. Estar ahí es como presenciar toda una tradición para representar a tu pequeña patria. Son ferias de gozo y alegría para darle encomio a la belleza femenina. Así que mi sentimiento no era meramente volátil, estaba endiosado y muy ufano de llevarme al altar a la "La flor más bella del ejido". ¿Cómo la ves? —Hizo una pausa, tomó aire mirando el rostro de su güera que lo escuchaba atenta con la sonrisa a flor de piel—: Y ahora te toca a ti, chaparrita. ¿Qué era lo que más te gustaba de mí? Anda, dímelo. Confiesa.

—Aparte de ser un bribón, sin duda lo que más me gustaba era tu firmeza y el atrevimiento para lograr tus objetivos. Tu personalidad, tu carácter y determinación para desenvolverte en la sociedad. No eras un hombre cohibido y timorato, como muchos de mis amiguitos de la escuela. Por supuesto que adoraba, y adoro, tu franqueza y rectitud. Para ser sincera, más que tu postura masculina o tu porte varonil, me gustaban los atributos que te acompañan por dentro. Los valores que le dan contenido a tu persona. En ese rincón fue donde encontré tus cualidades. Por eso te di el sí. Por cierto, ahorita que me acuerdo, ¿qué declaración de amor me hiciste? ¡eh! Ya ni la haces. —Se le quedó mirando recelosa, pero con ojos de cobranza—. No comprendo cómo es que hoy revientas el diccionario con tantos halagos y hartos calificativos, y para pedirme como esposa simplemente llegaste y me dijiste: "Flaquita quiero desengañarme y saber realmente si te quieres casar conmigo". ¡Por Dios! Te faltaron agallas. Te faltaron palabras, ¿o qué…?

—¡Ni valor ni pantalones me faltaron! No señora. Me faltó hacer un paréntesis y tener más dominio para controlar mi nerviosismo. Yo no tenía experiencia con las mujeres. ¡Créeme! Eso fue lo que faltó. Ya te he dicho, tu cercanía me ponía de puntas, nervioso, intranquilo. Nomás de rozar los bellitos de tu piel me excitaba como soldado en plena guerra. Cuando me mirabas tan de cerca con tus ojos borrados, me encendías como el carbón en la hoguera. A pesar de que estuve ensayando durante todo un día la dichosa declaración. Memoricé muchas frases previamente estudiadas, eran contundentes, románticas, palabras que abarcaban amor, ternura y comprensión, inclusive había preparado hasta un verso de Neruda. ¡Te lo juro! Y a la mera hora todo se me olvido. ¡Qué bruto! ¡Qué sope!

—¡Y luego dónde! —alcanzó a decir ella al instante, con sarcasmo, pero con un guiño de desilusión—, escogiste el cine para hacerlo y en una película de *Kaliman*. ¡Qué bárbaro! Yo esperaba una declamación poética. Un poema de Amado Nervo. O de Manuel Acuña. De perdido una recitación, acompañada por la entrega de un anillo de compromiso. En fin, algo serio. En un restaurante, tal vez en el mejorcito del pueblo. Una flor que cruzara por nuestras miradas y una copa de vino sobre la mesa para cerrar con broche de oro. Pero no, fue en una mugrosa función de cine. ¡Qué ofensa, carajo! Nomás me acuerdo y se me pone la piel de gallina, del coraje.

—Bueno y ahora que lo mencionas. Si todo eso te molestó porque me dijiste inmediatamente que sí. ¿A ver…?

—¡No lo sé!... Bueno… ¡Sí lo sé! Yo creo que fue porque deseaba encontrarme en otro lugar. Viviendo otra vida. Con otros actores que me dieran más protagonismo. ¡Quería amor y no reclamo! Sentirme reina y no hija esclavizada. Desprenderme de las ataduras de mi padre. Que de veras era rudo con nosotras. Y no se diga con mi madre. En aquellos tiempos estar con él era restar. Estar contigo era sumar. Tú siempre me diste mi lugar y me otorgaste un valor, como hasta ahora. Y él me veía a perpetuidad con mi mameluco. Como bebé en la cuna. Para mi papá no había crecido. Se percató de ello hasta que llegaste a la casa a pedir mi mano. También creo que fue la sorpresa con que te anticipaste a los tiempos de un noviazgo de corte pueblerino. Tal vez dentro de mí lo deseaba tan fuerte como tú. Aunque los deseos no surcaran por el mismo canal; pero de una cosa sí estaba segura: quería salir de mi casa. Así que tu petición dio en el clavo, justo en el momento en que lo necesitaba. Hoy yo te pregunto: ¿Acaso lo presentiste?

—¡No, la verdad, no! Yo ni en cuenta. Mis pensamientos estaban en cómo alcanzarte y poseerte. Te hice el amor veinte mil veces antes de la noche de bodas. Mi imaginación cursó por tu cuerpo todos los espacios románticos y sexuales habidos y por haber. Fantaseaba como chapulín sobre el pastel chocolatoso que pronto disfrutaría.

—¡Eras bruto de veras... eh!

—Al decidirme a conquistarte, me apoyé en mi trabajo y mi salario. Antepuse mi rango de profesionista trabajando en una empresa importante. Amparado en mi madurez, sobre todo pensando en el criterio de tu familia, aseguraba ser un firme candidato para lograr mi objetivo. Yo quise, ante tu padre, mostrarme como un hombre hecho y derecho y con porvenir, dándole una buena vida a su hija. Era un buen motivo y una razón poderosa para que soltaran la prenda.

—Y precisamente porque te creías mayorcito, el día que fuiste a pedir mi mano, llegaste a casa diciendo; "Vengo por lo de su muchacha". ¡Qué tarugo! Está bien que Ciudad Guzmán era un pueblo todavía y nosotros rancheros, pero no era para que nos trataras así. De verdad, ¡te pasaste! Como dicen en el futbol: "Te pusiste en claro fuera de lugar". ¡Qué bueno que la reacción de mi padre fue reírse de tu estupidez! Te vio como a un joven inexperto y malcriado, queriendo hurtar la gallina de su granja. Pero si yo hubiera escuchado eso de un pretendiente de mi hija, lo saco a patadas de mi casa en ese momento. ¿Cómo que por la muchacha? ¡Pos que era yo la criada o qué cosa! En ese instante me pregunté si tus estudios, en los que sustentabas tu supremacía, respaldaban tu infame petición.

—¡Otra vez tienes razón! Lo bueno es que todos rieron. Me miraron como a un párvulo en la Feria de Zapotlán. Después de haber dicho lo que dije, me sentí una bacinica escupida. Pero bueno, tu papá se portó de maravilla. Me trató muy bien. La verdad es que le tenía pánico. Todos en Ciudad Guzmán me habían comentado que era de armas tomar. Había ganado la fama de ser hostil, tirante. Un tipo de voz gruesa y ranchero hasta las cachas, directo y sin rodeos, ¡cómo va! Pero yo creo que le caí bien, porque de ahí en adelante las cosas rodaron siempre a mi favor. —Hizo una pausa para reponerse de su bochorno e interceptar una idea que quería exponer en ese instante—. ¡Ah! ¿Pero qué tal después? Vino Socorro, mi madre, desde los Estados Unidos, acompañada del sacerdote del pueblo a pedir oficialmente tu mano. Y entonces las cosas mejoraron del cero al diez. Por cierto, ya te conté, mi madrecita no cantaba mal las rancheras, eh; también tenía sus correrías; fue interceptada en el ferrocarril con trayecto de Monterrey a la Ciudad de México, porque se escapaba con mi padre. La familia venía corre y corre desde California, hasta que les dieron alcance. Los bajaron en un pueblo poco antes de Saltillo y ahí los casaron a la fuerza. Los volvieron a subir al tren y adiós. Pero, bueno, una simple anécdota que viene al caso porque yo te prometí honestidad y decencia y lo cumplí. Te saqué de tu casa como debe de ser. Nada de andar de roba chicas de pueblo en pueblo.

—¡A mí no me sacaste de ninguna parte! Yo me casé contigo porque quise, nadie me obligó. Punto. ¡Nomás eso me faltaba! Que me hubieras robado. ¡Si me dejo! ¡Ay, Gilberto!, ¡sigues pensando como macho!

Él sin pedirle permiso se incorporó, dio vuelta a la mesa donde estaban libando y le puso un beso en la frente, casi en los ojos y declaró que la amaba más que en su primera noche de amor. Ella le correspondió poniendo sus manos en los cachetes y le regresó el beso en los labios. Justo en ese segundo ella rememoró las noches seguidas a la boda. Un calvario en plena luna de miel.

—En cambio yo, me puse a llorar cuando terminó la fiesta antes de la noche de bodas. Tenía miedo de salir de casa. Dormir con un extraño que apenas había llegado seis meses antes a mi vida, de forma inesperada, como un ladrón, a sacarme de mi hogar. Salía de mi casa casi ciega. No tenía noción de las relaciones sexuales y sus consecuencias. Ni un ápice. Solo amontonaba en mi memoria las pláticas tontas y dispersas con mis vecinas y compañeras de la escuela. En realidad, estaba en cero. Nunca había visto un pene en vivo y a todo color, salvo en folletines que luego una que otra chava atrevida nos enseñaba a escondidas. ¡Yo era virgen! En los setentas subsistía esa firme creencia, y en un pueblo como Zapotlán peor, que entregarse a un hombre antes del matrimonio era pecado mortal. Además de convertirte en una lacra para la sociedad femenina. Ejemplo ingrato y promiscuo para las demás chicas que deseaban contraer matrimonio. Esa jovencita era tratada como una amenaza entre las adolescentes del pueblo, si te atrevías a tener sexo antes del matrimonio ya no encontrarías hombre para marido y, por ende, la oportunidad para entrar al mundo de las mujeres casadas quedaba vedado. Todo por haberte comido el taco antes del recreo. Al pensarlo, me sobrevino un ataque de pánico.

Gilberto adoptó una pose quieta, prestando oídos a todo lo que su señora esposa aludía en esa noche de copas.

—Para desgracia de mis males, justo en la luna de miel me vino la mentada menstruación. Alguien de la familia me dijo sorprendida: "Qué gacho, ¡no es posible que eso te suceda en tu luna de miel!". Según ella me aconsejó y corriendo fui a la farmacia a comprarme un medicamento para detener el inminente sangrado. ¡Oh! Desdicha. Craso error. Como nunca había tomado esas méndigas pastillas durante mi adolescencia, a mi cuerpo le cayó de extraño y me hizo un daño terrible. ¿Te acuerdas?

—¡Como no me voy a acordar, si para mí fue un suplicio! fueron días bastante difíciles y en los que yo no atinaba a saber qué hacer. ¡Y es que recibida la mercancía, no había devolución! Fueron tres noches en que además de pasarla en ayunas, o sea, sin nada de nada, me vi obligado a tratarte como si fueras una niña de diez años. Envuelta en un montón de caprichos. ¡Todo por tu recondenada amiguita!

—Otra cosa, Gilberto. Y tú lo sabías. Nunca había estado desnuda ante ningún hombre. Ni siquiera ante mi hermano o mi padre. El sexo no lo conocía ni por revistas. Por lo que verte desnudo fue una ignominia. ¡Como ver a Frankenstein en lo oscurito!

—¡Órale! ¡Te pasas…!

—Ver tu cosa ahí, parada ¡Dios santo! Y tú, queriendo quitarme toda la ropa. Ya mero me desmayo por tu culpa. Nomás te veía a los ojos. Estabas convertido en un tiburón, queriéndote devorar a una santa mojarrita presa en tus redes.

—¡Ni tanto, ni tanto! ¡Ya bájale! Solo quería tu pedacito y un poquito de amor, "cosita de mi vida". Y es que te pusiste muy mal durante tres noches. Yo estaba desesperado. Yo quería, pero tú no querías. Yo sabía, pero tú no sabías. Yo podía, pero tú no podías. O sea, un desmadre. ¡Carambas!

—Sí, pero cuando ya estaba lista para el asunto. ¡Oh, desdicha! A ti te dio el patatús. Te dio como un *shock* anímico, emocional. ¡Ve tú a saber! Le entraste a la llorada, te pusiste muy sentimental al punto del suicidio. ¡Me espantaste bulto! Y luego te hiciste bolita como cochinilla encima de la colcha y *"¡todo se derrumbó!"*, como dice Emmanuel en su canción.

—¡Pues sí!, pero es que te portaste altanera y vanidosa. Te sentías la divina garza. Una dama muy presumida. Muy *piquis-piquis*. Como todos te hacían la corte, querías que yo también te siguiera la corriente. Orgullosa y arrogante. Pero como no te hice caso, te pusiste chípil y, bueno, para qué acordarnos de esas cosas que realmente no valen la pena, porque después de que se te pasó la menstruación, y a mí el susto, pues ya pudimos hacer la tarea como Dios manda. Y todos contentos.

—Ahora yo te concedo la razón. Una vez pasada la tormenta vino la violación, digo, la emoción y por ende el nuevo título de señora, esposa del señor. Y es que, una vez pasado ese erótico asunto, debo agregar que mucho me impresionó la llegada intempestiva de un compañero tuyo de trabajo que llevaste a casa. Éste, al verme y trasponer el umbral, de la casa me dijo "Señora". ¡Bolas don Cuco! Ahí fue cuando realmente empecé a sentir mi nuevo papel en la sociedad. "Señora". O sea, comprometida con el cambio de mi estado civil. Mi título de señorita pasó a mejor vida.

Secretaria de lo particular

Sobre la medianoche todavía departían su entusiasmo festejando sus bodas de plata. Elevaron las copas una y otra vez y brindaron felices, jubilosos ante la celebración de sus veinticinco de casados. Sonrieron, acercaron sus mejillas, se besaron y siguieron pasándola a todo dar, complacidos por el momento. A media luz de la cantina en una noche suya donde los ayeres se volcaban en tragos de licor. Aunque Kily tenía su guardadito muy dentro. Dicen que las penas con pan son buenas, pero sufrió de a de veras para llegar plena hasta ese día.

Los primeros años para Kily fueron la gloria de los cielos. Trabajaba en casa como una Cenicienta. Todo rodaba bien y en su lugar. Ella, abnegada, respetuosa, entregada. Se preocupaba porque no faltara nada en casa. La comida a sus horas, el aseo de todos los cuartos, planchar, lavar, llevar y traer a los hijos de la escuela. Su dedicación estaba forjada por el ánimo de ser y tener una familia integrada, feliz, completa. Ricardo, el primogénito, llegó al año y medio después de casados; y Zujey arribó al escenario familiar dos años nueve meses enseguida del primero. Como madre, esposa y mujer, cumplía su papel dentro de los parámetros de lo tradicional. Se enorgullecía de su marido. Dócil, obediente a la palabra de su cónyuge. Un hombre con trabajo digno, respetuoso, honorable y bien visto por toda su familia. O sea, *un mandilón*. Ella le tenía ley.

Pero llegó un día en que viviendo en la ciudad de Toluca desafortunadamente se enteró de que su intachable marido tenía amores extramaritales con una mujerzuela. Entonces se acabó la luna de miel. Las cosas se pusieron al rojo vivo. Y esto fue porque un día de forma repentina y sin previo aviso llegó su esposo a decirle: "Chaparrita, me mandan al Caribe. Mañana en la tarde tengo que presentarme a trabajar en Cozumel. La SARH me envía para allá. El cambio es irrevocable". ¡Y sin más, se fue! Así de fácil. Claro, a ella le pareció muy rara esa salida intempestiva de su cónyuge y se puso a investigar cómo es que lo enviaron de forma inesperada al otro lado del país. Y sí, la empresa lo había enviado, efectivamente, pero Gilberto se fue llevándose a su querida con él. Inclusive sus compañeros de trabajo comentaron que esa relación ya guardaba cierta antigüedad. Y Kily en las nubes.

"¡Castillos en el aire!", dicen en todas las telenovelas cuando en escena hace su aparición el desengaño. Enamorada de un desdichado. ¿Dueña de qué? ¡Dueña de nada!

Lo primero que hizo fue agarrar sus tiliches, sus trapos, sus hijos, y partió rumbo a su amada Guadalajara, de donde era oriunda, a cobijarse en casa de su madre. Definitivamente el Estado de México no la había tratado bien. Herida por los embustes, lastimada, vejada y hecha basura por las tropelías de su galante marido, desapareció de Toluca y fue a caer en brazos de la abuela de sus hijos. Ella, sin preguntar más allá de lo prudente, le abrió sus puertas y la auxilió con todo a ella y a sus traviesos nietos. Una abuela protectora de su descendencia. Así fue como nació un nuevo *modus vivendi*.

Gilberto, por su parte, siguió trabajando como burócrata para la Secretaría de Agricultura y Recursos Hidráulicos en el Caribe. Ganando un salario más o menos regular, calificado como digno, pero insuficiente para mantener a dos mujeres. No era lo mismo vivir en una zona turística a sesenta kilómetros de Cancún, en donde se gasta en dólares, aunque sea territorio mexicano, que en el centro del país, donde la economía no presenta una vida cara, no tanto como a la orilla del mar. De modo que cuando le alcanzaba enviaba dinero a la madre de sus hijos y cuando se veía corto de billetes, no les enviaba ni los saludos.

Como la mayoría de los amores clandestinos cuando nacen se alimentan del sexo, de la lujuria y de apasionados momentos, normalmente son relaciones efímeras, breves, pasajeras, salvo pocas excepciones. Cuando la pasión de los primeros meses pasa y la marea baja a su nivel, brotan los porqués, las sinrazones y los desencuentros.

Gilberto se dio cuenta de que su reciente mujer pronto se quitó el disfraz y, habiendo superado los primeros arrebatos de fanatismo ardiente, intentó despojarlo de su pasado, desaparecerlo, de plano borrarlo. Consumidos los meses voluptuosos le exigió tiempo, fidelidad, lealtad, comprensión, posesión y dinero. Es decir, que él se hiciera responsable de la integridad de su persona. Incluso a costa de su salud. "Olvida tu pasado, ahora me tienes a mí. ¡Borrón y cuenta nueva, entiéndelo!".

Así lo vio y lo palpó el ingeniero civil pasado un año de aventura. ¿Y sus hijos? Fue entonces cuando lo filtró dos, tres, y cuatro veces por su análisis racional. Por lo que, con la cola entre las patas regresó al Bajío, a su soñado hogar, a recuperar lo que, él pensaba, todavía le pertenecía.

Por supuesto que fue recibido en casa, pero con mala cara y a regañadientes, con gruesos sermones. Fue ordinariamente admitido en su antigua morada. Aunque Angelina después del traspié de su hombre, ya no fue la misma de antes. Gilberto se encontró con otra hembra distinta de la que había abandonado. Nada romántica. Halló tirria, inquina. Una cónyuge a la defensiva, que todo se lo echaba en cara. Rabiosa, rencorosa, corajuda, respondona. Las cosas cambiaron tanto que incluso él se vio obligado a proporcionarse sus propios servicios. Lavar su ropa, plancharla y guardarla; cuando, antes de su romántica aventura, ella en todo lo complacía. Hasta rascarle la espalda en donde tenía comezón. Ella lo humilló después de haber sido humillada cuando él se fue. Lo insultó porque ella se sintió insultada por su ausencia. Lo agredió porque ella fue agredida al preferir a otra cusca. Lo acusó de ser desleal, infiel, mal padre e hipócrita. Y él tuvo que aguantar el chubasco encima y sin paraguas con que protegerse del vendaval.

Pero con el tiempo y un ganchito, como dicen, Gilberto comenzó a sentir que el cambio dictatorial no siempre iba a ser negativo. Porque al dejar que ella manejara los asuntos y permitir que por ese canal se desbordaran las emociones, evitó los desencuentros y las riñas escandalosas. Cedió su voz y voto. Era ella quien tomaba las riendas de la casa. Incluso ella absorbía también, en automático, las tareas de tipo administrativo en sus negocios, acciones que, si bien le restaban compromisos de conducción, jerarquía y obligación, le simplificaban las tareas a realizar. Los hijos se percataron de ello y sin decir nada al respecto de las condiciones de mando y dominio en casa, se acostumbraron a la nueva convivencia de sus padres.

✳✳✳

Bien, dejando atrás esos negros nubarrones, regresemos al bar.

—Dime la verdad chaparrita: ¿Eres feliz?

—Sí, sí soy feliz, aunque me costó mucho esfuerzo lograrlo. Inclusive ya superé tu engaño de hace algunos años. No se me ha olvidado del todo que me pusiste los cuernos, condenado. ¡Pero bueno, ya pasó! Eres un tramposo, me ganas con tus caricias y con todas las cosas bonitas que salen de tu boca. Después de vivir tantos años juntos creo que ambos hemos alcanzado la madurez matrimonial y hoy puedo presumir que estoy felizmente casada contigo, bribón. ¡Ah! También, se me olvidaba, doblemente tramposo. ¡Nunca me dijiste que eras chimuelo! Después de quince años me enteré de forma accidental. Se te olvidó y dejaste tu dentadura postiza sobre el lavabo. ¡Vaya sorpresa! Me quedé de una pieza. Lo mismo sucedió en los primeros días de nuestra luna de miel, cuando te quitaste los zapatos y te vi descalzo: tenías las uñas tan largas que parecías un gavilán. Recuerdo que inmediatamente te las cortaste.

Entonces, te sigo gustando, preciosa —dijo guiñándole el ojo.

—¡Ya te lo he dicho! Me gusta tu discreción, eres comprensivo, no te metes en chismes, ni buscas problemas. Me gusta que te guste tener amigos y, más que nada, me gusta que yo te guste. No me hubiera gustado casarme con un hombre al que yo le disgustara. También me agrada que seas compasivo y dadivoso, por eso te amo, fregado viejón. Y aquí le voy a parar porque te la vas a creer.

—Y es que en gustos se rompen géneros, ¿no crees? Pero ahora, cambiando de tema: ¿Qué es lo que te disgusta de mí?

—Lo que me desagrada es que te dejes robar. Eres tan indulgente que hay veces caes en el extremo. Eso de pagarle a tu gente con el dinero de tu bolsa, no es justo. Te ven la cara de pendejo, cuando tú piensas que lo haces por ser buena gente. O sea, los patrones jinetean el dinero para explotar tu generosidad. Déjame decirte que una cosa es ser humanitario y otra es que caigas en el papel del pusilánime. Eso es lo que no soporto de ti. Precisamente por eso he adoptado el papel de tu asistente para que esos cabrones no te vean la cara. Yo voy y les cobro; si no pagan, los intimido con hacerles un escándalo gordo. Hasta de denunciarlos en los periódicos o en los noticieros de la pantalla grande. ¡Así que te pagan, porque te pagan!

—Sí, chaparrita, pero por eso mismo, ya te ascendí de puesto. Ahora eres mi "Secretaria de lo Particular" —y agregó sonriendo medio cínico—: Pero de lo muy particular, ¡eh!

Rieron, vacilaron, se besuquearon delante de todos, como amigos cariñosos, tiernos, acariciándose. Se sujetaron de las manos, cruzaron sus dedos jugando con los anillos y abrillantaron el momento con miradas dulces empapadas de entusiasmo que esa noche disfrutaban entre el humo del cigarro y el run-run de los asistentes al bar.

Enseguida se apagó el entusiasmo porque a José Gilberto se le ocurrió disparar un comentario nada grato:

—Lo que me entristece ahora es la vida de nuestro hijo —interrumpió de improviso, pero yendo directamente al grano—. Lo operarán otra vez en unos días y la verdad no se ve para cuándo se detenga el crecimiento de esos malditos tumores. Le crecen como nopaleras en el desierto. Me tiene desesperado. Estoy harto de vivir constantemente en esta situación de angustia. Me gustaría tener dinero, mucho dinero, para llevarlo a los mejores hospitales, con los mejores médicos del mundo. Dicen que en Houston encontraría lo mejor. Me siento un inútil, un bueno para nada. Cuando estabas embarazada de ese chamaco y tu vientre asomaba nuestro primer retoño, yo hice cientos de planes en mi mente, pero ninguno contemplaba un panorama tan negro como éste. Soñaba con darle una carrera, comprarle un auto para que fuera a la universidad conduciendo su propia alegría, verlo enamorado de una chica, viajando por nuestro país que tiene tantos lugares hermosos. Ansié la ilusión de su descendencia y abrazar a mi primer nieto. Pero con qué ojos divino tuerto. A veces tan jodido estoy que el trabajo parece rehuirme adrede, poniéndome trampas a cada paso. A veces me paso la noche en vela y salgo a la calle con ganas de suicidarme, no te exagero.

Kily, muy paciente, dejó que su marido se desahogara. Que terminara su perorata y su minuto de auto condolencia, para después externar con objetividad la situación que respiraban en el seno familiar:

—Te ha dicho el doctor en un par de ocasiones que no es cuestión de dinero. Los tumores que le nacen en racimos, maldita sea, es producto de no sé qué carajos, pero que no podemos evitar su multiplicación. Así que no te inculpes por algo que no está en tus manos reparar. Lo que sí me tiene anonadada es el hecho del porqué esto le sucedió a nuestro hijo. Y lo digo porque son raras las apariciones de tumores malignos que terminan con pésimos pronósticos, como es el caso del Richard.

—Y para colmo, chaparrita —agregó casi al punto del llanto—, lo que más me arde, es que no está en manos de nadie el recuperarse de su enfermedad. Ni en los médicos, ni en los medicamentos, ni en el dinero. Ni en nuestras manos siquiera. La verdad es que a todo esto le veo un fondo nebuloso y oscuro. No sé en qué va a parar, pero seguro estoy que nada bueno nos espera, desgraciadamente.

—Fíjate, en todas las partes a las que hemos concurrido nos han dicho que este tipo de tumores cerebrales son de rara aparición. Su porcentaje es nimio en el Estado de Jalisco. Y ya ves, hemos platicado con los especialistas y han comentado que normalmente su germinación es benigna y tienen una incidencia de dos casos por veinte mil habitantes. Por tanto, aquí esos hematomas tumorales en la cabeza son tan extraños como una balsa en el océano. Son excepcionales los que muestran un comportamiento agresivo. Y es ahí donde yo digo, por qué a mi hijo. ¿Por qué a él? ¿Qué hizo para merecer este castigo? No puedo ni quiero resignarme. No voy a aceptarlo. ¡No! ¡No!

La celebración de sus veinticinco iba horadando la mesa. La sonrisa mudó al exterior y los tragos que bebían amargaron el sabor. Por varios minutos cerraron la boca. Cero comentarios mientras que sus mentes iban y venían como el dólar en la frontera, de entrada y de salida. Se oyó perfectamente el cuchicheo del público que hasta gritaba alegremente en otros frentes del bar. Los escupitajos verbales de la concurrencia hicieron su arribo en sus oídos. Con esto la pausa terminó y recomenzaron los lamentos en contra de lo que se les venía encima. Gilberto se unió a las estadísticas de su mujer.

—Aún hay más, te recuerdo lo que leímos en una revista médica en esas múltiples tardes que paseamos vagando en el *martirio* hospitalario: mencionaba que desde 1994 no se ha encontrado alguna denominación objetiva sobre el origen de esos tumores en el cráneo. Entonces... ¿Qué es lo que los provoca? No lo sé. Por tanto, amor, en lo único sustancial en que puedo recargar mi juicio, si así lo puedo llamar, es que lo que tiene nuestro Richard es un cáncer atacándolo directamente al cerebro. No le encuentro otra explicación.

—¡Te doy toda la razón! —dijo Kily cooperando con la exégesis de los tumores en el cráneo—. Debes recordar que hace poco el neurólogo especialista del hospital nos dijo que a nuestro bebé se le había revelado una metástasis cerebral. Pues preguntando por allá, por acá y acullá, averigüé que precisamente esa cosa que encontró el doctor es la extensión de un cáncer dentro del cerebro. Y el otro día que llegamos antes de la hora de consulta, oímos claramente a uno de ellos susurrándole a su colega a punto de concluir sus opiniones: "Sospecho que una de las causas es el sangrado de la metástasis tumoral". Yo rapidito fui a preguntarle a otro doctor del piso de abajo; de plano se la canté derecha: "¿Oiga que es una metástasis tumoral y su sangrado?". El médico me explicó despacito hasta de pormenores. Por eso es que ahora te doy la razón. Nuestro hijo tiene cáncer.

—¡Sí! Yo estoy en las mismas. Y ese cáncer acabó por bajarnos la guardia hasta el piso, claro, incluyendo al Richard. Créeme que trato de levantarle el ánimo. De invitarle a salir al cine, al futbol, pero no consigo nada. Él nomás quiere estar encerrado en su habitación. Me hundo en la tristeza al pensar que él piensa únicamente en la muerte.

—Si yo estoy cansada de tanto ir del tingo al tango, imagínate mi Ricky. Ya está curtido de las resonancias magnéticas, del famoso examen del TAC y las torturantes biopsias. Del fastidio de la quimioterapia y radioterapia ¡Ay! Pobrecito de mi niño. Y nosotros, como dices, sin poder hacer nada para aminorar su pesar. Me duele en el alma verlo como se va yendo poco a poco en la oscuridad de su cuarto.

Gilberto se incorporó de su silla y rodeó de tres pasos la exigua mesa redonda de la cantina para abrazar de lleno la espalda de su esposa que, agachada la cabeza, se batía ante la impotencia, porque entre esas voces peregrinaron sus recuerdos primeros, su trayecto matrimonial y el efecto esclavo de su padecer.

Sorbieron el último trago de sus copas, liquidaron la cuenta, se metieron al coche y el paso de las calles sin tránsito a esa hora les aflojó el llanto que no paró hasta llegar a casa.

Vida o muerte, todo o nada.

Marzo de 1998

Baja del taxi con dificultad, doblando sus piernas hacia el exterior con exagerada lentitud, sin reflejar apuro para salir del auto de alquiler. Daniel lo ve venir de no tan lejos. Nota que Ricardo cojea pronunciadamente; avanza apoyado en un bastón viejo y rudimentario, la herencia encontrada de su abuelo, quizás. Camina muy despacio. Ataviado con su gorra y lentes oscuros, esta vez viene acompañado de su mamá.

Eso es lo que él supone.

Madre e hijo ven a Daniel y ambos enrumban en dirección a él. Intercambian saludos, cruzan las palabras de rigor en la mini entrevista. Kily anuncia que se mantendrá alejada de ellos para que puedan platicar a sus anchas, al tiempo que voltea a mirar el rostro de su hijo quien, satisfecho por la decisión maternal, hace un guiño de aprobación.

Dentro de la cafetería y sin perder un minuto, Ricardo se instala en el primer asiento que ve desocupado mientras que Daniel va al mostrador a pedir las bebidas cafeteadas. En la espera de que lo despachen se da cuenta que Ricardo trae chamarra, tiene frío, a pesar de que la tarde rueda entre los veintisiete grados centígrados a pocos días del inicio de la primavera. Es domingo y al parecer no le importa el futbol, aunque las pantallas del local sintonicen un encuentro. Pasado el mediodía se presagia un calor vigoroso sobre los tapatíos, quizá se cuele un chubasco por ahí, de entrometido, cuando se ponga el sol. Algunos citadinos repiten lo que mienten los cronistas de radio: "Febrero loco y marzo otro poco".

Daniel pone los ojos sobre la humanidad de la señora que se ha ido a sentar a las orillas de la cafetería sin pedir bebida alguna. Una mujer de rostro ligeramente arrugado, de cuerpo delgado, blanco, cabello güero, ojos que no alcanza a distinguir su color, pero los ve medio borrados. Le ciñen unos pantalones lechosos y por encima de su espalda una especie de chal que le cubre medio cuerpo. Abre un libro, lo hojea entre sus manos, seguramente pensando que pasará un buen rato contemplando a su hijo desde una banca exterior de la misma cafetería.

—Hola —sonrió Daniel—. Gusto en saludarte. Gracias por invitarme. Me agrada salir de casa con un objetivo. Me pareció buena idea venir a tomar un café contigo.

Richard hizo una pausa para respirar hondo. Se notaba que hacía esfuerzos para hablar con normalidad.

—La verdad es que no hallaba tu tarjeta entre mis chucherías y si no es porque mi madre la encuentra en uno de mis pantalones, no te habría llamado.

—¿Qué cuentas? —interrogó Daniel.

—Nada, puras desgracias.

—¿Por qué? ¿Perdieron las Chivas? —Daniel insertó el sarcasmo para expulsar la tristeza de los ojos a su compañero. Quería intercambiar puntos de vista y opiniones con él; y no dedicar este encuentro a cosechar velorios anticipados. Buscaba ser cordial, informal y amigable.

—No, nada de eso. No me importa tanto el futbol como antes, que incluso llegaba a desvelarme para ver un partido. Hoy me gusta más el voleibol femenino de playa. —Ambos rieron como si hubieran contado un chiste de Pepito; pero, por debajo del agua, la ironía llevaba mensaje.

—Te apuesto a que le vas a las Chivas.

—¡Claro! Si vivo aquí, tengo que irle al Rebaño Sagrado.

Daniel, en armonía con los humores del café, levantó el vaso de cartón del capuchino para hacer un brindis que su interlocutor correspondió.

—Bueno, para empezar, te agradezco que no le vayas al América. Es un mal endémico en nuestro país.

Tomaron un par de tragos hasta que su garganta caló el gusto y sabor del espumoso capuchino. Miraron sus respectivos envases y mutuamente dudaron que hubiesen traído la tarea.

Ricardo disparó la primera pregunta, objetivo de la reunión:

—¿Averiguaste algo sobre los tumores en la cabeza?

—La verdad, no mucho, pero sí estuve viendo aquí y allá, tratando de recopilar información al respecto. Por ejemplo, me dijiste que el primer diagnóstico fue el de un meningioma. Y encontré que son tumores benignos y su desarrollo es gradual. Que pueden ser captados por imágenes de resonancia magnética. Seguramente tú ya sabes de esto y de sobra, ¿no? Con los años que llevas en esta monserga.

—Por supuesto. Ya me tienen harto. Son una parte ordinaria entre tantos procedimientos quirúrgicos. Déjame te digo que el meningioma mentado se remite a la primera operación. Sin embargo, con los meses se despacharon con otra clase de diagnósticos que ahora me tienen al borde de la muerte. Podría asegurar que desde la primera operación los doctores ya sabían cuál iba a ser mi pronóstico. De brutos no tienen nada. Pero se reservaron la predicción por temor a equivocarse. Lo que ignoro es si mi mamá les ha seguido el juego a éstos. Me molestaría mucho que ella se guardara algo que yo debía haber sabido desde el principio. Y todo el tiempo se lo ha callado. Por eso es que está tan delgada. ¡Mírala!

—Cómo no va a estar delgada y demacrada. Con lo que padece su hijo no es para menos. Hasta yo estaría a punto del infarto. Pero bueno, déjame te digo que tal vez lo que al arranque de todo este enredo predictivo se creyó meningioma, terminó siendo aneurisma cerebral, porque esa bola que muestras —agregó señalando la cabeza de su joven amigo—, bien podría ser un problema de tejidos conectivos. Es decir, abultamientos generados por bifurcaciones arteriales. No sé si los médicos te hayan dicho algo al respecto.

—¡Otra vez la burra del trigo! Te digo que estos androides investidos de blanco comenzaron a recalcar males y achaques sin ton ni son. Porque nunca, y menos al comienzo, le dieron al clavo con certeza. Siempre puras valoraciones a la ligera y cuando ya vieron que no podían con tanta repetición tumoral; y mis padres vueltos locos les reclamaban no un diagnóstico, sino un dictamen que les sonara cuerdo y lógico respecto a la naturaleza de mis persistentes inflamaciones cerebrales, se les vino la noche encima. Exigimos entonces un estudio completo y absoluto, que, mediante la observación de signos y síntomas característicos de mi enfermedad a través de los múltiples exámenes, exploraciones y análisis, nos diera un horizonte marcadamente verdadero y real de la situación.

—¡Oye! Si no estuviera viéndote el rostro diría que refieres los mismos vocablos que un diestro neurólogo o un cirujano. Escuchándote pareces un verdadero especialista, de esos que se hacen amigos de sus pacientes.

—Llevo desde mis catorce años con esto. Tú dirás si no me he vuelto un experto después de tanto estar metido entre consultorios, laboratorios, hospitales y clínicas. Desde chiquillo tengo contacto con estos seres autómatas que de blanco se pasean entre los pasillos. Ellos son los que manipulan este repertorio imperturbable de afecciones en mi cabeza. Sí, no me mires extrañado, por supuesto que me refiero a los doctores en medicina que sintiéndose los salvadores de la humanidad circulan ufanos por los corredores del área de emergencias, de cuidados intensivos, de consulta externa y las salas de diagnóstico e imagen, además de la infaltable sala de espera, donde su aspecto a la hora de informar sobre el estado de un paciente adquiere un halo divino. Estoy harto de verles la cara. Se creen dueños de tu tiempo, espacio y pensamiento. Y como ya adivinaron el odio que les tengo, al fin uno de ellos nos informó, con todas sus palabras, que mi tumor es cancerígeno y que operación tras operación terminaré perdiendo hasta la respiración. Subrayó que cada vez que extirpan un tumor, enseguida el otro se asoma, como si podaras una buganvilia en el sol de Cuernavaca. Y es cuento de nunca acabar. Bueno sí…éstos acabarán conmigo.

—¿Qué edad tienes mi Richard? —la pregunta la hizo no con el objeto de distraer su pasión por el sermón. Su intención era conocer su edad para cotejarla con su manera de discernir sus pensamientos.

—El diez de junio cumplo veinticuatro —y agregó con certeza de ultratumba—: ¡No voy a llegar! Mis padres se resisten a creerlo, pero así será. Se quedarán cantando las mañanitas en el cementerio. Pobres. Yo me voy y ellos se quedan. Al principio me dolía en el alma siquiera pensarlo, pero ahora está decidido.

—Se oye horrible cuando pronuncias esa sentencia. Causas una impresión espectral, rotunda, impactante. Como si fueses un ser divino.

—¡No soy Dios! Pero sé que puedo manejar mi vida en ese sentido. Esta maldita enfermedad imparable que padezco me ha enseñado a ser fuerte y hasta insolente con mis propios sentimientos. Si me compadezco de mí mismo, terminaré dándome un balazo. Y eso, la verdad, no lo deseo. Me quiero burlar de estos inútiles cirujanos del mismo modo que ellos se han burlado de mí desde siempre. Estoy dispuesto a hacerles una trastada y comprobarles que no podrán con mi decisión. No quiero habitar este mundo hecho pedazos. Simplemente ya no quiero seguir en él. Para que me comprendas, mi estimado Danny, ha surgido en mí una vida nueva; estoy condenado a muerte, pero con el indulto en la mano.

Entre los dos se generó una pausa impensada. Ricardo miró retadoramente a Daniel como si la diferencia de edades fuera de apenas unos meses; y le preguntó a boca de jarro, sin miramientos, cambiando diametralmente el sentido de la conversación:

—Oye, ya estás grandecito, diría yo bastante crecidito como para que no estés casado, ni tengas familia. ¿Eres divorciado? ¿O acaso no te agrada el sexo femenino? Todo esto se me hace sospechoso. ¿Qué es de tu vida?

Ricardo mostró una actitud similar a la vez anterior en que se encontraron sobre el puente peatonal. Le interesaba entender las partes entrañables de su interlocutor. Sin embargo, para Daniel esta pregunta revestía cierta desfachatez que le provocó una sonrisa sin esconder su dentadura media blanca que lucía abriendo la boca. No deseaba evadirla, pero sí responder limpiamente a las expectativas de su amigo. Para responder sin rebatir, provocó un sinuoso paréntesis respirando profundo, dándole un trago más a su café y ya repuesto contestó inconmovible:

—Alguna vez estuve casado. También alguna vez fui padre de dos hermosas chiquillas. Tuve un hogar. Fui jefe de familia. Desgraciadamente, los perdí. Por eso precisamente me pongo en el lugar de tus padres. No hay dolor más grande que perder a sus hijos.

—No te me vayas por la tangente y contéstame por favor: ¿Cómo es que perdiste a tu familia?

—La perdí completa y en el mismo instante hace casi trece años —dijo mientras se metía la mano al pantalón y de la bolsa trasera extraía su cartera. Sus dedos afanosos buscaron una fotografía a color y se la mostró a Ricardo, señalándole con el dedo a cada una en ese recuerdo—: Mi esposa con mis pequeñas.

Mientras que su joven amigo se desprendía de los lentes oscuros y miraba con detenimiento a su extinta familia, siguió explicándole las razones por las que ya no la tenía.

—Yo vivía en la colonia Roma, en la Ciudad de México. Una mañana desgraciada de septiembre de 1985 le comenté a mi esposa que saldría de casa un momento para llamar por teléfono a mi jefe. Requería ponerme en contacto con él para saber en qué centro de trabajo me presentaría a laborar ese día, mientras que ella preparaba el desayuno y alistaba a las niñas para llevarlas a la escuela. El teléfono de casa no funcionaba, estaba averiado. Los de la compañía de teléfonos habían quedado en enviar a un técnico para repararlo al otro día. Por esa razón tuve que salir a buscar la caseta telefónica más cercana a mi domicilio poco después de las siete de la mañana. La encontré a una calle y media de distancia. Introduje las monedas, agarré el auricular y cuando esperaba el tono de llamada comenzó un desdichado terremoto que aún lo tengo en mi laberinto auditivo. Me espanté muchísimo porque el movimiento telúrico comenzó siendo sumamente intenso de abajo hacia arriba, es decir, del suelo hacia el cielo, para expresarme bien. Créemelo, casi me levantaba, como si éste quisiese doblar mis rodillas. La sorpresiva trepidación me puso a brincar sobre el mismo sitio donde me encontraba. Fue espantoso. Inmediatamente pensé en mi familia. Ellos estaban dentro del departamento en el segundo piso de aquel edificio. Un condominio de seis niveles de apenas diez viviendas. No había escaleras de emergencia, además los pasillos interiores del inmueble eran bastante estrechos. Apenas para darle cabida a los muebles que un inquilino adquiriera. Por el auricular mi jefe me contestó, pero ya no respondí. Dejé el teléfono columpiándose en la caseta y como pude, porque perdí el equilibrio varias veces, corrí en dirección a mi casa, en medio del jaloneo imparable. De pronto dejó de trepidar. Quiero decir, las sacudidas ya no fueron verticales, sino ahora eran horizontales. Así que el temblor arremetió en contra, oscilando con un compás impresionante, haciendo inútil la intención de conservar el equilibrio. Como un loco desesperado, sin fingir el pánico que me absorbía todos los sentidos, corría deteniéndome entre árboles, paredes o coches estacionados, para llegar a donde estaban los míos. Me precipité a casa con la esperanza de llegar cuanto antes hasta ellos. Crucé la avenida Orizaba veloz como un tipo al que la policía va persiguiendo con pistola en mano. En aquel entonces la avenida era de dos sentidos y tenía camellón en medio. Allá iba, zigzagueando entre los autos a grandes zancadas. Al llegar a la acera de enfrente y sin bajarle a mi velocidad, se vino abajo la barda de un taller mecánico justo donde llevaba mi coche a reparar, por poco y me alcanza las piernas, apenas logré esquivar los pinches ladrillazos. Simultáneamente, alzando la vista, unos cables eléctricos chicotearon y produjeron un ensordecedor estallido que me alarmó tanto que estuve a punto del infarto. Entre tantos ruidos y estruendos, daba la impresión de estar al frente de un combate en plena guerra mundial. Al tiempo en que escuché detrás de mí a un auto estrellándose contra un poste, no sé si de luz o de teléfono, el caso es que se oyó el chingadazo del coche y en seguida lo persiguió el impacto del madero cuando éste se estrellaba contra unos carros estacionados a la orilla de la acera. Se produjo un verdadero estrépito que me llegó hasta el tuétano. Yo calculo que el leñazo se oyó fácilmente a medio kilómetro de distancia. Los gritos de la gente que en su momento esperaban el camión o pasaban por ahí, se asociaron a toda la confusión, dando la sensación de estar en el inframundo. Bueno, yo no lo conozco, pero para mí era el fin de la Tierra. No logré en ningún momento ponerme en paz para ordenar mis actos y pensamientos. Me sentía como los gatos cuando cruzan una calle transitada y corren a toda velocidad pensando que eso los salvará; así corría yo, tratando de escapar del inminente peligro.

Todo este horror saliendo repentinamente de la memoria de Daniel, obligado por la sorpresiva pregunta, golpeó su conciencia como un martillo abriéndole zanjas en el pensamiento figurado años atrás. Y es que colocarse de nuevo en el lugar de los hechos, era revivir la crudeza de un pasaje angustioso, archivado en el legajo de su memoria. Se le pusieron los ojos vidriosos. Comenzó a hacer muecas con la boca en clara postura de sufrimiento. La voz se le torció. Evocar aquello era sufrir, sí, pero traer la muerte a su presente era otra cosa. Extravió la mirada por las franjas metálicas del techo. Paseó sus ojos por el horizontal plúmbeo de la cafetería. Sorbió el vaso de cartón con un café medio frío y después arrinconó sus manos entre sus piernas para esconder la pesadumbre de un recuerdo que tenía todavía una gran carga luctuosa en sus adentros.

Ricardo comprendió que su amigo padecía al narrarlo. Y pensó en detener la narración que se volvía convulsiva. Era innegable que las facciones de Danny se descomponían a medida que su historia recorría más kilometraje.

—Si quieres, otro día me lo cuentas.

—¡Ahora te aguantas! ¡Para qué me preguntas! ¡Chingado! Quiero que escuches todo para que después entiendas lo que quiero hacerte llegar y lo puedas deglutir como los buenos —Así que, sintiéndose sin obstáculos por derruir, siguió con su propósito—. Estando a unos pasos por llegar al edificio donde quedaron mis hijos, no sé, tal vez unos treinta o cuarenta metros, increíblemente vi que toda la construcción se vino abajo. Todo se estrujó, se comprimió como si fuese un acordeón. A ver si me explico, lo de arriba apachurró todo lo de abajo. De tal manera que el condominio quedó como una torta, aplastando los autos que estaban en el subterráneo. Demoliendo las columnas y las trabes de los pisos inferiores. Dando muerte instantánea a todos los que debajo de éste vivían. La enorme polvareda apagó mis ojos que, ciegos, detuvieron mi camino. Obvio, me imaginé lo peor. Y mi imaginación, en este caso, no se equivocó.

En ese momento, sin querer esconder más su inspiración lacrimosa las gotas mojaron sus cachetes medianamente rasurados. Daniel extrajo rápido su pañuelo de la bolsa trasera del pantalón. Ricardo, sensibilizado por la cruda crónica de su compañero y conmovido por su franqueza, le puso un grillete a su boca. Quiso respetar el silencio doliente de su interlocutor que moqueaba y secaba su cara con el pañuelo, doblado en cuatro, de manera intermitente. No dijo nada. Simplemente esperó hasta que Daniel se repusiera. En seguida lo oyó pedir con su vozarrón una botella de agua para aliviar la situación que se atoraba en la garganta. Nadie le hizo caso. Se levantó de su asiento, fue por la mentada botella y se la bebió de un trago. Cuando el vendaval amainó y pareció más relajado el panorama, Ricardo, audaz, refrescó el momento anterior:
—Supongo que… desdichadamente, ¿tu familia fue parte de esa polvareda?
—Supones bien. No quedó nada. Absolutamente nada. Tres días después de que máquinas enviadas por el Gobierno escarbaron, y una veintena de hombres movieron pesadas losas de concreto y ladrillo, sacaron los cuerpos de mi familia. La mayor impresión que me llevé fue cuando las descubrieron a las tres. Estaban juntas. Seguramente mis hijas corrieron hacia su madre, en el momento del terremoto, para buscar protección cuando se vinieron abajo los seis pisos de concreto.
—¿En qué piso vivían Daniel?
—En el segundo. La construcción se componía de un subterráneo donde los coches se aparcaban. Y los siguientes pisos, valga la expresión, extendidos hacia arriba. Hacíamos vida diez familias de las que, por cierto, yo fui el único, entre todos ellos, que tuvo la maldita suerte de salvarse. En mis ratos sanos le reclamo a Dios el por qué no me llevó con ellos. Durante meses le reproché su decisión. Ha sido mi peor castigo. Cada vez que lo cuento siento la misma angustia de aquel día. Cuando vi los cuerpecitos blandos y aplastados de mis hijas confundidos con las

piedras y enredados con las varillas lloré como demente, grité tan fuerte como si estuviera perdido en un páramo despoblado. Había pasado tres días sin comer y sin dormir tratando de encontrar sus restos, y cuando sus pedacitos los tuve entre mis hombros entré en el túnel sombrío de la sinrazón y el desvarío. Hubo necesidad de que me socorrieran y hospitalizaran de emergencia pues, desde ahí en adelante, ya no respondí cuerdo hacia la pesadumbre de la realidad. El golpe fue durísimo para mi conciencia. No solo perdí el conocimiento, sino también la noción del tiempo, el espacio y la distancia. Aun y cuando reconocía y respiraba normalmente, las recepciones de mis estímulos hacia el exterior menguaron hasta la mínima expresión. Se fue mi capacidad de discernimiento. No supe del resto de mi familia en meses. Quedé totalmente en *shock*, fuera de circulación.

—Y si fue como dices, ¿qué sucedió con el resto de tu familia?

—Bueno pues, mis suegros se encargaron del velorio y de enterrar a mi mujer junto a mis niñas en la misma cripta. Les organizaron misas mientras que yo, tendido en un hospital del IMSS, seguía sin despertar. Gracias a Dios a los cuatro meses volví a abrir los ojos y pude reponerme poco a poco con la ayuda psiquiátrica de algunos médicos y de mis suegros que me ayudaron como pudieron.

—¿Y tus padres? Tus hermanos, en fin, los tuyos, ¿no te ayudaron?

—Fui hijo único. Con infortunio ellos murieron cuando yo contaba apenas con veinticuatro años en un accidente de carretera entre Aguascalientes y León, precisamente cuando iban a visitar a la Virgen de San Juanita de los Lagos. Cosas de la vida.

—¡Ahora entiendo! Tu sufrimiento debió ser inenarrable. En un santiamén te quedaste sin esposa, sin hijas, sin casa, sin coche, sin nada. ¡Pinche suerte! ¡Qué bruto! Comprendo por todo lo que has pasado.

—Mira mi estimado Richard —dijo dirigiéndose a él con cierto cariño—, tú no eres el único portador de la muerte. Muchas personas como yo hemos sufrido cosas indecibles en la vida. Cosas que inclusive no te imaginas que puedan suceder, pero suceden.

"Todos los que tenemos vida estamos cargados de muerte", como dicen por ahí. De esa dualidad nunca te vas a desprender. Vida y muerte están plegadas a nuestra piel. Como la uña en el dedo. Una cosa va con la otra. Tú me contabas que estás a punto de irte y no volver en el próximo trance de tu operación.

—¡Y sigo en las mismas!

—Créeme, te entiendo y hasta cierto punto comparto tu esbozo imaginario, ansiando vengarte de los que no supieron resarcir tus heridas en el cráneo. O del reto a tu destino imprevisible. Te pareces a un felino agazapado en una existencia misteriosa a la orilla del desquite. Lo que quiero que te lleves en la cabeza, aparte de los chingados tumores que adornas, es que encuentres el modo de disfrutar hasta el último momento de tu hoy. Quiero que pienses que tus años, hasta donde pudiste vivirlos, fueron críticos pero hermosos; fueron duros, pero placenteros; fueron cruentos, pero dulces; corrieron veloz, pero lentos en su irrefrenable trayecto; fueron oscuros en los diagnósticos, pero luminosos al encontrarle un sentido a tu travesía. Y que al final del maldito sufrimiento encontraste el buen amor de los que te aman, como tus padres, tus amigos y yo, que también deseo que tomes y te lleves lo mejor que has probado hasta ahora.

Entonces fue Richard quien, con la cabeza gacha, atento estaba a los dividendos y exhortaciones de Daniel. Escuchar su confesión extrema había sido todo un acontecimiento. Era cierto. No podía evitar su fin irremediable y cercano, pero al advertir de otro un testimonio al borde del abismo, le daba un valor agregado a su propósito para determinarse a seguir luchando en los días que le quedaban por una mejor calidad de vida.

Después de cavilar y sopesar las palabras de su compañero, fuente de dolor y espesa erudición, decidió cambiarle el giro a la conversación y propició de golpe y porrazo la intención de conocer algunos detalles que lo tenían intrigado desde la tarde aquella en que lo conoció. Pensó que éste era el momento adecuado.

—¿Y ahora qué haces? ¿A qué te dedicas? ¿De qué vives? ¿Cómo es que estás aquí? —pregunto queriendo saber cómo es que andaba de aquí para allá, cubriendo los diversos cielos de la República Mexicana.

Daniel sonrió y se dijo: *Este muchacho de veras que es insistente.*

—Mira, Richard, si no fuera porque te aprecio bastante te mandaba al carajo en este momento, porque quiero que sepas que a nadie le cuento quien soy. No me ocupo de andar pregonando mis pasos por la vida; pero bueno, te diré. Mi aspiración cotidiana sigue siendo mi familia. Aunque no me lo creas, puedo ver a mis tres mujercitas con frecuencia. Me conecto a su existencia a través del poder de los sueños. Ese es el modo en que vivo. Viéndolas con la fuerza de mi otro yo. Para tal efecto me suspendo en el cosmos onírico, entre la luminosidad de cientos de imágenes archivadas en mi memoria, logrando acoplarme con ellas en el firmamento de las modulaciones, para revivir los días que disfruté con mi hermosa familia y reconfortar mi espíritu, volviendo a sentir, a percibir, su figurada estampa en las noches interminables de mis sensaciones. —Levantó los ojos y miró los de Ricardo para subrayarle—: Eso es justamente lo que ahora te aconsejo. Selecciona y recoge lo mejor que posees y compártelo antes de que te desaparezcas, para que los tuyos te busquen en el sueño y te contemplen humano, contento, alegre, triunfador, ameno y seguro dentro de toda la maraña de tus quebrantos. Es difícil, sí, muy difícil, lo sé, pero puedes acceder a ese mundo inexplorado por los hombres. Regularmente cuando alguien se nos va, no perdemos su integridad pretérita, lo congelamos en la memoria, generalmente queremos verle en sus mejores momentos, preferimos imaginarlo capaz, sonriente, lúcido y amigable.

Al escuchar a Daniel manifestándose abierto y honesto, Ricardo se prendió de su palabra como la luz del foco a la pared. Se percató de que él no era el único ser humano que lograba interconectarse con otros a través del sueño. Que había otras criaturas terrestres que también recurrían al corriente universo de sus ensueños para enlazar la vida del ayer con la del hoy. Atendía cada frase salida de la voz de la experiencia, amasando su significado. Dio gracias con todo lo que le quedaba, vista, tacto, gusto, oído y olfato; y si hubiera tenido otro sentido también lo hubiera puesto en juego; por conocer el mundo de los sueños. Por haber conquistado y asistido al espacio onírico que tan buenos descubrimientos le habían arrojado, principalmente en los dos últimos años, rastreando hasta ese momento un cosmos distinto en donde conectarse con una dimensión desconocida.

De pronto el joven sintió la mano de su madre en el hombro.

—Richy: tenemos que retirarnos. Lo siento, han pasado un poco más de dos horas y, la verdad, tengo mucho que hacer. ¿Por qué no le dices a tu amigo que otro día se ven? O invítalo a la casa para que puedan seguir conversando. ¿Te parece?

—Espera mamá, solo haré una pregunta más —dijo mirando el rostro apacible de Daniel. Y teniendo la mano materna sobre sus anchos hombros cuestionó por última vez a su amigo—: ¿Cómo le haces para traer dinero en los bolsillos? No creo que vivas robando, no tienes cara de malo —lo interrogó esbozando una sonrisa oceánica, pero con cierta carga de ironía.

—Batallé mucho para arrancárselo a las autoridades del IMSS. Incluso con la insistente intervención de un despacho de abogados, para que accedieran a considerar mi padecimiento mental como una Incapacidad Total Permanente. Lo que todos conocen como ITP.

—¿Y eso qué es?

—Para que me entiendas, es un salvoconducto económico. Una beca asequible en pesos para mantenerte medianamente en vilo. De esa pensión me visto y me alimento. Claro, antes tuve que demostrar que, con mi enfermedad encima, no podía trabajar en ninguna parte. Ni vendiendo pepitas en la calle.

Totalmente intrigado y en ascuas, volvió a preguntar:

—¿Pues qué tienes? Yo te veo enterito. Es más, te envidio.

—Los desalmados médicos me diagnosticaron y afirmaron categóricamente que padezco esquizofrenia con perfiles de paranoia. Y para resbalar tu nueva pregunta, te seguiré explicando. Esta es una enfermedad mental que no necesariamente conlleva una alteración anatómica observable. Es decir, no se manifiesta nada anormal en mi cerebro, como en tu caso, para que me comprendas. Eso sí, sin los medicamentos que a diario me trago, yo estaría alucinando, me son imprescindibles, de no ser así, yo estaría pensando que todo el mundo es mi enemigo. Que me persiguen. ¿Me explico? Y por eso es que no puedo laborar en una oficina o en cualquier taller, almacén o comercio, porque enseguida quiero deshacerme de lo que me rodea. A menos que me encuentre en un sitio agradable, que me sienta admitido en el medio ambiente, me sea placentero el paisaje, o una persona que, como tú, me despierte ternura, conmiseración, para que yo acceda animado, gustoso, emocionalmente presto a permanecer allí sin que me sienta perseguido. Te aviso, me acomoda la soledad. Me siento como el cocodrilo en el gran charco. Me asusta el ruido, me pongo nervioso.

El Richard comprendió que no podía extender más su estadía, su madre estaba a sus espaldas estrechando por los hombros al reo de su misma sangre.

—¡Vámonos madre! Me siento cansado. Dormiré hasta tarde. Platicar con Daniel me ha hecho mucho bien.

Se puso la gorra, se acomodó los lentes oscuros y le tendió la mano a su colega para despedirse. Y a punto de darse media vuelta Ricardo le amenazó:

—Mi estimado Danny —sonó además de familiar, muy pegajoso—, te voy a dejar una tarea, si te es posible. —Echó mano al interior de su chamarra y de ella extrajo una libreta tamaño carta de color verde, con marcos negros y con espiral en el canto—: Quiero que leas estos escritos que he estado haciendo desde hace varios años. Me han quitado el sueño y me han producido una cruda espantosa al tenerlos conmigo sin darles el destino que corresponde. Léelos por favor y la próxima vez que nos veamos me comentas qué te parecieron. Me interesa mucho tu punto de vista, te lo suplico. Antes de internarme en el hospital para operarme, vendré a buscarte y hablaremos de ello. ¿Te parece?

—Claro ¡Te estaré esperando! —respondió Daniel interesado. Ambos habían sellado su amistad.

La jaula de la conciencia

Efectivamente, días después de la entrevista, Daniel tomó el cuaderno que le encargó Richard. Un cuaderno dañado por el tiempo, pero sin menoscabo en sus pastas. Arrugado pero querido. Su interior intacto estaba escrito a mano limpia con bolígrafo. Se notaba que varias plumas atacaron ese papel, la escritura conservaba varias tonalidades, unas más claras que otras, aunque siempre en color azul. Las primeras páginas se notaban manoseadas, muy hojeadas, con un gemido amargo en la doble raya del cuaderno. Esbozado bajo la sombra de un dolor. La letra del autor evidenciaba ser la misma. La caligrafía perseguía el temblor de semejante mano. En sus primeras hojas se apreciaba la pulcritud de la letra, con redondez pulida; y a medida que avanzaba el camino hacia posteriores páginas, la letra desmerecía su escritura como si tuviese prisa para lograr sus apuntes y el esmero en su romance de redacción culminara en simples garabatos.

Daniel debía comenzar la tarea. Ocupó el único sillón que adornaba su cuarto rentado. Sentado y de frente miraba hacia la cama acompañada de dos esquineros a cada lado de la cabecera. A la izquierda se exhibía una amplia cajonera de cinco niveles, adornada en la superficie por un vidrio rectangular que reflejaba el resto de la habitación. A la derecha, un clóset vetusto con la puerta cerrada; y al ladito, la entrada al baño con muebles blancos desgastados por el uso indiscriminado de sus arrendatarios. Claro, no podía faltar la televisión, la cual Daniel había colocado al lado de la única ventana del cuarto. Para tomar cualquier alimento o bebida debía salir y encaminarse hacia la cocina, que por cierto estaba sobre la planta baja de la casa.

Después de leer la primera veintena de hojas de manera minuciosa, Daniel se percató de que Richard tenía más poder en su palabra hablada que en su palabra escrita. Alcanzó a contar más de quince veces la palabra *difícil* en un tramo de tan solo cuatro páginas. Reiteración evidenciada en la expresión *la vida*, cual muletilla; reincidencia de artículo y sustantivo que colmaba en sus divagaciones escriturales. Razón por la que Daniel tuvo que hacerle alguna que otra corrección, sobreponiendo frases o modificando palabras, a fin de que la lectura se oyera congruente. Aunque, para su sorpresa, hubo partes en donde encontró expresiones casi poéticas. Pero bueno, el caso era entender y comprender las causas nobles de este joven que ansiaba dejar su huella sentimental en una especie de autobiografía. Cuaderno en mano, Daniel aprovechaba en esa ocasión el perímetro de una amistad recientemente conquistada entre un joven veinteañero y un adulto bien maduro, que se esmeraba en cultivar el uso transparente de las palabras como herramienta para ser considerado un hombre culto. *"Especie en peligro de extinción",* indicaban sus libros favoritos. En esa predisposición de su propósito se entretuvo leyendo las líneas del jovencito escritas en un atípico diario de supervivencia.

La redacción, ya más o menos corregida, decía así…

⌘⌘⌘

"Desde que era pequeño fragüé una boba actitud sobre el escabroso tema del éxito y la realización personal. Lo traje siempre en la punta de la lengua. Muchas veces agarré adrede a mis padres para hablar sobre el asunto. Siempre me atrajo el análisis de todo cuanto me rodeaba. Una sed impetuosa de conocer todas las cosas y las partes que las componen. Principalmente el famoso ¿por qué estoy aquí? Era yo un chico encerrado en su propio mundo de fantasía con una gigantesca imaginación. Oía a mi padre repetirles a sus amigos, sus socios o algún familiar, que su hijo era muy avispado y vivaz. Sin captar exactamente en qué sentido lo decía, hasta que años después lo aquilaté. Recuerdos que me abordan en tiempos en que la

conciencia y la moral se van enramando para, de a poco, echar raíces perfilando el trazo de lo que seremos algún día. Era yo un chavo con ideas locas. A la fecha creo que no se me ha quitado eso.

A pesar de haber crecido acompañado, me entregué a las fantasías de mis antojos, las cuales en mis primeros años me arrimaron a la lectura, devorando páginas, atiborrando mi cerebro de ideas contradictorias, prudentes o imprudentes. Debo confesar que me gustaban los libros extraños, mórbidos y misteriosos. Libros que me causaban sobresalto pero que no le restaban a mi apetito para consumir su lectura. Fue mi columna vertebral en tiempos en que una pregunta sin respuesta era una batalla en mi conciencia. Libros que exponían lo gacho de la muerte, lo repugnante de una enfermedad, lo cómico de la religión y la cochambre de una familia.

Una vez leí un libro de Eduardo Galeano que decía que el peor día del mundo americano fue aquel en que Cristóbal Colón descubrió América. ¿Qué onda? Me quedé cuadrado. Lo corroboró meses después Gabriel García Marques en una entrevista periodística.

Con un buen puño de preguntas en mi mano, nadie se percataba que alguien dentro de mí trataba de expresarse, urgido por salir de una gruta estrecha buscando algún destello al otro extremo del túnel. Quería ser escuchado. Gritaba en el desierto de las multitudes callejeras: "Auxilio escúchenme. Son ustedes un friego, pero nadie se ha enterado que yo también estoy aquí". Los días se iban y la incertidumbre hinchaba mi desconfianza, sin entender el porqué de mi inquietud. Con las noches encimadas sobre mi cuerpo dormitaba junto a espectros multiplicando mis dudas. Me bronqueaba con los complejos porqués por encima de la cama. Gran cantidad de ellos no fueron contestados en su oportunidad. Yo los fui averiguando a tumbos. Desde chiquillo me di cuenta de que el reloj nunca descansa, aunque se descomponga. Una vez reparado repone el tiempo. Sin embargo, para ser honesto, algunos nudos sí se fueron desatando como amarras en la costera.

Repentinamente me llegaba la ansiedad, una estúpida urgencia incontrolable, tal vez por el temor de dejar pasar los años sin descubrir mi verdadera vocación. Ni conocer las respuestas a tantas preguntas. Todavía me hacía pipí en los calzones y mi cerebro ya aleteaba cual pájaro atrapado, tratando de escapar de su jaula tan pequeña como su cuerpo. Vivía ávido de respuestas: ¿Por qué sentía, por qué era o por qué pensaba? ¿Por qué lloraba, comía o dormía? ¿Por qué morir o vivir? ¿Qué es esa necesidad tan imperiosa de ser alguien en la vida? ¿Qué es el bien y dónde está? A su vez, no tenía siquiera la certeza de que fuese válido mi debate. Como tampoco era normal mi comportamiento en un escuincle de doce años elevando su clamor para ser liberado de la jaula de su conciencia. De formarse bajo las reglas de lo hermoso y abstracto, de ser un pequeño genio visualizado por todos los que me rodeaban. Confusión y fascinación a la vez... ¿qué sería yo en la vida? ¿cómo me vería a los sesenta años? ¿arrugado y bien viejito?, medio insoportable. Imposible saberlo. Ni que yo fuera clarividente. ¡Por Dios! ¡Cuántas pendejadas piensa uno de niño!

Rebobinando esos momentos en los que empecé a tener uso de razón, recuerdo estas sentencias que giraban en mi entorno: "El mundo es difícil de vivir". "Este mundo es una porquería". O peor aún: "Esta vida no se ha hecho para mí". Se parecían a los títulos de canciones que cantaba Juan Gabriel, pero bueno, yo también las entonaba. Frases bien trilladas sin encajar en mis ondas de escuincle. Solo atinaba a suponer su significado porque todo el mundo las traía en la lengua. Confesaré que en esos años se me destaparon conocimientos desilusionantes en ese sentido. No encontré exactamente lo que yo buscaba. No logré meter gol, como dicen los futbolistas. Pero agravantes hubo y de sobra. Se presentaron desencantos ejemplares, como que no existía Santa Claus, ni los Reyes Magos; sino mascaradas paternales defendiendo una creencia católica de antiquísima tradición. Que los bravos aztecas, guerreros toltecas y artesanos mayas eran más caníbales que seres humanos, sacrificando a sus propios hijos para honrar a sus dioses por sobre la descendencia. Que Hernán Cortés nos quitó la religión, el lenguaje y nuestros metales;

saqueando a México para modificar su antes y transformar su después histórico. Que el padre Hidalgo de la patria era un sacerdote de un pueblito humilde y que no gritó "Viva México"; sino que gritó veinte cosas, pero nunca exclamó una estruendosa explosión libertaria, como todos los libros de primaria lo adoctrinan en sus hojas, con el propósito de meterle a fuerza al niño un credo patriótico en su conciencia. Y, para más, que no me trajo una cigüeña de París, que yo vine a este mundo causándole un dolor corporal muy grande a mi mamacita. ¡Qué mala onda!

Con mayor edad y dentro de mi cuarto, curioseaba: ¿Por qué tiene que ser tan difícil conseguir todo lo que deseamos? Al tiempo en que, despatarrado sobre mi cama, ponía mis ojos en el techo agujereado y descarapelado. Formaba triángulos desordenados tratando de descifrar una selva espesa y virgen de interrogantes sin explicación. "Ya sé", decía, "todavía no me toca averiguarlo". Dándole mediana razón a innumerables gentes que reiteradamente comentan cuando los consultas: "¡Es que estás muy niño, hijo, cuando crezcas ya lo sabrás!". ¿Por qué casi todos los adultos nos la cantalean con el mismo sainete? O sea, ellos son muy fregones y nosotros los chavos muy tarugos. Una pregunta más, entonces, ¿cuál es la edad de un chavalo para comprender a un adulto? Estoy seguro que ni ellos se la saben. ¡Bah! Bueno, vamos a voltear la pregunta, ¿cuál es la edad de un adulto para entender a un joven en pleno crecimiento? ¡A que no se la saben tampoco!

Segundos millonarios, minutos milenarios y horas centenarias despilfarraban mis dudas. Así se expresó alguna vez mi maestro de Historia cuando nosotros, sus alumnos, no le prestábamos atención a lo que nos mostraba en el pizarrón. Esos titubeos se convertían en carbón y después en ceniza, y me conformaba pensando: ¡Necesito vivir más, para hallar los suficientes motivos que me abran la mollera! También me dije: ¡Jamás, aún en la adversidad, me sentiré vencido! ¡Seré vencedor! ¡Estoy hecho para eso!

Soles siguieron asomándose y lunas siguieron brillando. Lo cito como en los tiempos de los yaquis en el infame desierto de Sonora, o de los piel roja en los pueblos indígenas de la viejísima

América. Porque he sufrido igual que un indígena con los médicos de hoy que cuando había solo brujos.

Me acuerdo mucho de lo que repetía mi madre: "Hijo, tienes que marcar una diferencia, jamás dejes que te derrote la adversidad". Me preguntaba: ¿Puede haber mayor adversidad de lo que ya padezco? Cosas como ésta entiendo a la primera. La razón es obvia, mi cuerpo lo asimila.

La oscura soledad de mi cuarto la consumía para meditar sobre cómo sería posible contener un mar de preguntas sin aclarar. ¿Me conozco? ¿De dónde vengo? ¿De quién es la culpa de todo lo que ocurre?, ¿de Dios o del mal? ¿Dios es el bueno? ¿Por qué Dios corrió a patadas a su ángel más hermoso? ¿La belleza representa al mal? Confundido me llovían ideas salpicadas entre la sal y el azúcar. De chiquillo todos me decían angelito y de grande les parezco un ogro.

Casi al punto de alcanzar los veinte años me topé con un obstáculo mayor. Encontrarle significado a mi adolescencia. Cuando consulté a mi padre sobre su equivalencia me sonrió: "Hijo, es una enfermedad que con el tiempo se te quita". Cruzando los veinte pensé que irremediablemente era un tiempo interminable de confusiones, una autopista de didáctica sin semáforo, un acueducto de candorosas intenciones, una vía publica de ocurrencias, trastornando ideas que se pierden entre la brecha de la consecución y la resignación. Y en la repetición de sus tropiezos convierte al joven cándido en lo que alguna vez soñó. En un hombre.

Al amanecer de un desatendido día veraniego me hallé en el final y en el principio de mis estudios medios. Entre la preparatoria y la universidad. ¿Qué carrera escogería?, ¿adónde iría?, por aquellos años mi escudo en el chaleco anunciaba que a la Universidad de Guadalajara. (UdeG). Cursaba el sexto semestre de prepa. A solo un mes de finalizar, debía tomar una decisión definitiva, pa' la izquierda o pa' la derecha. A dónde echar a correr con los veintidós encima. Nunca como en ese día me pareció tan complicado desvelar un telón que en su interior me ofreciera paz y sosiego. Un terreno donde cosechar buenos augurios. Donde sentirme a gusto y no desplazado. Estaba harto del bullying por mi aspecto. Harto de las miradas compasivas. ¿A dónde conciliar mis aspiraciones sin que me hiciera ruido mi demarcación física?

De manera que, barajándolo despacio y al borde de mis limitaciones corporales, opté por renunciar a mis estudios universitarios. Resuelto estuve en un mismo momento. No regresaría a las aulas. Y, en cambio, me puse en marcha hacia una vida mejor, partiendo del nacimiento de unas sencillas preguntas que para entonces ya tenía respuestas: ¡Ya sé a dónde voy y con quién quiero estar! Yo solito y en despoblado había encontrado contestación, sin consultarlo con el diccionario, ni con la lengua larga de mis maestros".

✳✳✳

Este era el perfil intelectual del Richard, su nuevo amigo. Un alarmado y travieso efebo que tamizaba sus deseos a través de interrogatorios subjetivos, hurgando en su haber, husmeando soluciones no tan fáciles de hallar en su mocedad. Siendo un joven dependiente totalmente de sus padres, como decía él, era difícil que el tiempo, sin provocarlo, le tendiera gratis una corazonada por donde no enlodarse y salir airoso.

Mientras estudiaba en esas páginas la travesía principesca de un párvulo inquieto, Daniel sopesó bajo el análisis de algunas consideraciones especiales el fragor de las preguntas sin respuesta que nacieron a los doce años y sin ser nunca ventiladas fueron meramente resueltas casi hasta los veinte por iniciativa propia. Lo anterior abría un panorama no tan escueto para descubrir la esencia de su amigo. Grandes interrogantes que a su corta edad nacían de la impaciencia por descubrir lo desconocido y por el ansia natural de tener frente a sí a un mundo que con el tiempo se lo tragaría, como el tiburón a la mojarra.

Las descripciones del Richard en su libreta transmitían entusiasmo a pesar de saberse convicto a una muerte anunciada. Había que aplaudirlo. Él hablaba de intuir la gloria del conocimiento a cuestas de la investigación y la lectura. De descubrimientos localizados en los textos y en los libros. De escenarios de guerra librados en su conciencia.

Por eso es que Daniel, sin rendirse en su cometido, siguió obediente a la lectura encomendada…

Escenario de guerra

"A los veintitrés años debía tener por lo menos una maldita idea de cómo funciona la conciencia humana. Descifrar cuál es el escenario principal de mi percepción en el mundo. O mejor aún, conocer cuál es la forma adecuada para alcanzar una mejor forma de vida. ¿Será eso el éxito? Yo siempre lo asocié a la victoria y a la obtención de méritos, ganar una competencia, o simplemente lograr lo que uno se propone.

Alguna vez mi padre me dijo a solas cuando estábamos echados en el sillón de la sala viendo un programa de televisión: "¡El éxito, hijo mío, es tener el refrigerador lleno! ¡Ese es el éxito! En eso consiste". Volteé a verlo incrédulo, seguido por una carcajada bien sonora. Se me hizo tan absurda su respuesta, tan fuera de lugar; pero cuando llegó la noche y estaba recostado en mi colchón, viendo el techo agrietado de mi cuarto, pensé: Tiene razón mi viejito. Sin duda. Si el refrigerador no está lleno en casa, quiere decir que no tienes dinero. Si no tienes dinero es que no tienes trabajo. Si no tienes trabajo es que no tienes en qué ocuparte, eres un cero a la izquierda, así de fácil. En cambio, si tu refrigerador está rebosante de comestibles, hay suficiente despensa y tienes las bebidas para procurarte una buena alimentación, es que todo en casa rueda como debe ser. ¡Cierto! Quedé casi, casi, satisfecho con su respuesta. Sin embargo, sin quitar el dedo del renglón, volví a cuestionarme: ¡Conozco gente que tiene el refrigerador repleto y no se siente exitoso! Pero bueno, dejé que mi padre se impusiera de nuevo, al cabo que él era mi héroe.

Pasando a otro asunto. ¿Cómo defino a la conciencia?

La mayoría dice que es una característica de la mente mediante la cual nos percibimos como un todo y conocemos los límites entre el mundo externo y nosotros. Pero bueno, eso es lo que todos escriben regularmente.

Desde mi pobre e iluso punto de vista, pienso que la conciencia es como un escenario de guerra. Donde existen reyes, gobernadores, dictando órdenes, y también, vasallos y esclavos, acatándolas, una tras otra, sin cesar. Donde se pierden o se ganan batallas, según la destreza y habilidad de cada uno, dependiendo de la estructura mental y emocional del individuo en cuestión. Quien tenga un mejor resultado en el rompecabezas obtendrá la razón y el triunfo. ¿Estará bien que así la defina? La conciencia, ¿un escenario de guerra? Y es que siempre estás enfrascado en tus mismos razonamientos. La comparación hace que nunca estés satisfecho con tus reflexiones. Disientes en cualquiera de sus pintas y sus formas. Es difícil que estés plenamente complacido tanto de tus acciones, como de tus introspecciones.

Si lo defino como un escenario de guerra, mi propósito debiera ser liberar a mi conciencia de angustias y dolores para dar paso a una mejor lectura de lo que viene. Y lo que viene son los conocimientos; que, como dice Aristóteles, se forman con el auxilio de la razón, para dar paso al fin supremo, que es el bien. Porque solo a través del bien llega la felicidad.

Para desenredar a mi conciencia, me será imprescindible vivir con el amor de mi familia a mi costado. Habrá que darle una nueva fachada. Brochazos por aquí, remiendos por allá, taponando baches para esperar tranquilo la venida de una cirugía más. No quiero darme por vencido antes de que el calendario me ponga en aprietos con sus fatalidades.

El primer escollo por superar es estar resignado a mi suerte por muy amarga que ésta sea. Reconocerlo así, carajo. Con gruesos padecimientos cerebrales. No debo añorar las cosas buenas que disfruté cuando era niño, más bien debo deshacerlas de mi memoria. Ni modo. Tendré que buscar no ensuciar lo que me espera por vivir. Impedirle a mi conciencia que regrese a los catorce años, cuando todo era felicidad, cuando no había bolas en mi cerebro, cuando mi frente estaba lisita como el parabrisas del *coche de mi papá. Y es que al querer confrontar el antes con el después, se vienen las broncas dentro de mí. Las diferencias entre el placentero ayer y el lacerante hoy hacen agujeros en mi conciencia. Dejar que se asomen emociones aberrantes le quita intensidad al ingenio intelectual que de repente me alumbra. La espesura de mi seso que de vez en cuando me levanta. Estoy seguro de que todo esto me hará fuerte ante la perra suerte que me espera. Y con esto concluyo. El pasado no solo me hace daño, me estorba. En mi caso, regresar a mis años felices fomenta la infelicidad, lo que por consecuencia me empuja al desencanto. Tengo que hacer arreglos importantes en mi conciencia para no seguir lastimándome".*

***

Bordeando los sentidos de su aciago manuscrito, deletreando a su letrado amigo, simpatizaba con sus proyecciones; y, más que nada, congeniaba con su valentía. Daniel no podía acusarlo de vivir una juventud loca. Podría censurarle el desusado armazón de sus descripciones. Pero no de ser un cobarde al frente de la inminente batalla. Si bien es cierto que a veces caía en espacios donde reinaba la vacuidad y la insustancialidad, en otras su honestidad lo distinguía, poniendo la bala en el intestino. Leía el derrame de sus heridas plasmadas en el papel, la sinceridad de su quebranto, la elocuencia en la narración y la verdad de su interior hacían volcar el interés de Daniel a una profunda conmiseración.

Él daba lectura consciente y tolerante hacia el respeto que le debía la franqueza sin tapujos de Ricardo. La evidencia de un ordinario despegue de sus expresiones le invitaba a sonreír en sus repetidas imprecisiones. Su sintaxis no era del todo plausible, obvio, no era un escritor declarado, era simplemente un chamaco con el apuro de sobrevivir. Bajo esas condiciones, su quehacer de interpretación se dividía en un deseo y una formalidad. Siguió leyendo…

***

"Filosofando un poco pensé: Bueno, la infelicidad no es más que la ausencia de la felicidad. Estúpida y corriente respuesta callejera. Es como preguntarse: ¿Qué es la oscuridad? Pues la ausencia de luz. ¡No mames! Cuando somos felices vemos el mundo amigable, cordial, facilitador. Nos elevamos sobre las cosas de nuestra periferia y vemos de qué estamos hechos, de modo que podamos hacer lo que nos plazca. Pero cuando este mundo no es amigable, ni cordial y mucho menos facilitador, nos nublamos la existencia, surgen bloqueos a primera instancia y es imposible hacer lo que nos place. En consecuencia, sería un error afirmar que el mundo en el que estamos inmersos es malo o bueno, malvado o caritativo, intentando culparlo de nuestra mala suerte o de lo que sucede en torno de nuestras vidas.

Siempre poniendo como destinataria a mi salud me ordeno: "No debo culpar de mi infelicidad y mala suerte al mundo, porque yo soy parte de ese mundo". Cuánta verdad tiene el consejo de mi padre que desde siempre me insiste, como hasta ayer: "Tú eres el arquitecto de tu propio destino". Y aunque mi amado padre recoge el axioma del hermoso poema de Amado Nervo, me encanta volver a integrarlo a mi riqueza espiritual: "Muy cerca de mi ocaso, yo te bendigo vida, porque nunca me diste ni esperanza fallida, ni trabajos injustos, ni pena inmerecida; porque veo al final de mi rudo camino que yo fui el arquitecto de mi propio destino".

Es decir, que yo puedo hacer de mi persona una riqueza humana, pero también puedo ser un diabólico individuo. Todo está en mis manos. En otras palabras, yo soy el mundo, porque puedo hacer de él, desde mi plaza, lo que me plazca. Aún y con la característica desdichada de mi tumor cerebral. Porque con el pretexto infame de su aparición en mi cabeza y convocado a morir en la proximidad; puedo con la limpieza en mi alma y una Biblia en la mano, entrar a una iglesia buscando la bendita imagen del Señor. Pero también sé que podría matar sin pena a cualquier persona con un revólver en mi diestra, como lo hacen por costumbre en la Unión Americana, donde un fulano enfermo masacra al primero que sus ojos ven enfrente, sin importar que se encuentre en una escuela o una iglesia. Igual, puedo entrar a la cárcel buscando el purgatorio por mis atropellos. Estudiándolo así, entonces, el mundo soy yo, porque hago de él lo que me convenga y quiera.

Este cuaderno tiene vida desde mis catorce años. Letra por letra ha crecido como un edificio. Piso por piso. Oraciones en vilo vertidas al desparpajo de mis pasiones y ocurrencias. Como un diario de mis vacilaciones. Así fue como despegué, desde el origen de mis temores y pude ver desde dónde debía trabajar para darle rumbo a mis ideas. Internado en una jungla estaba, entre la maleza espesa. Sin salida. Y sigo sin ver la salida, a pesar de las múltiples dudas y lo nublado del panorama, no me quebró la suerte. Aquí sigo, necio, testarudo, con mis berrinches, averiguando qué viene adelante.

Me pregunto ¿qué me hubiera hecho feliz? mientras las semanas ruedan enredadas en los meses. ¿Un cerebro sin daño? Es entonces que brotan las interpelaciones: ¿Acaso el pobre pidió no nacer pobre? Y quien nació con Síndrome de Down, ¿deseó nacer así? ¿Cómo pretender ser feliz mientras todo esto se consume? La rudeza del espejo y el rigor de los cientos de ojeadas me ponen en mi lugar. ¿Cómo anclarme a una obstinación si no tengo tiempo para derrumbarla? ¿Qué me hubiera hecho feliz? La verdad, no lo sé. ¿La compasión? ¿El amor? A esta altura de las circunstancias... ¿Serviría de algo no darme por vencido? Estoy consciente de mi imperfección en la corteza de mi cerebro, sí, pero, aun así ¡no puedo aceptar ser como soy! Me resisto a resignarme. Aunque le dé lectura a las páginas de cientos de libros. De qué sirve descubrir, averiguar, analizar, aprender, si de todos modos no puedo impedir la suerte que me toca. Sentimiento atrozmente humano. Un látigo que azota mi amor propio, deshace mi autoestima y despedaza mi seguridad".

⌘⌘⌘

Eran párrafos perturbadores aunque bastante conscientes de su futuro inmediato, en donde Richard como malabarista jugaba con sus mismas definiciones y conceptos. En estos Daniel adivinaba en él una urgente necesidad por seguir viviendo. Quería desaparecer las fatalidades que irremediablemente se arrimaban inexorables a su realidad. Ansiaba recurrir a un imposible que le diera la fórmula precisa para dilatar el momento por venir, razón incesante de sus introspecciones. Buscando en los retruécanos del tiempo enlodado alguna mágica receta que le quitara la mácula de su desenlace. Por otra parte, Richard pretendía ser un divino vidente que le ayudara a encontrar a la brevedad el secreto de la felicidad. Porque todos eran dueños de ella, según sus apreciaciones, menos él, a pesar de darle lustre a su maltratada autoestima.

Terminando un tema en la libreta cambiaba de página y al margen superior de la siguiente regularmente anunciaba una fecha distinta. Es decir, se notaba que los temas narrados habían sido desarrollados de modo alterno, bajo la intermitencia de las estaciones del año y según su estado de ánimo. Tal vez se orillaba nuevamente a él después de haber leído un libro que le dejara huella, o luego de haber visitado al médico, o quizá por la mera ocurrencia de su nostalgia. Dicha discontinuidad de sus apuntes no se distanciaba más allá de los treinta días. La libreta de cien hojas estaba repleta de sus registros, los cuales se distinguían por conservar cierta disciplina.

⁜⁜⁜

"Espero que mis padres, cuando yo ya no esté y lean estas notas, no me tachen de lunático poeta. Porque no hay nada más importante que la ambición de ser amado por alguien. Ese pensamiento me hace cosquillas en mis buenos ratos. El sentirse querido nos glorifica, nos fortalece para seguir adelante ante lo que sea, por muy monstruosas que se presenten las cosas. El sentirse apreciado produce un efecto chistoso, como si todos los días fuera tu cumpleaños. Cuando te aman con el alma, el amor va más allá del camino conocido.

He buscado en las bibliotecas de Guadalajara y Zapopan definiciones claras al respecto del amor. Cuando hojeo una enciclopedia, solo se le atribuye un significado didáctico. Tal vez ético o estético. Me queda corta su interpretación, con argumentos enanos ante la inmensidad del entendimiento de nosotros los mortales. Algunos libros muestran un lenguaje medio rebuscado que me hace batallar para hallarles una razón. Y en otros leo enunciados que me resultan cojos, con oraciones mochas, en trozos, incompletas para expresar en todo lo ancho lo sentido por el alma.

Luego pienso que no encontraré una definición que se calce a mi medida. Quizá porque quiero leer lo que dicta mi corazón y no lo que dice la página ilustrada de un libro. A veces la escritura no concuerda con mi estructura. Está lejos de mis latidos. Entonces voy y busco otras planas que se acomoden a mi manera de ver el amor. Por ejemplo, hojeando por allí gruesas enciclopedias, encontré a un poeta a mi medida, Charles Baudelaire. Este francés se acerca bastante a mi sensibilidad, dice cosas tan hondas como: "El amor es el anhelo de salir de uno mismo". Concluyo que este señor tiene toda la razón. Quieres multiplicarte para abarcar más sobre el espacio amado. El amor verdadero es sublime y tierno, y, por ende, quieres invadir el alma de quien amas.

A mí me han amado con el alma, lo sé, pero ni con ese fervor terrestre impedirían mi partida de este mundo. A estas alturas nadie lograría que me quedara donde quiero quedarme. Latiendo en este mundo. Mi cerebro me da vida para entenderla, y desgraciadamente él mismo me la está arrancando. Ni el amor más grande me dejará un minuto más sobre este mundo imperfecto. Ni Jesús siquiera.

¿Para qué aspirar a quedar vivo? Si sobrevivo a lo que considero mi última operación, lo haría como un vegetal. Ya mero que consentiría que mi santa madre me agarrara la pirinola para orinar. ¡N'ombre!, ¡nunca! En cambio, si muero, me seguirán amando como siempre quise que lo hicieran y hasta podría venir a visitar el mundo desde otra faceta que mis congéneres aún no exploran de lleno.

Amarme a mí mismo tanto como me alcance el tiempo es una buena receta. Si yo no me tuviera amor, jamás me consideraría una persona valiosa. Lo que menos quiero es

*proyectar odio y rencor ante los demás. Eso se lo leí a Erich
Fromm cuando escribió: "Si puedo decirle a alguien 'te amo',
entonces podré ser capaz de amar a los demás".*

*Hace apenas unos días, accidentalmente y fuera del
templo, después de oír misa, me apalabré con un padrecito acerca
de este tema.*

—Padre: ¿Cuál es el amor más grande para usted?

*—¡El amor al prójimo! —lo dijo sonriendo y con tanta
seguridad, que aún ahora conservo el aplomo con que lo escuché.*

*—¿Por qué? —le devolví mi interés mal intencionado.
Adrede puse cara de bobo, que no me cuesta mucho trabajo
ponerla, ¡eh! El de la sotana se puso medio pensativo y adiviné
que venía tras de sí una larga perorata. Sin prisas hizo garras mi
consulta.*

*—Recuerdo cuando apenas estaba agarrándole sabor al
seminario —empezó diciendo—, había un anciano clérigo de edad
bastante avanzada, muy dedicado a las órdenes sacerdotales, que
repetía sin cansancio: "Los regalos más grandes de nuestro señor
son el amor y el perdón". —Como si le hubiera dado cuerda a este
viejito, él siguió entusiasmado, relatando con intensidad lo que se
le venía a la mente. Sus ojitos le brillaron como dos canicas tras
la luz—, porque ellos indican el coraje y tenacidad de nuestro
interior, definitivamente engrandecen el alma. Por eso mismo creo
yo —insistió el padrecito—, que el amor es la base de todo éxito o
fracaso en cualquier área. Debemos aprender a amarnos a
nosotros mismos y reflejarlo en nuestros semejantes; incluso
podríamos decir que ese es el camino más fácil para llegar a la
felicidad.*

*Y dale duro con lo de la felicidad; otra vez la burra del
trigo. Lo dicho por este religioso pastor torció mi versión
acostumbrada. Hoy pienso que el amor es el cimiento de todo
triunfo. Si es así, el verdadero éxito comienza desde dentro, porque
ese sentimiento es quien me va a empujar a ser libre. A final de
cuentas todos queremos tener éxito, que las cosas salgan bien y
hallarle correspondencia a nuestros actos y pensamientos, pero
pocos están dispuestos a amarse y a perdonarse, como dijo éste
calvito religioso".*

⌘⌘⌘

Sin duda, una lectura angustiosa y perturbadora. Rasgos indiscutibles en la narración de sus diálogos quiméricos. El autor de todas estas suspicacias, recelos y profundas reflexiones no vivía como cualquier ser humano. Dejaba surcos en la doble raya de su cuaderno. Parecía que la humedad lacrimosa resbalaba por las hojas manuscritas del Richard condenado. Vivía su antes y después a través de los apuntes de su libreta. Una especie de diario al que bautizó "La senda del triunfo". Un triunfo germinado desde un corazón contrito y maltrecho por las circunstancias. Sus formas y frases veinteañeras bien podrían caber en la mentalidad madura de un culto cincuentón.

⌘⌘⌘

"Insisto: ¿Qué me hubiera hecho feliz...?
¡Ya sé! Tener un motivo de vida.
Lo dicen muchos científicos. La vida en sí misma es un milagro. Vivirla es un motivo. A pesar de que en el vértigo del siglo XX y la llegada inminente del XXI ya no se conciba al nacimiento como un milagro. Dios, junto a mis padres, me dio esa oportunidad. ¡El milagro de vida! Y desperdiciarlo... ¡No! Impensable. Llegar al final de tu existencia sin poseer un motivo para disfrutarla. ¡No! Por ello considero que saber vivir, para esperar la muerte, es también un motivo.
Viajo sin parar en esta tierra que huele a mojada. Diario voy de la vida a la muerte, de la luz a la sombra, del tránsito vago a mi modesta habitación, de la premonición al instinto, de la superficie al nudo, del ícono al libro impreso, del hoy poblado al árido mañana. Achaques propios de un condenado que busca un motivo para palpitar. Y es que este blanco y negro puso fin a mil colores.
Esperar estoico el último instante es también un motivo.
Y porque la motivación mueve al mundo y el mundo soy yo, haré de mi mundo mi más grande motivo. ¿Eso me hará feliz

mientras yo viva?, ¿o acaso seré juzgado antes de la muerte para ver si la merezco? ¿Seré ungido por el Espíritu Santo para ser liberado del mal y entrar al paraíso del Dios eterno?, ¿o acaso la muerte me ofrecerá un pacto aspirando a prolongar el tiempo de vida a cambio de algo?

Pensar en la muerte después de la vida, es también un motivo".

✠✠✠

Daniel optó por cerrar la libreta. Dejó de leer al dibujante de sus pesadillas. Al canto de una pena. Las especulaciones arteras de su amigo iban directamente a los sentidos de su persona. Por casualidad, y en añadidura, tocaban una parte ulcerada de sus intestinos. La lectura de esa noche no solo exponía a Richard en sus escritos dolientes, sino que también ardía dentro de un lector con pasado tortuoso.

Se fue al mueble de la alacena y sacó cuidadosamente una botella de *brandy* para hacerle compañía a su soledad pensante. Y le dio cuerda al poder de sus divagaciones acerca de lo que alguna vez pronunció un viejo sabio romano moralista, conocido por las páginas de la historia: *"La muerte es un castigo para algunos, para otros un regalo y para otros muchos, un favor".* En dónde habría que instalar a este muchacho, si la muerte prematura se convierte en un bálsamo cuando el rumbo por seguir reserva para la existencia episodios más atroces todavía.

Mi vida no puede ser más atroz que la de este joven consumiéndose a cada minuto. De acuerdo estoy con esa frase: "La muerte es el puerto de todos los dolores", susurró Daniel para sí mismo

Premonición

La mañana soleada anunciaba una Perla de Occidente que se levantaba bulliciosa como todos los días. Las nueve en el reloj digital del buró y Daniel todavía aplastado en la cama bajo las sábanas, rascándose la cabellera alborotada con sus uñas medio mugrosas y medio largas, al tiempo en que metía el índice para espulgar su ombligo del cual sacaba diminutas basuras de algodón.

La pereza lo desgastaba. *¿Qué hago? ¿A dónde voy? ¿Qué habrá en la tele? ¿Qué libro estoy leyendo? ¿Tengo cita con alguien?* La brillante estupidez de su honra mental donó en segundos la candidez de un individuo que no tiene nada que hacer. ¡Maldita sea la cosa! Tuvo que recordar en instantes qué fue lo último que hizo la noche anterior, de manera que pudiese acomodar su itinerario y saber a ciencia cierta qué le esperaba por hacer.

Salió de su cuarto amueblado y bajó a la cocina, donde presagiaba que doña Beatriz, de todos conocida como la Watrix, ya se había apoderado del territorio culinario. Le pidió un par de tazas de café suplicándoselo con todas las letras, "por el amor de Dios", y las saboreó como un bendito. Argüía que quien no disfruta del placer de saborear una rica taza del humeante café por la mañana no sabe apreciar las buenas cosas de la vida. La Watrix además le puso sobre la mesa unas sincronizadas con sabor a gloria. Daniel afirmaba con sobrada certeza que esta mujer preparaba las más exquisitas sincronizadas del mundo entero. Entre el paladar y la modorra destinó su pensamiento a las tareas de ese día. Momentos antes había salido a la tienda de la esquina donde compró un pan de dulce que mordía meloso con su bebida caliente. Una vez que se aseó lo mejor que pudo, volvió a encarcelarse en su habitación, abrió el cuaderno espiral del Richard y se dispuso a proseguir con la encomienda que la noche anterior el *brandy* interrumpió.

⌘⌘⌘

"Recuerdo cuando apenas iba a cumplir los quince años. Yo era un chavalillo impetuoso, optimista. No había problema matemático o de probabilidades que no desafiara, risueño paisaje de mis primeros años. Me encontraba a punto de mudarme de casa, de escuela y de localidad. Volvía a mi ciudad natal, la ciudad más bella del Bajío. Viajaría de Toluca hacia Guadalajara. Me dirigí a la estación de autobuses. Al estar esperando el transporte urbano que me llevaría a la Central para comprar mi boleto me vino un profundo presentimiento. Como una voz que me anunciaba: ¡No vayas, hay peligro! Una especie de clamor que jamás se borrará de mi mente mientras tenga uso de razón. Fue un momento crucial.

Sucedió así...

Una tarde, casi noche, después de despedirme de mis amigos y familiares, en especial de una compañerita preciosa que se portó inmejorablemente durante toda la secundaria, que por cierto hasta en ese momento me enteré de que yo le gustaba, ¡qué desperdicio!, tomé un pesero con rumbo a la Central de Autobuses. Durante el trayecto tuve una corazonada desacostumbrada, fuera de lugar, medio intrincada. La boca me sabía a lámina de zinc, mi corazón retumbaba como tambor, acelerado. No me olvidaba que muy temprano me había llegado una señal nada habitual. Como si alguien me estuviese advirtiendo de un próximo acontecimiento. ¡No vayas, ten cuidado!, me repetía una voz interior, con absoluta claridad. Incluso durante las primeras advertencias pensé que alguien estaba detrás de mí, pero no.

Al rato comenzaron a llegarme imágenes retorcidas de un desastre que mi mente no lograba definir claramente. Confusión total. Extrañas figuraciones jugueteaban en mi pensamiento. Una intranquila sensación de proximidad desagradable. Me incendiaban los mensajes y los perfiles deformes manoseando mi conciencia. ¿Qué podría estarme sucediendo? Lo analizaba como si yo fuera un trastornado mental. Reproducciones que no tomaba en cuenta, pero que seguían entrando a mi cerebro.

Con todas esas agravantes en mi seso traté de olvidarme del asunto. Por esos años yo me creía invencible, un campeón. Con una suerte inmejorable. Un Batman en apogeo. ¿A qué temerle entonces?

Al llegar a la estación de autobuses de Toluca, volvió a suceder. Sentí un escalofrió fatal, como si la muerte me tocara el hombro. En el instante en que compraba el boleto empecé a temblar de pies a cabeza como si tuviera Parkinson. Me arremetió un tremendo escalofrío de veras incontrolable, como si yo fuera un alpinista en la cumbre del Popocatépetl vistiendo camiseta de algodón. Dicha sensación, sin embargo, no se fue por un buen rato; al contrario, se mantuvo ahí, obstinada. Con los minutos la tensión aumentó tanto que casi me puso fuera de combate. Una voz demencial introduciéndose en mi cabeza por el túnel auditivo iba danzando de oído a oído. ¡Por favor, no subas, te lo ruego! lloraban las palabras en la voz que cada vez sonaba más ansiosa, más angustiante, como si viniera de un ser al que estuvieran torturando. Pero luego cambió lo que susurraba, como queriendo ser cómplice de otra maniobra. ¡Compra los boletos para otra ocasión! ¡Es más, invita a tu amiga a salir, no vayas!, escuché a la voz suplicante. Luego me dio risa. Mi subconsciente ordenándome a legislar mis placeres. ¡Ja! ¡Ja!

Al frente del mostrador y mirando el rostro del despachador solicité mi boleto e hice caso omiso de lo que me atosigaba el ser por entero. Voces, imágenes deformes, sombras fantasmales, la escena aterradora de un accidente, en fin: ¡es solo mi imaginación!, ¡no hagas caso! Y aunque todo iba y venía en el escenario de guerra de mi mente, mantuve mi decisión firme. ¡Me voy!

—*A Guadalajara a las 9:30 de la noche, por favor.*

Pedí el boleto con firmeza y sin temor. Una hora y media más tarde escuché por el altavoz de la estación: "Pasajeros con destino a la ciudad de Guadalajara con boleto a las 9:30, diríjanse al andén número catorce para abordar su autobús", repetía cada tanto una linda voz angelical que no parecía presagiar un holocausto como los mensajes psicóticos que me tenían bombardeado. Tomé las maletas y bultos que llevaba, busqué el andén anunciado y, segundos antes de subir, otra vez la misma cantaleta, el hartazgo psicológico en un plano ya de necedad absoluta. ¡Simples ideas mías!, insistí.

Diez minutos después, el camión rodaba rumbo al destino tapatío. De principio todo parecía tranquilo y sereno, surcando las distancias en buen trayecto. El tiempo transcurría como si nada. De pronto, circulando sobre la carretera, el chofer no se percató de un bache, que más bien parecía un hoyo de arena movediza; y el distraído conductor le atinó perfectamente al objetivo, se fue directo al pozo. Como era de suponerse, se atascó. Una mancha enorme de lodo con agua sucia y apestosa nos envolvió. Las advertencias comenzaban a cumplirse. La desconfianza me asaltó. Empecé a considerar abandonar mi viaje, pero no me dio tiempo para pensarlo mucho, porque al cabo de cinco minutos sentí cómo el camión salía del atolladero. Hubo quien pensó que ese chofer no andaba bien de sus cabales. Para variar también mandé a las carambas a los quejosos. Los traté como chismes de los pasajeros.

Así transcurrió el tiempo entre angustias e indecisiones. Después de tres horas de viaje entramos a un poblado que no estaba programado en el itinerario. El chofer se perfiló hacia una casa particular situada entre derechas e izquierdas de calles sin pavimentar en el mero centro de la pequeña población. Allí recogió a una mujer embarazada, a su esposo y un acompañante, además se tomó una taza de café saboreándola como un mendigo. Agarró la carretera otra vez, de nueva cuenta hacia el destino pagado. Yo dije ¿qué onda?, ¿por qué sube al camión a sus cuates sin cobrarles el pasaje? ¡No me pareció! ¡Pero bueno, qué hacer...!

Calculo que habremos recorrido unas cuatro horas más cuando llegamos a Querétaro, donde hicimos una breve parada. Debo advertir que quien manejaba el camión venía haciéndolo *lento, muy lento. De plano ya no le tuve confianza y me puse a vigilarlo. Volvió a tomar café, en doble ración, pero en esta ocasión tomó una pastilla. Después nos enteramos que era para no dormirse en el volante. Todavía le quedaba un buen rato por manejar. Y no llevaba compañero que lo auxiliara. ¡Ese cabrón se va a dormir!, me dije. Y empezaron a cuchichear unos pasajeros, diciendo que mejor todos nos bajamos ahí, pero ni aun así accedí a bajarme. Es más, ninguno lo hizo. Todo quedó en insinuaciones. Ya habíamos recorrido un buen trecho, en tres horas más llegaríamos a Guadalajara, a ojo de buen cubero. Cada vez le faltaba menos. Volví a reflexionar sobre el asunto, pero sin darle mucha importancia, como quiera ya íbamos bien adelantados. Lo licué en mi pensamiento sin realizar un examen exhaustivo del comportamiento del conductor, pensé que eran meras suposiciones de los señores. El camión reanudó la marcha y cerré los ojos, tratando de dormir a pesar de todo el barullo que producía el bendito autobús.*

A solo una escasa hora de todas estas cuestiones y suposiciones, entramos a una estación de gasolina donde cargó combustible. Ya eran muchas paradas en el camino, por lo mismo los viajeros comenzaron a desesperarse más de lo debido. Noté su nerviosismo, incluso los de atrás hasta rezaban. Me percaté de ello por el murmullo invocador. Además, ya venían bien enchilados. En fin, este desdichado maniobró su camión hacia afuera de la gasolinera, pero al pretender salir de la misma volvió a caer en otro hoyo similar al primero, cuando salimos de Toluca. Fue entonces cuando de plano un pasajero exasperado sí le dijo todas, y de un jalón: "Viejo pendejo, pues qué no te fijas". Me pareció entonces que ocurriría lo peor, tal vez lo agarrarían a golpes, pero tampoco eso sucedió. Sin embargo, ya eran muchos agravantes como para no aceptar que las voces anunciadas en mi interior antes de abordar el autobús tenían razón. Pero ya no había forma de impedir la fatalidad. Ahí estaba el indicio, los tropiezos frecuentes tratando de frenar el destino de la ruta. Viaje nefasto de arranque. Pero nadie tomó la iniciativa de quitarle el volante al chofer o simplemente bajarse del camión. Ahora el temor de todos era quedar abandonados a medio camino.

Veinte minutos después circulábamos por una carretera provista de cunetas y donde casi no pasaban autos. Nos hizo compañía una llovizna impertinente que se me quedó grabada, poniéndole un sello deprimente al escabroso periplo. Desde mi asiento alcé el cuello para dominar con la vista la carretera. Me situaba a la altura de la cuarta fila, ocupando un asiento al lado del pasillo. El camino era recto, muy recto y de un solo sentido. Mis ojos alcanzaron a ver todavía un horizonte oscuro, parco, sin nada que llamara la atención. Suspiré tratando de volver a conciliar el sueño. ¿Quién iba a querer bajar en aquel lugar? Lo cavilé tan solo por instantes. Me acurruqué en el asiento y mis ojos se cerraron viendo el trasero del asiento delantero. Cansado, desvelado y con hambre.

Sin decir agua va, de improviso el camión se estrujó con tremendos ruidos que de inmediato me espantaron. Todo tronó, seguido de un gran estruendo, de sonidos espantosos y acentuados. Inmediatamente mis ojos buscaron el parabrisas, avizorando el frente. Tratando de ver el camino. Para mi desgracia, ya no había tal. Se había terminado. Aterrador, no había nada. ¡El camión se salió de la carretera! Escuché gritos y alaridos que venían de todos lados, estallidos del techo despedazándose. Los vidrios resquebrajándose hasta caer hechos añicos con gran estrepito. Las láminas torciéndose, el pasaje entró en pánico y el camión no paraba de dar maromas, columpiándose de arriba para abajo, como licuando su interior. Nomás de acordarme la piel se me pone chinita. Sentí que ese era mi fin. Mientras todo daba vueltas me atormentaba pensando que mis padres no tenían idea de lo que estaba sucediendo. Que no se enterarían sino hasta mucho después que morí aplastado por un autobús. Que un pinche camionero, desvelado e irresponsable, nos condujo a la tumba a todos a la vez. ¡Protégeme, Dios mío, protégeme, no me abandones! ¡Apiádate de mí, Señor! Repetía en mi desesperación frases que decenas de noches oí a mi mamacita rezar a la orilla de mi cama. ¿Quedaría mutilado o moriría? ¿Hasta cuándo iba a parar esto? ¡Fueron segundos de angustia delirante! Todos estábamos aterrados por los topetazos, el alboroto y la inquietud. Yo me agarré del asiento delantero, rodeándolo con mis brazos como a mi novia, la más querida, esperando lo peor. Pero llegó un momento en que ya no opuse resistencia, la rigidez de mi cuerpo desistió y me dejé llevar con lo convulso del movimiento mortal. Me abandoné al ritmo frenético del golpeteo del camión.

Cuando todo acabó, el silencio reinó sobre la fatalidad. No escuchar nada me lastimó. Infinitos instantes se sucedieron. Inmediatamente después, penumbra doliente, sombras heridas. El vuelco del camión terminó y su infame quietud sorprendió a la aflicción, escapando de las gargantas gemidos con el ¡ay! nocturno esparcido en el desorden. Vinieron los gritos, los lamentos con un volumen diabólico, gemidos salidos de los cacharros del camión y de pasajeros apachurrados entre los asientos implorando ayuda. Al fin me moví, lo primero que hice fue revisarme en automático. ¡Estoy vivo! No me falta un hueso, increíble. Mis piernas en su lugar, enteritas. Mis manos completas. Pero cuando traté de mover mi brazo derecho, sentí dolor en el codo; no estaba quebrado, pero sí luxado y sangraba. Seguro también estaba descalabrado porque mis dedos se trajeron el rojo intenso de mi cabeza. Alcancé a distinguir su humedad. Mi reacción inmediata fue salir del camión. Me urgía fugarme del tormento colectivo. Escapar de la negrura atropellada, moverme hacia el exterior donde el aire y el espacio eran mi salvación. Salir del mueble que segundos antes fue una batidora. Tenía pavor de encontrarme con la muerte en el camino. O con un cuerpo ensangrentado de fracturas expuestas mostrando los huesos como estalagmitas. No quería verlo, no quería. Pero mi deseo fue inmediatamente violado. Mi vista tropezó con la cabeza del chofer sangrando hasta por los ojos. ¡Qué horrible! Tenía un tubo atravesado en la garganta. Me recordó por instantes el accidente de Frida Kahlo, en donde el estúpido chofer también quiso ganarle al tren. Me fui deslizando entre los asientos tratando de escapar del siniestro por la ventana más próxima. Imposible hacerlo por el pasillo, estaba obstruido por asientos, gente y maletas. Además de la oscuridad, que era otro obstáculo infranqueable.

Pronto me di cuenta de que las cuatro llantas sostenían al camión en una posición vertical. Gracias a Dios, pensé. Después de tanta vuelta había quedado en su postura natural. ¡Qué raro! El barullo se apoderó de la desgracia. La muerte rondaba como si fuese un alguien en busca de su presa, un ente invisible olfateando su alimento humano.

El cielo mandó rayos luminosos sin sonido, haciendo compañía a la negrura de la noche. Luces relampagueantes que en momentos me permitían ver a los viajeros en condiciones verdaderamente lamentables. Mis ojos agrandaron el espacio. Las maletas abiertas y despedazadas, con las prendas de ropa esparcidas, confundidas con trozos de ventanas, de láminas retorcidas y el dolor sangrante de la escena. Ahora me enteraba que esta horrible visión la pude haber evitado con la llegada de esas imágenes dibujadas en mi mente y que dejé pasar por alto en Toluca. Se me avisó, pero yo hice caso omiso.

Ya fuera del camión y con verdadero espanto observé, como una lección adicional a mi incredulidad premonitoria, que la mujer embarazada que horas antes había recogido el conductor estaba prensada debajo de las llantas del camión. Medio cuerpo debajo del autobús y la otra mitad le servía para gritar con todas sus fuerzas. Imploraba que alguien le ayudara a salir de ese desgarrador escenario. ¡Qué drama Dios mío! Nunca lo olvidaré. Si en ese momento hubiera tenido en mis manos un revólver, sin pensarlo mucho le hubiera dado un tiro en la cabeza a esa señora para que dejara de sufrir.

Mientras trataba de sobrevivir dentro de ese infierno de cosas impensables, recordé a mi padre cuando me aconsejaba que no era bueno mover a una persona lastimada. Decía que si uno no conoce al menos las cosas básicas de los primeros auxilios puedes lastimar a la persona incluso más. Rogué a Dios que la ayudara para que no siguiera sufriendo. O de plano ya se la llevara. No sé si Dios habrá escuchado mis ocurrentes salmos en esos momentos, pero fue lo que me llegó a la cabeza, pensando que eso sería lo mejor para la señora. Sus gritos eran espantosos. Me hice el loco y me fui a parar en la mitad de la carretera, todavía con los gritos de la mujer en el laberíntico acueducto de mi cerebro. Pero muriendo a gritos debajo de las llantas del viejo camión, el resto del pasaje se le unió, y todo se volvió una gritería, peor que en el

Mercado San Juan de Dios en el centro de Guadalajara, en un día feriado.

Parado allí me sentí completamente aturdido, perdido como un ratón en medio de la sinrazón. En eso, me percaté también de otro individuo que, yo creo, había salido disparado del camión y éste, entre tanta voltereta que dio, le pasó por encima. No estaba muerto, pero igual que la señora aplastada del otro lado del camión, estaba hecho garras.

Doce muertos y el resto heridos, y algunos otros quedaron como yo, bloqueados en un trauma que nos duraría la eternidad. Sobrevivir a un accidente como este fue una lección de vida que cada vez que pude se la conté a quien tuve frente a mí. Y es que contarlo me provocaba un enorme gusto por vivir, era una especie de terapia.

La tristeza experimentada en este accidente horadó mi conciencia. Lo digo porque vivir esto a los quince años cuesta trabajo rebasar, incluso pasado bastante tiempo. Sobreviví a esta ingrata premonición de milagro.

Ahora bien, este fenómeno no obedecía a mi voluntad. Me atacaba de forma inesperada, llegaba espontáneamente. Alguien, no sé quién, en mi cerebro, me había puesto sobre aviso de esta tragedia. Y como no creí que sucedería, no le presté la debida atención. Por lo que, de ahí en adelante, las cosas cambiaron y cada vez que se metía una voz en mi mente anunciando lo que tal vez podría ocurrir, atendía pronto las entrañas del mensaje.

A decir verdad, de chiquillo tuve una experiencia similar.

Estando en la escuela primaria, en sexto año, un compañerito llamado Arturo y yo fuimos pareja para realizar un ejercicio de números memorizados en la clase de matemáticas, pero al tocar su mano me dio una especie de toque eléctrico, percibiendo claramente lo que a la hora del recreo le sucedería.

Resulta que perdió el equilibrio y se descalabró golpeándose en la orilla de un barandal. Lo llevaron al hospital. Igual, nunca lo extravié en mi mente. Lo vi yo primero un par de horas antes. Incluso se lo advertí, pero él me acusó con el maestro argumentando que yo quería asustarlo. Para nada...".

Tu mente es tu secreto

Leer al Richard lo tenía agotado. Faltaba poco para terminar su tarea en la lectura delegada. Aun así, Daniel pensó que encestar un pensamiento en su canasta era jugar dentro de un túnel del tiempo. En el trayecto de las primeras cuartillas sus lecciones comenzaron con tiesas divagaciones, varias conjeturas y pensamientos al garete; sin embargo, de a pocos, sus tesis vinieron tomando forma y sustancia, convirtiéndose en una lección de buen contenido.

El jovencito no era tan inexperto como lo mostraban sus iniciales planas. Era como caminar en una cuesta montañosa, a cada paso subían de nivel sus hipótesis. Y aunque este novel se ensañaba con descripciones nada ordinarias que a veces ni él mismo desglosaba apropiadamente, pretendió dispensar, al filo de la muerte, una encíclica perecedera y razonable para quien en vida lo recordara con un fanático interés.

Daniel siguió leyendo…

✳✳✳

"Recién cruzaba los veinte años y en una tarde meramente fortuita me puse a charlar en los corredores de la escuela vocacional con una simpática maestra de psicología. Comentamos sobre el porqué de la incidencia de cometer los mismos errores. Ella me decía que el hombre es superior a cualquier animal, pero que tenemos la peculiaridad de incurrir en el mismo error dos veces. En ocasiones hasta tres. En cambio, el animal, por instinto,

casi nunca tropieza dos veces con la misma piedra. Ello se le atribuye a que tenemos el raciocinio de nuestra parte. Es él quien nos orilla a caer en varias ocasiones, pretende obsequiarnos la esperanza de que en la próxima oportunidad el resultado será diferente. La mente, por lo general, está dispuesta a dejarse seducir por algo nuevo y es ella quien nos hace cometer errores cuando deseamos probar algo nuevo. A todo eso lo llamamos comúnmente curiosidad.

—Maestra explíqueme: ¿A qué se refiere con eso de que el culpable es la mente? ¿Qué papel juega el raciocinio en la curiosidad?

Ella, inspirada por una sonora carcajada, contestó:

—¿De verdad quieres saber?

—¡Por supuesto!

—Por ejemplo: La bomba atómica o el armamento más complejo y de alto nivel destructivo. La política económica de un país y el apego a sus leyes. La envidia, el éxito o el fracaso. Todos estos son elementos manifiestos de la mente humana. La que se supone posee el raciocinio, porque de ella emergieron todas estas cosas —sin hacer una pausa volvió a preguntarme—: ¿Quieres que continúe?

—Por supuesto, quiero que desenrede esta maraña de interrogantes que me hacen ruido en la cabeza.

—Entonces espérame aquí, no te muevas, en seguida regreso.

Tardó más o menos diez minutos. Al volver trajo consigo varios libros acerca del tema de la discordia.

—Ricardo, si tanto te interesa vas a tener que quemarte las pestañas un rato. Lee éste —me dijo mostrándome las pastas de los libros—. Y este otro, enseguida de aquel. No quiero que los memorices, solo es importante que comprendas su concepción y abras tu mente a nuevas ideas y con ello te formes una opinión, no te estaciones en viejos parámetros —luego agregó algo que me pareció interesante—: ¡Tu mente es tu secreto! Debes saber que de vez en cuando nace una persona como tú, que no se limita a ser adaptativa. ¡Es creativa! Pudiera representar un grave problema para sí misma, pero sabe resolver sus incógnitas con la

imaginación. Cuando ha resuelto sus problemas, entonces su mente está lista para crear. Y cuanto más crea, más libre es. Porque la creación nace de la imaginación. Sin imaginación no puede haber creación.

Hecha la definición comprendí lo que sienten las estatuas al quedar plasmadas en forma inamovible, yo parecía una. Me encontraba entre el umbral del asombro y la impaciencia. O tal vez la maestra, con más colmillo que yo, me vio la cara de bobo que revelé en ese momento... pero ¿qué hacía?, no tenía otra.

Normalmente los buenos maestros aprovechan la oportunidad para aconsejar a sus alumnos propinando advertencias como que: Todo lo que puedas encontrar en los libros será un caudal de riqueza para tu saber. Los libros son el atajo perfecto hacia el entendimiento. No lo puedes aprender todo simplemente rodando por el mundo, tienes que leer. Y cosas así...

Por supuesto, me llevé los libros a casa y comencé a leerlos de inmediato. La impaciencia por conocer lo desconocido era mi manía desde chiquillo. Un sello de la casa. Me encantaba aprender algo nuevo para presumirle a los cuates que yo sí leía, no como otros. Entre los libros que me ofreció había uno en especial que se llamaba "La mente y un secreto". Al tenerlo en mis manos me pareció acariciar un collar de perlas del Caribe. De plano, lo abrí con sed de tragármelo sin saborearlo. Engullirlo de una bocanada. En esos días yo trabajaba con mucho entusiasmo con el poder de la mente, por lo que ese libro me cayó del cielo, como si yo fuera su único receptor. Tenía la impresión de que éste me iba a transformar.

Sin ir muy lejos, en la primera página, decía a manera de subtítulo "La mente del hombre". Comencé a leerlo. "La mente es un vínculo especial con tu cuerpo, con la masa, la sabiduría, la naturaleza, con su igual, en fin, un vínculo con la fuente creadora". Lo que sostenían mis manos era una excelente representación del pensamiento humano, escrita utilizando un lenguaje muy entendible.

"La mente es un vínculo con la naturaleza creíble e increíble. Es capaz de crear, transformar o destruir. Es una ventana abierta a otros mundos de realidad objetiva o subjetiva.

Con ella se pueden lograr imposibles, como comunicarse con otras formas de vida, ya que es energía pura. Se puede lograr sanar y enfermar. Es capaz de crear campos magnéticos e influenciar a otros, basta con solo desearlo tenazmente".

Ponía todos mis sentidos en la lectura. Algunos párrafos referidos al estado de la mente me enamoraban más que otros. "Ésta ordinariamente crea angustia, dolor, engendra conflictos, es insaciable, fácilmente extravía, desorienta, confunde. A menudo es víctima de sus propios absurdos y, para colmo, recrea viciosos ambientes de miedo y paranoia, además de concentrar ponzoña, como el odio, los celos y el resentimiento".

Sin quitar los ojos de las páginas subsecuentes me enteré que del estudio de la mente provienen caminos tales como la psicología, telequinesis, telepatía, parapsicología y otros más. Pudiendo alcanzar con ellas distancias inimaginables. Con ellas se puede cambiar el rumbo de un destino y concebir el mundo de una forma reveladora. Saber utilizar la mente te da aplomo y seguridad, no tienes limitaciones y lo reflejas al instante.

Desglosado y comprendido este conocimiento aumentaba en mí un exclusivo caso con rumbo al más allá. Una vía precipitada hacia la capacidad de triunfo. Leyendo cada tema confirmaba lo que hasta ahora mi mente había alcanzado con mis proyectados viajes astrales. Dominarla sería todo un éxito. Encontré al fin la clave que me llevaría a la liberación de mi conciencia, sin provocar en ella un escenario de guerra.

Persiguiendo los pedazos de fraseología en la lectura, decía: "La mente es como un gran ordenador, con ella se hacen los cálculos más complejos, difíciles o hasta imposibles. Trabaja a velocidades increíblemente sorprendentes. Es un ordenador con turbo. Nosotros decidimos a qué velocidad trabajar. Su versatilidad está fuera de todo contexto. Es capaz de crear imágenes sorprendentes de extraordinaria calidad, incluso modelos tridimensionales. Tan solo en un plano cartesiano, la mente recrea a exactitud cada detalle que nosotros no percibimos en ese instante. Es una gran bodega de datos y recuerdos. Capaz de almacenar información de modo inagotable, siendo imposible saturarla. Con ella podemos realizar grandes proezas, crear *enormes proyectos, o continuar las genialidades e ideologías de otros genios. Por ende, la mente es un regalo de nuestra naturaleza".*

Interpuestas en mi interior con cada una de estas modalidades definí mi camino a seguir. Cultivaría la mente hasta hallar el camino trazado por mis anhelos.

Lo que son las cosas, a pesar de tanto leer acerca de la mente, nunca me di por enterado en qué parte del cerebro se localiza su sede. Es decir, su geografía dentro del cuerpo humano.

Agradecí a la maestra ese regalo. Un libro que absorbí desde el primer capítulo hasta el último, sin interrupción. Me lo chuté en una noche. Hoja por hoja, súper concentrado. Gracias a ese afortunado encuentro, informado estaba del tonelaje cognitivo y su importancia, apto para poner el mundo a mis pies. Cuestión del intelecto y sus recodos. Habría que cultivar una disciplina con reglas irrestrictas y moldear una doctrina para aprovechar al cien por ciento la potencialidad de la mente humana.

Fue así como me enteré de la omnipotencia del cerebro. Sabía entonces que si me movía para cualquier lado de modo consciente, incluso inconsciente, en automático mi mente estaba funcionando. En eso iba a trabajar y a eso me iba a dedicar en adelante. A darle brillo al poder de mi intelecto".

⌘ ⌘ ⌘

Daniel cerró la libreta mientras anotaba mentalmente que de voluble e inconstante no tenía nada el Richard. Todo estaba allí. Sus opiniones, sus juicios, sus pensamientos, su ideología, sus inclinaciones y hasta su resignación. Haber leído los pensamientos de este muchacho constituyó un sólido ejercicio de reflexión. Acudir a la próxima entrevista con él sería, sin duda, toda una aventura. Otra sesión de aprendizaje. No solo de intercambios en los puntos de vista, también ensayaría un acercamiento con el poder de su mente, confiando en externarle sus deferencias. Examinar su desenvolvimiento, sus apreciaciones. Enterarse dónde tenía incrustado el bien y dónde el mal. El interés por verlo era para enriquecer una amistad que pronto la muerte truncaría.

Ahora entendía mejor a su joven amigo. Dejó de ser un acertijo. La práctica ardorosa de leer le daba frutos y certidumbre para enfrentar valiente su decapitado mañana. La lectura no solo era su pasatiempo, era su herramienta preferida para exprimirle valiosa información, obrando en su beneficio ya que se enfocaban en los aspectos médicos, filosóficos, vivenciales, psicológicos, literarios e históricos que el Richard licuaba en sus inmensos ratos libres.

Ahora era a Daniel a quien le nacían las preguntas: *¿Cuánto habrá leído este buen mozo buscando su piedra angular? ¿Cuánto habrá leído para llegar a la profundidad de sus dudas? ¿Acaso la lectura extenderá su vida más de lo que la humanidad le puede dar?*

Ya no regreso

Mayo de 1998

"Si esta lucha no la he de ganar perderé orgulloso, porque sé que luché hasta el último aliento. No quería llegar al umbral de mi propio fin sin haber intentado, con todo mi corazón, restablecerme".

Así llegó el Richard anteponiendo sus esclavos nexos con respecto a su último encuentro con el próximo ensayo quirúrgico. Daniel lo escuchó obediente ante la franqueza innegable de su interlocutor.

Siguió diciendo:

—Entraré al hospital el día veinte de mayo, mi estimado Danny. Y te aseguro que de ahí me sacarán en una caja fúnebre con entrega inmediata hacia el panteón. No más. Estoy harto de la mugre medicina, de las crueles dietas, de interminables consultas, del arbitrario manejo de mi cuerpo, del robo de mi tiempo libre y del secuestro de mi espacio. Desde el primer día hasta hoy he visto cómo estos ruines doctores se soban las manos para transcribir recetas consabidas y aprendidas en sus libros de farmacología, sin aportar un ápice de su creatividad para ponerle remedio a esto. Actúan como robots. Me parece raro el modo como se conducen, casi juraría que le tienen miedo al juicio del paciente, al temor a equivocarse, o al retrogrado proceso de su conciencia estudiantil. Su titubeo incrementa mi odio hacia su profesión. Desde mi trinchera como enfermo me doy cuenta de que ninguno de ellos crea o descubre algo para impedir que el mal de mi tumoración avance. Ellos solo prescriben lo que el librito dice. Créeme, Danny, desde que diagnosticaron este fragoroso problema en mi cerebro, perdí la libertad. Nunca más fui libre. Desde entonces estoy atado al devenir de las valoraciones de laboratorios y de hospitales. Observando esa estéril postura de incapacidad médica. He llegado, sin embargo, a la conclusión de que mi curación ya no depende de la mano del hombre. Llegado el momento, inclusive, los exculpo. Por eso digo que recuperaré mi yo, cuando ya no pertenezca a este mundo. De verdad me quiero ir. Déjame te cuento, mi Danny, me operará el doctor en jefe del hospital. Según dicen es el neurocirujano más preparado del planeta. Este cuate ha de ser alguien muy importante porque todos le hacen reverencias. De hecho, es el jerarca de entre todos los que le siguen. Cuando él habla todos guardan silencio. Ninguno impugna sus predicciones. Nadie se le alebresta. Siempre se hace acompañar de un séquito de profesionales y aprendices, obedientes y sumisos, que culminan sus enunciados afirmando: "Sí, doctor, lo que usted diga". Pues bien, ese cirujano le ha prometido a mi madre que saldrá avante con la operación: "No tiene de que preocuparse, señora. Regresará bien de la operación y se repondrá igual que en ocasiones anteriores, ya lo verá. Espere buenas noticias". No me cuesta trabajo pensar que lo hace para fortalecer el espíritu de mi madre. Pero no sabe que yo me interpondré en su camino. Yo soy el que ya no quiero regresar. No es él quien gobierna mi destino. Soy yo quien maneja mi propia vida. Y como tal, he decidido no regresar. Estoy cansado de permitirles que barrenen mis sesos. Ya estuvo bueno. Me quedaré en el catre sin abrirles los ojos en la sala de operaciones. Esta vez el cirujano perderá la partida. Más aun, mi Danny, se lo diré al médico en persona antes de entrar al quirófano.

—¿Estás seguro de lo que piensas hacer?

—Por supuesto. Estoy totalmente seguro. Es más, la noche anterior a la operación le diré a mi madre de mi resolución.

—¿Por qué quieres hacer esto?

—¡Ya te dije! Porque regresar sería vivir en la infamia. En la tortura física. Con otro infeliz tumor encefálico en mi cabeza, que, por cierto, para entonces estará más deformada que ahora. Debo señalar que un bendito meningioma como este. —Apuntó con su índice su frente hinchada—. Lo tengo localizado alrededor de los nervios óptico y motor, que causan la pérdida de la visión, la caída del parpado, como ya lo ves, además de una obcecada visión doble. Esto es que, si lograra caminar, después de la cuarta operación, lo haría en muletas, lo más seguro es que adopte una silla de ruedas. Perderé totalmente la vista. Además, quedaré en la plena sordera. O sea, en la abyección total. Seré un subordinado incapaz de valerme por mis propios medios. Dependiente total de mi madrecita a la que adoro tanto y, la verdad, es que así no quiero vivir. ¡No! Ni lo mande Dios. Sería una desgracia vivir para hacer sufrir a otras personas. No se vale. No quiero que ella, la autora de mis días, me limpie el trasero cada vez que voy al baño. ¡Qué vergüenza!, que me ponga la cuchara en la boca para tragar mi alimento, igualito que a un bebé, limpiándome la baba. Tengo casi veinticuatro años. Suficientes para darme cuenta de que esa sería una vida indeseable y humillante para un ser como yo, que siempre quiso lo mejor. Estas, todas, son razones suficientes para no volver.

—¿Y cómo es que aseguras que le ganarás la partida al doctor si tú mismo dices que él es una eminencia?, ¿quién te crees?, ¿un superdotado?, ¿un ser divino?

La actitud de Daniel fue retadora. Trataba de poner a prueba el alcance de sus vaticinios. Ahora miraba a su amigo con nuevo escrutinio. La boca, al hablar tan rápido como él podía, se le torcía, como si el labio inferior repudiara al superior. De manera que la voz se oía distorsionada y machucada, por lo que Daniel tenía que estar atento a sus expresiones.

—Después de tres operaciones seguidas, créeme, yo sé cómo hacerlo. Puedo gobernar mi capacidad intelectual. Gracias a Dios mi inteligencia es la única que no ha sido degradada. Mi alma y mi conciencia están limpias para hacerlas viajar adonde yo quiera. Tengo pleno conocimiento de mi propia existencia, del tonelaje de mis actos y consecuencias. Conservo la lucidez de mi mente y el dominio de mis pensamientos. He leído tanto al respecto que sobran argumentos para sentirme apto. Por eso te aseguro que no regresaré. Y porque además de todo lo anterior, conozco el camino de la conexión humana con el fenómeno de la proyección astral. El perímetro de mi energía mental está tan agrandado como una explanada sin fin. Con esto te digo que un servidor al que ves ahora aquí, humilde y estropeado, está calificado para explorar un mundo que para miles es desconocido, pero que yo he visitado durante muchos meses hasta llegar a habituarme con él. Lo he practicado cada tarde, cada noche, cada madrugada. Cientos de veces. Afortunadamente el mal que acusa mi enfermedad no ha violado mi intelecto.

—¡Lucharás contra tu propio cuerpo!

—Quien gobierna mi cuerpo es la mente. Así que no lucharé contra mi propio cuerpo. No tengo porque luchar conmigo mismo. La única dificultad que enfrentaré será el modo de entrar en la conciencia de otra persona y permanecer allí, intacto. Pero bueno, el escollo está más que salvado. Entraré en la conciencia de mi señor padre. Ya lo decidí.

—Lo que me dices también me hace pensar que terminaste odiando todo el ámbito relacionado con la medicina. Y que actuarás justo en sentido opuesto, utilizando tus propios recursos. Lo comprendo Richard, tal vez yo haría lo mismo, aunque desearía una respuesta contundente a la siguiente pregunta: Si estuviera en tus manos, me refiero a tu poder intelectual, mejorar tu estado anímico para después de esta cuarta operación, ¿querrías seguir viviendo?

—Cabe la pregunta, mi querido amigo. Tengo la respuesta aquí en la lengua. Se lo leí a Voltaire hace como dos años. Él dijo que el arte de la medicina consiste en mantener al paciente en buen estado de ánimo mientras la naturaleza le va curando. Déjame decirte que mi horizonte al respecto ha sido negro desde el principio. No ha habido nada que me haga la vida más llevadera. Dicho en otras palabras, mi estimado, la medicina solo ha logrado paliativos insuficientes y me han hecho sentir igual que un cavernícola en tiempos de la prehistoria.

Después de exponer en la mesa las primeras resoluciones, Ricardo disparó sus comentarios largamente guardados. Empezó a declarar lo que exactamente deseaba decirle a su amigo. Más que nada, contarle a detalle lo que iba a realizar antes y después de la cirugía. Fecha que era impostergable.

—Lo tengo todo planeado. Antes de que entre la anestesia a mi cuerpo iniciaré mi viaje al exterior. Una vez fuera, suspendido por encima de los médicos, iré a introducirme, sin reparo, en la conciencia de mi padre. De hecho, ya platiqué con él antes de ayer y le dejé entrever mis motivos, para que me apartara un lugar en su entendimiento.

—¡Ah caray! ¿Y cómo es eso? No entiendo. —Daniel mostró una cara de confusión y al mismo tiempo de incredulidad que no pudo disimular.

—Muy fácil. Simplemente le conté mi propósito puntualmente, así como te lo estoy diciendo: "¿Papá: si muriera dejarías que yo viviera en tu mente? ¿Me dejarías vivir en tu conciencia?". Él me miró bien sacado de onda, medio incrédulo, lo agarré desbalanceado y un tanto fuera de lugar, pero en seguida me contestó: "¡Tú eres mi hijo y siempre tendrás cabida en mi pensamiento! ¡No necesitas permiso para entrar, siempre has vivido dentro de mí!". Entonces yo le dije: "Pues que no te quepa la duda papá, estaré visitándote frecuentemente". Se lo afirmé con tanta seguridad que lo dejé boquiabierto. Pobrecito de mi jefe, no tenía de otra. Le cerré el ojo sonriéndole, como si entre los dos hubiera quedado sellado el asunto. Mi papacito es vulnerable, lo sé. Es más fácil penetrar en la mente de él que en la corteza de mi madre. De hecho, cuando logro estar ahí me siento cómodo. Papá no presenta bloqueos. Voy hasta su halo y me introduzco con cierta holgura. Siento como si él estuviera permanentemente hipnotizado. Sin corteza cerebral que lo ampare. Como si su pensamiento no anidara en el interior de su mente, sino que estuviera vagando por quién sabe dónde. Aletargado, ido. Quizá ha de ser por el pesar que mi enfermedad le causa. En cambio, mi mamá es impenetrable. Lo intenté tres veces antes. Es dura, de pared amurallada. Como si estuviera siempre a la defensiva. Firme, constante, pétrea. De una sola pieza, concreta, determinante. Una mujer cuyas decisiones impactan nuestra realidad en el futuro de la familia. Es por eso que difícilmente iré a pararme al amparo de su orilla. Una vez que esté en la mente de mi papá, no saldré nuevamente sino hasta que mi cuerpo, después de la cirugía, tenga descanso y sea trasladado al pabellón correspondiente. Seguramente seré asignado a una cama de cuidados intensivos, que es donde ponen temporalmente a los que se debaten entre la vida y la muerte. También, con toda seguridad, el médico, orgulloso, como cada vez que termina una operación irá a informarles a mis padres el resultado de la misma. Será entonces que regresaré a tomar mi lugar para corroborar el estado en que se encuentre mi cerebro. Adivino cómo estará: partido, mutilado, sangrante, dolido, hinchado y violentado por quién sabe cuántas pinches herramientas quirúrgicas. Entre ellas un taladro y un gancho que parece ancla. Pero esta vez no me importará, como las tres anteriores. Y por no dejar, examinaré con detenimiento cómo han quedado mis sentidos. En ese miramiento me daré cuenta, y con harta razón, de lo quebradas que estarán mis articulaciones. Vista y oído sin duda desaparecerán de mi geografía sensorial. El gusto y olfato agudizarán su radar. Mis sentidos solo serán una huella de mi existencia. Sobrada razón para tener que abandonarlos. Y si ahora tengo la boca chueca y se va de lado, para entonces no podré abrir la boca libremente para hablar y comer. ¡Imagínate! Mi cuerpo hecho añicos.

—¿Cómo harás para permanecer en la mente de tu padre?, ¿cuánto tiempo?, y, perdona la pregunta, no es morbosa pero no me queda de otra. ¿Esa intromisión a la que te refieres no le causará daño a él a final de cuentas?, es decir, ¿no piensas que tal vez el nicho encontrado en la mente de tu padre termine con la vida de él?, que mates, sin quererlo, a quien amas tanto; porque, si es así, deberás tomar una dura decisión en su momento.

—Seré muy cuidadoso al respecto. Si de plano veo que no puedo estar mucho tiempo compartiendo con él, me daré por vencido y dejaré de habitarlo. La idea es compartir con él las cosas buenas que me esperan. Pensándolo bien, ¿qué perdería yo si él muere como humano y vive conmigo en el espacio que habitaré?

—Dime Richard, ¿cómo es que viajas? Porque me parece increíble lo que haces. ¿Te digo algo? Si yo conecto una cafetera a la corriente eléctrica, seguro funciona. Puedo decir entonces que ese aparato es funcional porque su cerebro está conectado. Pero, en tu caso, ¿cómo es que lograrás tener conciencia cuando tu cerebro está desconectado, partido en dos, anestesiado?

—Tus dudas y razonamientos son válidos. Ni yo mismo me lo explico, de verdad. Pero sigo conectado con el pensamiento estando fuera, como dices tú. Sencillamente te diré que lo empecé a practicar desde que tenía doce años. A raíz de una noche en que me soñé muerto, dentro del cual podía mirar todo lo que ocurría a mi alrededor. Yo estaba literalmente muerto, pero podía ver y percibir todo lo que ocurría. Mi cuerpo tirado, rígido, la gente miraba mi rostro lastimeramente condolida por mi suerte. Sentía su llanto encima de mis ojos, escuchaba con claridad sus palabras de duelo. Y yo presenciaba con desfachatez cada una de las manifestaciones de quienes se acercaban. En el sueño me elevaba siendo una nube sin densidad visual para el mortal. Invisible, iba y venía delante de los doloridos asistentes a mi soponcio. Desde ahí conocí una realidad distinta de conciencia totalmente extraña a las acostumbradas limitantes de mi cerebro. A decir verdad, a partir de ese sueño sufrí una metamorfosis completa. Y regresando a tu pregunta. En efecto, lograr estar consciente fuera de tu cuerpo, más que un gran esfuerzo, se requiere de mucha serenidad. Estar completamente relajado. No pensar en que seré intervenido y mi cerebro trepanado. Con el único pensamiento y deseo de conseguir mi objetivo. Después, fabricar en mi mente una cortina nubosa atrapable en la que pueda apoyarme para desprenderme lentamente de mi cuerpo. Similar a los vapores o humos que se elevan un tanto sobre nosotros. Una vez desprendido de mi cuerpo me dispondré a viajar en el espacio astral hasta visualizar mi meta escogida. Lo más importante de todo es dominar el miedo. Miedo, en este caso, a no poder entrar en otro cuerpo y estar imposibilitado para regresar al tuyo. Miedo al desequilibrio astral después de tantos ensayos. Una vez que consiga estar en la mente de mi padre lo primero que haré será alejar cualquier desazón que me atosigue, y entrar en una constante de recta aletargada, capaz de mantenerme en estado inerte pero perceptivo a cualquier señal inconveniente. A partir de ese momento, dejarme llevar como si fuera una pluma en un espacio imperturbable. Dejaré que los juicios y razones de mi padre sean mientras que yo modulo el volumen de mis percepciones. Y creo que de esa manera podríamos convivir.

—Mi Richard: me tienes sorprendido, de verdad. Tu seguridad me causa envidia. ¿Qué esperas de todo este mar de sensaciones?

—Yo tengo la esperanza de encontrarme con otra forma de vida después de la muerte de mi cuerpo y cerebro. Quiero suponer que no es el fin de la conciencia y que el ser humano puede continuar más allá de la muerte. Y tal vez no en este mundo con su apropiado tiempo y lógica. Si no quizá en otro universo de tamaño infinito, donde la oscuridad sea luz y donde el amor reine por sobre el mal. ¿Por qué no? No me preguntes más porque no tengo la respuesta que quieres oír. Es una simple corazonada. No sé si tú has vivido alguna vez una experiencia en donde tu cerebro no sea necesariamente el gobernador de tu cuerpo.

—¡Sí! La viví cuando era un chiquillo. Mi madre y yo íbamos a la plaza a comprar víveres para la semana. Ella me llevaba de la mano. Estábamos por cruzar una avenida muy transitada, cuando de pronto un niño, que le calculo tendría seis años, perseguía a su perrito que se le había escapado y se atravesó corriendo. El mocoso nunca vio a un tranvía que se le venía encima en ese instante. Éste le pasó por encima, le arrancó la cabeza horriblemente. ¡No me lo vas a creer! El niño sin cabeza se levantó y llegó caminando hasta el camellón y ahí se dejó caer. ¡Increíble! Pero yo lo vi, nadie me lo contó. Mi madre me tapó los ojos para que no viera el espanto; pero, para cuando lo hizo, yo ya había presenciado todo. ¡Fue una espantosa y desgraciada experiencia!

—Sí. Un ejemplo trágico. Hay otros menos trágicos, pero bueno, lo importante es aclarar que los millones de neuronas que habitan en muchas partes del cuerpo, no son propiedad única del cerebro y están enfocadas para estimular y conducir los impulsos nerviosos.

Escuchar al Richard hablar con tanta soltura y lucidez acerca de las imágenes y percepciones que tendrían lugar en su organismo después de muerto le tenían prácticamente con el corazón latiendo en arritmia.

—Insisto, tu lenguaje tan contundente y convincente, a veces me parece más que de médico, el de un filósofo o de un vidente. Qué horror, te irás primero que yo, y la verdad, tengo muchas cosas que aprenderte. Por cierto, ¿guardas algún resentimiento en contra de los doctores?, ¿existe alguna especie de frustración al respecto de su desempeño?

—Mira, no sé exactamente si es una actitud de rechazo, o tal vez como dices tú, de resentimiento. Te voy a decir lo que hacen los médicos normalmente cuando les llegan pacientes con similar afección a la mía. Llega el enfermo al hospital con tremendos dolores de cabeza, con serios problemas de afinidad y semejanza, evidente pérdida en la capacidad de atención y desorden para diferenciar su contexto vital. En otras palabras, le falla la mente. Los doctores le sacan una imagen por resonancia magnética de su cerebro y descubren un tumor. En ese momento refieren sus sospechas hacia una posible meningitis viral o bacteriana. Si no, se van al plano del meningioma o analizan si se trata de un singular aneurisma y de todas esas palabrejas relacionadas con afecciones en el cerebro. No soy un neurocirujano, ignoro cómo es que las clasifican o las pronostican. El caso es que fijan la fecha de exámenes y pruebas de laboratorio para confirmar sus conjeturas. Se van al calendario y le dan cita para la cirugía. Llega el paciente, le administran anestesia general, extirpan el tumor, y en cuestión de horas está despierto sin jaquecas y sin problemas de conciencia. Fácil... para ellos, ¡claro!

—Pues sí, se oye sencillo, pero ha de ser muy complicado desmembrar con atingencia cada cosa ¿no crees? —Le dio un respiro a sus suspicacias y prosiguió con otras preguntas—. Aunque yo siento que hay algo más detrás de todo esto. Dime, ¿hasta dónde consideras que debería llegar su interés por la salud de los pacientes para sentir que hicieron un buen trabajo?

—Yo pienso que les hace falta mostrar su lado humano. ¿Acaso son máquinas? Quisiera saber dónde se esconde su sensibilidad y delicadeza para evitar golpear la dignidad del enfermo, sin hacerlo sentir humillado y degradado tan solo porque viene en busca de un diagnóstico y una palabra de alivio. El paciente desea encontrarse con otro ser humano. Que lo vea como tal y no como una constatación de su trabajo por desarrollar. Lo digo porque para los doctores solo existe el valor de la ciencia y no el de la conciencia. A la ciencia no le importa lo grandioso, sino los resultados de la verdad de los hechos. A las pruebas se remiten, tal cual.

—¿A qué lado humano te refieres específicamente?

—Te hago la pregunta directa. ¿En el rostro de cualquier doctor has visto en alguna ocasión el gesto de la piedad? ¿de la clemencia? En esta millonada de seres que se dedican a la medicina, ¿crees que alguno estalle de gusto por ver sonreír a su paciente, sin tener el signo de pesos en su conciencia? Francamente lo dudo. Más bien se estacionan en el túnel de la indiferencia, del egoísmo y de la intransigencia. Me parece que los médicos, y principalmente los doctos especialistas en la materia, están hechos para tocar y sentir, ver y palpar, lo demás no les importa hasta que lo viven en carne propia. No dejan nada a la imaginación o lo que podría ser, atacan lo que ven mal, es todo, así de sencillo. Doctores que mientras más estudios poseen, más reducen el campo de las creencias. Su visión científica del mundo lentamente ahueca su fe, empujándola hacia una realidad considerada inferior. Más ocupados están por la convergencia de las nuevas tecnologías, biotecnologías, de la famosa robótica, de las técnicas de novedosa información que les abran el camino a la fusión entre la humanidad y la máquina. —Richard tomó aire, aspirándolo como si se ahogara. Cuando lo hizo, su rostro se descompuso aún más; después miró al vacío y regresó a su monólogo—: A eso me refiero, a la cualidad humana, a la condición natural de un individuo que debería tratar de ser tu amigo antes de diplomarse como tu intendente de exámenes y medicamentos. Y otra cosa que no quiero pasar por alto: el abuso y atropello que hacen con tu tiempo. Te citan a una hora determinada para que estés puntual como el reloj y resulta que se presentan hasta una hora después. Y cuando ya logras entrar a consulta sientes cómo el médico te quiere correr a los cinco minutos. Lo percibes estresado, con prisa, y precipita el trato a conclusiones rasgadas, sin llegar a las vísceras de tu sensibilidad. Si te atreves a reclamar, te contestan: "Pues si usted gusta, puede cambiar de consultorio". ¡Qué poca madre! Por supuesto que ese engreído cinismo lo aborrezco. Con esa soberbia te aclaran que su tiempo es más valioso que el tuyo. O sea, con ellos, o te aclimatas o te aclichingas.

Era claro el mensaje enviado sobre el ámbito de los de bata blanca en los hospitales. El Richard estaba no solo desahuciado de la suerte en su turno, también de la personalidad de los médicos en México, y tal vez en el mundo.

—¿Sabes Daniel? Quisiera anclar mi existencia en esta vida. No irme nunca de ella. La amo porque aquí está mi familia. Mis padres y mi hermana hacen que yo sea el amado Ricardo y afianzan mi sentido de la permanencia. Es decir, los míos definen mi identidad. Me conectan con la vida. Son una fuente de energía y equilibrio. Es donde siempre recurro para recibir cariño y apoyo incondicional. En breve tendré que dejarlos. En verdad lo siento. Juro que será la última operación. No regresaré. Yo sé que el doctor hará hasta lo imposible, pero no creo que le gane al poder de mis convicciones. Del Hospital Civil de Guadalajara saldré cadáver. ¡Ah! Y antes de que me lo preguntes. Lo que me llevo dentro de mi corazón, en la mente y en mis intestinos, es amor. No puedo negar que de todos recibí amor. Tendría que echarme un clavado profundo para hallar a una persona que me hubiera mostrado lo contrario. Ignoro si a donde voy encontraré amor, pero de esta mundanidad me voy lleno.

Ambos sonrieron con un mohín mostrado en los labios, gratificando el momento de su percepción. Justo en ese instante Daniel metió mano a su mochila y extrajo el cuaderno de notas que Richard le había encargado leer. Lo puso sobre la mesa y los comentarios brotaron como una planta en el invernadero.

—Richard, me he bebido hasta la última gota de tu pensamiento. Leyendo tu cuaderno dejas entrever poco o casi nada, sobre determinada inclinación con la fe religiosa… ¿eres cristiano, católico, o qué chingaos? Supongo que crees en Dios ¿o me equivoco? Y si no, dime ¿tienes en mente alguna vocación fuera de lo extraordinario?

—De vez en cuando acudimos al templo. Últimamente lo hacemos con mayor ahínco. Mamá le pide mucho a San Juanita de los Lagos por mi sanación. ¡Un milagro! También a Nuestra Señora de Zapopan. Aquí en Jalisco es muy venerada. La verdad es que nunca fui un parroquiano con fe ciega. No es que me haya resistido a la adoración religiosa, creo que fue una cuestión de cultura y herencia. Apegado a las tradiciones en la familia. Navidad, Semana Santa, quince años, bodas religiosas y esos eventos que forzosamente habría tenido que estar. A últimas fechas mi inclinación hacia Jesús ha sido promisoria. Entre mis lecturas favoritas están los Salmos de David, el Evangelio del Señor y, por ende, recojo de ellos la paz que invoca a los humanos. Un gran ejemplo para los hombres. Y con respecto a mi afición. La única que tuve y a la fecha practico, fue la de leer y hacerlo incansablemente. Porque el apego a la lectura mató mi tiempo muerto, me mantuvo preso aprendiendo en mi recámara, como un deporte que nutrió mis interiores. En eso invertí mucho tiempo. Leyendo toda clase de libros con el firme deseo de resolver o encontrar algún camino que descifrara el porqué de las tumoraciones en el cerebro y de qué manera sobrevivir a ellas. Me entretenía hojeando cualquier libro. Cuando me cansaba de leer sobre investigaciones de la medicina y su avance en la modernidad, la literatura me entretenía, me resultó apasionante. Me encantó darles lectura a historias noveladas. Y claro, me tragué manuales sobre el conocimiento humano. Ya ves, todo fue inútil.

El Danny lo escuchaba asombrado. Apetecido de sus comentarios, siempre con el tino en sus opiniones, como si platicara con un hombre de sesenta años.

—Ahora me explico tu facilidad de palabra. La lectura te atrapó en esa búsqueda imparable de una fórmula en la que no hallaste el remedio para tu mal, pero por otra parte ganaste en conocimientos, en erudición y en la capacidad de interpretar sentimientos y pensamientos como una raqueta en el aire. ¡Te felicito! Pareces un chavo maduro de sesenta.

—Sí, la verdad es que el desgaste cerebral por mis males cerebrales, valga en este caso la expresión redundante, y la angustia por hallarles un remedio, me hizo crecer y madurar a la velocidad del sonido. Ejercitándome principalmente en los procesos para la investigación y exploración de mis aptitudes, capacidades y competencias, tratando de indagar quién soy, de dónde vengo y cómo estoy constituido. Esto me lleva a los días en que, despuesito de la primera operación y cuando estaba yo bien enfrascado en la búsqueda de información, me encontré con un Nietzsche muy especial y pesado. Al leerlo me transformó de manera excepcional. Cuando en Zaratustra dice que, la voluntad del poder es una fuerza que va más allá del solo impulso a sobrevivir y reproducirse, y agrega, es un impulso a la supra vivencia, un deseo perpetuo de ir más allá de todo y hasta de sí mismo, incluso más allá de la muerte. Una vez que leí lo anterior, dicha lectura me transformó de una manera muy significativa; porque a partir de allí, mi manera de pensar y ver las partes que conforman mi existencia se partieron en muchas mitades. Como un pastel sobre una mesa que festeja un cumpleaños.

Richard se llevó los dedos a su cabello para rascarse. Se acomodó el cuello de la camisa blanca que portaba y no dijo nada más. De pronto las palabras se agotaron y el silencio de la noche transitada los amparó. Ahí se resguardaron interminables circunstancias y aunque había mucho por contarse, por escurrirse entre ellos, también había un cúmulo de sentencias que guardarse. Sus miradas escarbaron las sombras, los aires inmateriales y la penumbra iluminada. La noche había secuestrado a la tarde. El sol se fue a su hora cumpliendo a tono con su itinerario. El local presumía sus candiles importados de Gringolandia, arrojando blancos incendiarios sobre las paredes y el mobiliario. Los cuadros enmarcados, invadidos por la luz, con sus naturalezas muertas daban el charolazo a quien fijaba su vista. Afuera, los relámpagos anunciaban la proximidad del aguacero. La primavera seguía empecinada lanzando sus abandonadas bendiciones climatológicas para humedecer el mayo tapatío. El panorama se percibía con claridad absoluta. El inhumano e imparable rodar de los coches, los truenos en el firmamento, el murmullo del gentío, el castigo del aire sobre los árboles y cables eléctricos, los centellantes reflejos de la publicidad urbana, erguida en postes tan altos como los edificios y tan peligrosos como el mismo demonio. Luz y sombra. Mundo humano.

De pronto surgió la queja gangosa del Richard rompiendo la espesa mirada sobre el porqué de los imponderables en el suelo de Guadalajara.

—Le hice trampa a esta noche y me escapé de su paciencia para estar contigo. ¡Me tengo que ir! Aunque no tengo el deseo de hacerlo. ¿Sabes? Nunca tuve un amigo, menos como tú. Me hubiera hecho feliz compartirte mis aventuras, mis sueños o planes para el futuro. Hacer la tarea juntos o simplemente ir a la placita cercana para encontrarnos con dos buenas chicas y pasar un buen rato, ¿no crees? Hubiera sido fantástico.

No pudieron ambos disimular la humedad en sus ojos. No era el adiós, era el hasta nunca. Ambos lo sabían.

—¡Mi querido Richard! He leído detenidamente tu cuaderno de notas, página por página. Desde la primera letra hasta la última. Y déjame decirte que haber compartido mi vida contigo ha sido una gran enseñanza. Tú no pareces tener veintitrés o casi veinticuatro, como anuncias. Tú eres un hombre hecho y derecho. Cabal, recto y hasta ecuánime. Para mi asombro, con una lucidez sorprendente. Oír cómo te expresas acerca de tus cosas, de lo que tendrás que pasar y de tus objetivos tan claros, hacen que yo me fraccione y te rinda tributo. A tu edad y en esas circunstancias, tu madurez rebasa la mía. Lo acepto. Eres un gran tipo. Tienes muchas agallas y coraje para sobreponerte a lo irremediable, ante un miserable acontecimiento que desgraciadamente no puedes impedir. Créeme que seguiré al pendiente de lo que ocurra en tu ausencia. Y atestiguaré ante quien sea para reafirmar la clase de persona que conocí. Publicaré las notas que me has dejado, lo prometo. No sé todavía en dónde o en qué periódico, editorial o tal vez crearé una novela en donde tú seas el protagonista, pero lo haré. Es una verdadera pena no haberte conocido antes. Hubiéramos sido muy buenos amigos.

Richard sonrió y miró fijamente a su amigo. Estrecharon sus manos, solidarios. Realmente conmovidos. Se buscaron para abrazarse como si hubiesen sido amigos desde que nacieron. Daniel besó la mejilla de Richard y le susurró al oído: "Te admiro muchacho". El jovencito con su rostro deformado le sonrió con los labios chuecos.

—Ya no te veré. En un par de días entraré al hospital. Solo vine a despedirme como te lo prometí. Pero allá nos encontraremos.

Dio la media vuelta sobre su eje y con extrema lentitud encaminó sus pasos hacia la banca donde se hallaban su mamá y su hermana, que pendientes de su vacilante verticalidad se aproximaron para auxiliarlo.

¡Daniel y Ricardo nunca más se volvieron a ver!

El último adiós

Ricardo dejó de habitar este mundo terrenal el 28 de mayo de 1998. Después de la ineludible operación entró en estado de coma hasta converger con su muerte.

Como estaba previsto, los doctores hicieron hasta lo imposible por mantenerlo con vida. Lo tuvieron ocho días en observación, custodiado en la sala de cuidados intensivos, vigilado estrechamente por el neurocirujano que lo operó y su segundo de a bordo, con todo y el circundante séquito de enfermeras. Con las botellas de suero en constante intercambio colgando del acerado tripié, también a su lado, persistieron las chismosas consolas monitoreando sus signos vitales y pantallas multicolores para registrar cualquier pestañeo de su cuerpo. También estaban los equipos mudos, de los que apenas se escuchaba el siseo imperceptible de su funcionamiento, a la expectativa de su evolución. Con infortunio, el paciente nunca mostró una mejoría digna de hacer sentir a los doctores vencedores de la contienda. Y la verdad fue que el vencedor se fue del mundo terrenal mientras que los vencidos, con la cabeza gacha, avisaron a la familia de la partida de su vástago. "Lo siento, hicimos todo lo que estaba a nuestro alcance, no pudimos salvarle la vida...".

Sin embargo, dos horas antes de la operación, se había dado un encuentro insólito...

—¡Hola Richy! ¿Cómo estás? ¿Listo para la operación? — sonrió el doctor en jefe que lo iba a operar. Ya portaba la bata verde sobre su vestimenta.

—¡Hola doc! Qué bueno que vino. Quería hablar con usted a solas.

Richard le clavó la mirada como el clavo a la pared a punto de ser amartillado. Él tenía que anunciarle su propósito. Había pensado cada palabra, con su debida entonación, para dejar en claro que él no iba a reintegrarse al mundo de los vivos.

—Deseo darle las gracias por todo lo que ha hecho por mí. De verdad se lo digo. Lo he traído del tingo al tango, muy intranquilo, desde hace siete años. Quiero decirle que no se preocupe más. Esta vez me iré sin causarle mayores problemas.

El cirujano recibió la palabra y la mirada enigmática de su paciente, al tiempo que él también le pagó con unos ojos de indescifrable incomprensión, pero el Richard traía bien aprendida la lección. A solas había memorizado lo que su corazón le dictaba. No quería esconderle nada al especialista, así que se lo dijo sin miedo en su voz, firme, sólido, de hierro…

—¡No regresaré, doc. ¡Se lo digo de verdad!, ¡no regresaré! ¡Así haga usted lo que haga, no regresaré! No prestaré más mi cuerpo a sus intentos. Sé perfectamente lo que padezco. Me quiero ir, no hay tiempo para cicatrizar lo maltrecho de mis heridas. Esta vez no pondré un ápice de voluntad para mi retorno.

El cirujano, impávido, se mantuvo del lado maduro de la cordura, lo que oía le parecía insólito. Por lo general todo enfermo quiere seguir viviendo y le asombraba que este muchacho procediera a favor de la muerte. Ambos se miraron directamente al rostro. Cada uno quería leer sus facciones para conocer el resultado de tal revelación. El doctor respiró profundamente, licuando el desafío en su mente y con la respuesta que él creyó conveniente se manifestó:

—¡Yo me encargo de que regreses, muchacho!

El Richard se percató de la reacción del médico. Lo había dicho ufano, inflado por su ego, muy seguro de sí mismo. Un instante después hizo el intento de darle la media vuelta al asunto y retirarse, pero el Richard velozmente le replicó:

—Y yo me encargaré de frustrar su propósito. Ya le dije: haga lo que haga, no regreso. Más vale que lo tenga en mente.

El neurocirujano volteó muy extrañado de la expresión última de su paciente. Tenía muchos años de practicar la neuromaquia. La experiencia le sobraba. El quirófano era su hábitat. Que él recordara, en toda su vida profesional nadie le había retado con semejante contradicción. Por supuesto que no lo pasó por alto. Se quedó con ello en la mente, incluso lo revivió en sus adentros cuando el joven se mantenía en estado de coma. *¿Por qué habrá dicho "frustrar su propósito"? ¿Por qué?* Por supuesto que esa rivalidad entre doctor y paciente quedó solo en su tribuna.

✳✳✳

El funeral fue toda una ceremonia. Una gran multitud acudió a darle el último adiós al Richard. Familiares, vecinos, amigos y conocidos de la escuela abarrotaron la sala de velación. Todos coincidían en que así lo quiso Dios. Un mandato divino al que no hay que interponerse ni negarlo. Muchos de ellos aseguraban que, si el Richard viviera, con seguridad estaría diciendo: "Y la gente charla de cosas intrascendentes sobre el difunto, el funeral, el velorio, el entierro y todo ese desfile de oraciones enemistadas con la ida de un baquetón. ¿Para qué tanta comitiva sobre un fulano como yo, lleno de chipotes? Nunca se supo tan importante como el día en que murió. Antes nadie se ocupó de él. ¡Qué mundo!".

Como era de esperarse, sus consternados padres lloraban su ausencia en completo destrozo. Entre sus invectivas al acontecimiento se echaban a cuestas todo el pasado y las consecuencias del presente. Alabaron la heroicidad de su hijo al resistir como los buenos tanto sufrimiento hasta el último momento. Repasaron cada año escolar entre lágrimas y mocos en la nariz. Rememoraron los festejos en los días de su cumpleaños. Cada guiño y sorpresas impensadas de las que su personalidad estuvo armada. De las hermosas cosas que inventaba para hacerlos sonreír.

Uno a uno, los asistentes fueron pasando para ofrecerles el pésame, con las habituales palabras de cajón. Mirando a los padres mortificados por la pérdida de su hijo emitían sus condolencias y salmos religiosos, buscando gratificar a los dolidos progenitores. Hubo algunos insolentes que, sin tener más palabras en su diminuto vocabulario, les recetaban suma resignación según los designios del Señor. Como si la sumisión adoctrinada fuera la fórmula terapéutica para el conformismo luctuoso. ¡Mansedumbre ante lo inevitable! ¡Sí, cómo no! Aceptar la ausencia de su chamaco que les había tomado la delantera. *¡Carajo!, ¡como si fuera tan sencillo!, ¡esto no es una chingada dieta!*, pensaban los pobres hipando descontenidos. *Toda esta concurrencia ignora lo que mi hijo sufrió*, pensaba la doña, *no les pasa siquiera por la cabeza su dolor, la continua agonía que desde los quince años le agobió. Su insaciable búsqueda para encontrar la cura a su desdichado mal. De dar con la fórmula que le salvaría la vida sin menoscabo de su salud. Sobre todo, desconocen el descomunal peregrinaje que recorrió para evitar la muerte.*

—¿Dónde lo van a enterrar, doña Angelina?

—Mi Richy va a descansar a perpetuidad en el ilustre Panteón Municipal de Guadalajara. ¡Ya ve, no hay con qué! ¿Qué más hace uno?

—¡Ay, doña Kily! Que Dios la bendiga en el camino del sufrimiento. Récele mucho al Señor para que le mande pronta resignación.

Kily había sido hija, después esposa, luego madre y ahora no sabría cómo titular su nuevo estado: de mutilación, tal vez, por la ausencia de su único hijo que Dios le había mandado hacía casi veinticuatro años. Poco faltó para que los cumpliera.

En su interior no había sitio más que para aceptar los ruegos que desde el más allá, se imaginaba, le enviaba su Richard. Se figuraba que él la invocaba y todo ello le retumbaba en su interior: *¡Mamá! ¿Dónde estás?*

Entre la parentela y las amistades se racionaron la responsabilidad. Unos hicieron tamales. Otros repartieron café de olla y, los más, ayudaron en lo necesario para que el velorio no tuviera ningún contratiempo.

✳✳✳

Veinticuatro horas después.

Un entierro multitudinario, solemne pero bullicioso. Con un incontrolable susurro queriendo simular un silencio disfrazado con cientos de comentarios al aire. Con cualquier pretexto los padres se reencontraban para unirse en una sola vibración espiritual. En un solo planteamiento. El de complacer la petición de su hijo que así lo había querido.

"Les pido, por favor, que me entierren". "No dejen que deshagan mi cuerpo". "No quiero ser incinerado". Ellos le preguntaron: "¿Por qué?". Y él, inteligente, arguyó: "Porque entonces no podría venir a visitarles después de morir". ¡Sonrió cuando la petición fue escuchada con curiosidad! Sin duda Richard había planeado sus excursiones astrales. En sus pedazos de vida tal vez pensó que su cuerpo en cenizas dificultaría su tránsito a la mente de su señor padre.

La inmensa tristeza de Gilberto no conciliaba de lleno con la de su hija y su esposa. Él era un tejido aparte. Sus especulaciones iban en un trazo contradictorio, hilvanando su costura con una puntada diferente. Si bien es cierto que las rodeaba con su abrazo y compartía el inmenso quebranto con ellas, hubiera querido irse al fondo de la tierra, junto al féretro de su hijo. Al presenciar cómo la caja descendía hacia las entrañas del foso excavado con su hijo dentro, quiso arrojarse al hoyo sin importarle las consecuencias. Pero el espeso llanto de su mermada familia se lo impidió. Lo embistió una amargura inconsolable, era mucha la carga en su corazón. Apenas pudo recordar, entre vaguedades, que en todos sus cincuenta y cinco años no se había topado con una tortura semejante. Ver a su Richard entrando al pozo del abandono humano había sido un trance tan horrible, que pretendió matarse ahí mismo. Marcharse fundido al ataúd hubiera sido lo más equitativo. No volver a verlo era inconcebible.

❅❅❅

Fue desastrosa la noche que murió su Richard. Sin teléfono en casa, estaba suspendido, sin dinero para recontratar su servicio. Por esos días la familia estaba en cero. Vivían de prestado. La benevolencia de unos vecinos se manifestó cuando acudieron a su casa para despertarlos y notificarles que era apremiante su presencia en el hospital. El mensaje era que su hijo finalmente había despertado. Flagrante mentira. Su vástago ya estaba muerto cuando llegaron. Un analgésico cruelmente verbalizado por las autoridades del hospital que funcionó a medias. De otro modo las cosas hubieran sido mucho más crudas y pasionales en el trayecto.

Aun así, la madre, herida en el tuétano de su simiente, se le echó encima al doctor en jefe y le reclamó con extremada vehemencia su incapacidad para evitar que su hijo muriera.

—¡Usted vino a decirme que todo saldría bien!

El neurocirujano, muy diestro en las lides de esta especie, devolvió su reverencia con diplomacia, pero sin deshacerse:

—De verdad, lo siento, doña Angelina; siempre sí, me ganó la partida. ¡Su muchacho ya no está con nosotros!

Todo el sexto piso escuchó los gritos de la doña cuando ella encontró un cadáver en la camilla donde estaba tendido. Una sábana blanca cubría su cabeza. Enorme contrariedad al final del episodio.

Gilberto, con menos escándalo y casi a la vista de todos, quiso despedazarse el cráneo, golpeándose enérgicamente en contra de las paredes del nosocomio. De plano, los doctores y enfermeros tuvieron que sujetarlo para que no siguiera haciéndose daño. Se puso de un humor monstruoso y su depresión lo llevó al punto de la locura por la intensidad de los hechos. Le llovieron los recuerdos de amistad que mantenía con su hijo. Sus afinidades, analogías y evocaciones lo volvieron loco. Todo se le vino encima. La cercanía con su chamaco en los últimos meses había sido de marcada atracción en su pequeña empresa. Todavía muy frescas traía grabadas las charlas, negociaciones, acuerdos, reuniones y toda clase de convenios a las que dieron solución inminente.

Lo que más atormentaba a los padres era haber estado ausentes, dormidos, cuando su hijo se debatía con la muerte. Era de suponer que ellos ignoraban que su chamaco pretendió tenerlos lejos para terminar con su existencia en calma. Y es que su madre, resuelta y determinante, fue la que no se había separado un solo instante de su cama. Nunca le perdió la fe, lo quería de regreso. A Kily la tenía sin cuidado si regresaba ciego o sordo de la operación.

O mudo o cojo. No le importaba. Ella lo amaba, así fuera un monstruo el que le presentasen después de la infame cirugía. Ella lo había traído al mundo y al final su aspecto era lo que menos le importaba.

En contraste, en las ideas de Ricardo las cosas se movieron de modo distinto. Mientras sintiera la mano de sus padres encima de la suya, no iba a irse. Imposible hacerlo. El amor de ellos era el blindaje infalible para evitar su propósito. Para tal efecto los miembros de la familia se asignaron turnos. Unas horas Zujey era quien le sobaba las manos y acariciaba su cuello. Luego llegaba Gilberto para hacer lo mismo y verlo a los ojos en busca de una señal, pero se encontraba con dos globos oculares extraviados y sin vida, como los de un muñeco, inanimado. También Kily, quien, además de sobarle, abrazarlo, arrullarlo, le hablaba al oído quedito, despacio, suavemente, rezándole, recitándole: "Te amo chiquillo de mi corazón", "despierta ya", "te estoy esperando". Como si fuera la amante a la que tendría que entregarle cuentas de su conducta.

Al paso de los días y noches, cuando la madre atormentada trataba de averiguar por qué no daba signos de vida su Richy, los médicos respondían rapidito y a la velocidad del sonido, sin neurosis, con la tarea bien aprendida a la hora de dar su respuesta:

—Edema cerebral, señora. Estamos esperando a ver cómo evoluciona.

—¿Qué es eso…?

—Es una acumulación de líquido en los tejidos del cerebro. Lo siento, tendremos que esperar. Usted, tranquila —insistían. Y se retiraban como si fueran parte de la caravana en los días de fiesta en Tlaquepaque.

Así pasaron la semana completita después de la cirugía. Las veinticuatro horas sin despegarse del paciente. Comiendo cualquier cosa; tamales, tacos, tortas, quesadillas; en los puestos callejeros alrededor del Hospital Civil de Guadalajara. Cochinada y media metiéndose en la panza para amortiguar el hambre. Mientras que afuera llovía incesantemente. Una perla tapatía que más bien parecía un núcleo urbano a punto de la guerra. Con miles de carros en sus calles trasladando la alarmada vida humana entre sus avenidas. Cuando llueve sin recato, Guadalajara es la anarquía. Arterias y vialidades se inundan de tal forma que los lancheros, si hubiera, harían su agosto. Y para acabarla de amolar, ellos viajando en camión o taxi para llegar a su destino.

Una tarde de esa semana Zujey avisó que trabajaría muy temprano al siguiente día, requería estar fresca para enfrentar su jornada laboral. No podría realizar su suplencia a la orilla de su hermano. Como hecho adrede, Gilberto requería culminar un diseño dejado pendiente hacía semanas, ahora era urgente entregarlo bajo amenaza de cancelar el proyecto. Por lo que, trabajando desde casa, se ausentaría también del hospital. Y Kily tenía labores pendientes en el hogar. Mucha ropa por lavar, arreglar su cocina que estaba tan sucia como las aguas del lago de Chapala. Además, con tantas noches en vela se hallaba muy agotada y desvelada. Amaneceres vacíos sin resultados positivos la habían puesto al borde del desmayo. Oyendo la sugerencia y recomendación de la guardia médica en turno, obedeció a disgusto y se fue a descansar. Craso error. Richard escogió ese momento para irse. Lo tenía planeado. Sin la cercanía y calor de su familia decidió partir. Él esperaba justo ese momento. A la manera del ruso Leo Tolstoi, se dijo: *"El vivir en contradicción con la propia razón es la situación más intolerable"*. Y luego declaró: *"Ya me voy"*.

La pérdida de su único hijo descompuso el futuro de la familia, e hizo pedazos su corazón. Su padre perdía a su extensión sanguínea y piedra angular en los negocios, el ombligo de su existencia. Kily ya no oiría a su muchacho llamarle "mamá querida", y su hermana nunca más tendría un compañero en casa para compartir una charla a la hora de comer y dormir. Él los había abandonado tal y como se los pronosticó.

Segunda parte

Viviendo sin él

Ausente el dolido Richard, de pronto Zujey se percató de su emergente papel en el escenario familiar. Resulta que ahora ella era la protagonista de una estirpe que urgía sacar a flote. Observaba el comportamiento de sus padres. De pronto surgía un interés renovado por su persona. Entrañaba recelo, vigilancia, prevención y custodia rigurosa. Ahora era ella la imprescindible, la única, la perseguida, la mimada, la irremplazable extensión de su apellido; y, a la vez, el lazo de amor preciso y el poste sentimental de una familia disminuida.

Zujey, viéndose razonablemente custodiada a los veintiún años por sus padres, adoptó con sensatez su nuevo papel en casa. Se convirtió en el árbitro en la mesa. El azúcar en las discusiones. Y el salero en las decisiones. La sugerencia ideal entre la palabra examinada del hombre y la mujer. La media entre los enteros. De ahí en adelante las cosas tuvieron marca personal, operada por la mano cándida de una fémina que abría las puertas a la cordura y al entendimiento entre sus progenitores.

La primera noche después de haber enterrado al Richard fue tormentosa. Realmente brutal. La ausencia de su hermano creó un silencio aterrador en una casa que parecía cementerio. Su madre lloraba en un rincón y su padre escogió la esquina opuesta, un escenario sepulturero en donde cada quien lloraba su pena sin querer compartir un trozo de su amargura con el otro. Mientras tanto… Zujey no derramó una sola lágrima. No lo había hecho en todo el proceso del hospital, menos en el velorio, ni siquiera en el entierro. Su rostro se endureció como una piedra en el camino. Ni una sonrisa camuflada. Sus labios mudos ante la adversidad. Ciega ventana al espectro del desconsuelo. Desafiante al futuro inmediato. Ni un solo gesto de anuencia o negación. Nada de actitudes más allá de la resignada aceptación y la imposibilidad por detener el curso natural de la muerte. Fría como el témpano ante lo expuesto. Sin nadie que descifrara su interior. Alejada del mundanal trance hipócrita, de la mojigatería, del traje negro, del rezo suplicante para el recogimiento de quien los había dejado. No quería, con una actitud achacosa, incrementar el dolor vertido por sus padres que evidenciaban un abatimiento cercano al suicidio.

Sin su camarada sanguíneo a bordo, desde ese instante ella era la que comandaba la nave a sotavento y barlovento. Pendiente al margen de los vientos caprichosos de la embarcación. Una hija que se quedaba temprano con la soledad de sus padres. Una responsabilidad rentada para aminorar en lo posible el pesar físico y moral que padecían. Por lo que echarle más leña a la hoguera, no. ¡Eso no! Como única hija, tenía la tarea de resistir, aguantar y soportar su propio quebranto. Prestar ayuda a sus viejitos se convertiría en su cometido cotidiano de allí en adelante. Veintiún años era la edad fiel para prodigarles y regresarles todas las atenciones de amor que ella recibió durante toda su infancia, y lo que iba de su primera juventud. Le tocaba corresponder al tributo paternal.

Zujey, sin embargo, había guardado en sus vísceras un último encuentro días antes con su amigo y hermano en su habitación de hospital, en donde él le confesó a rajatabla sus verdaderos sentimientos: "¿Para qué quieres un hermano ciego, sordo y mudo? ¿solo para dar lastima entre tus amigos? ¿eso te haría sentirte mejor?". Nomás de acordarse de esa prédica, encogía su intención. El rigor de sus palabras sepultó su resistencia.

Dos años tuvieron que transcurrir para que le llorara a su hermano con genuino dolor. Fue un pervertido gozo evocarlo para expulsar su llanto. En un mediodía soleado en la desfachatez de un domingo adulador echó fuera de su resguardo pasional toda la nostalgia de su alma. En ese voluble destierro, fuera del celo de sus padres, llegó hasta su tumba para reclamarle por su ausencia intencional, increpándole: "Tú buscaste el amparo de un nuevo camino, pero me dejaste en la melancolía. Y ahora en mi cuarto busco tu figura desfigurada pero añorada por la manía de pensarte. ¿Por qué te fuiste? ¡Podías haberte quedado todavía conmigo!".

De su memoria brotaron los borbotones de la tristeza economizada muchos meses. Nadie en el panteón y a esa hora, que el sol es enemigo para muchos, atestiguó el vuelo de amor por su finada vocación. Lo intangible solo se desprende del alma y llega después de un tiempo hasta el buzón de lo invocado. Hasta entonces Zujey comprendió que en realidad lo significativo era el trayecto y no la dirección.

⌘⌘⌘

Después de tanta viciosa vagancia entre médicos, enfermeras, hospitales y laboratorios, a Kily le sobraban personas con quien comunicarse. En una de esas se enteró que efectivamente el cerebro de su hijo Richy estaba despedazado hacia el final de su vida. Al practicarle la cuarta operación se dieron cuenta de que el hueso occipital estaba podrido, poroso, sumamente debilitado. Si hubiera sobrevivido, le hubiese tocado hacerlo en condiciones hirientes.

Aproximadamente cincuenta días después, ya menos afligida y más resignada, la doña visitó al doctor en neurología. Al especialista que lo operó. Kily perseguía una idea benévola, esta era perdonar y ser perdonada. Una vez dentro del consultorio, el neurólogo en jefe le comentó que justo en la noche de su ausencia, yendo hasta la cama para checar cómo evolucionaba su paciente y revisar su expediente clínico, se encontró con que el muchacho abrió los ojos y detenidamente observó a cada uno de los doctores, despacio, muy despacio, como si obedeciera a un radar submarino tratando de localizar el objetivo, hasta reconocer los ojos del neurólogo que lo auscultaba. "Me di cuenta", le comentó el doctor a Kily, "que no descansó hasta poner su mirada en mi cara. Me buscó como queriendo cobrarse un agravio. La firmeza de sus ojos como un taladro en los míos, se clavó en la sien horadándome. "Doctor le gané la partida", parecía haberme dicho con insolente frescura. Fue entonces que expiró. A pesar de todos mis esfuerzos. Doña Angelina, quiero decirle que, bajo el telón de toda mi vida como cirujano, nunca había tenido una vivencia como la que me hizo padecer su hijo. Déjeme decirle algo más señora, y lo digo con todo respeto, su Richard tenía razón. Su regreso, como él lo llamaba, después de la operación, hubiera sido en condiciones muy desfavorables, casi condenables. Alojado en un rincón vegetativo. Créame, donde esté ahora, sin duda está mejor que aquí.

Esa confesión la puso en órbita nuevamente. Su Richy siempre supo a qué hora debía irse.

✳✳✳

Los días en casa se volvieron desiertos, nulos, huecos. Acostumbrados a que el Richy pedía, requería, llamaba, urgía. Antes de su partida todo se movía en torno al itinerario de sus necesidades. Medicamentos, citas al consultorio, su dieta, la higiene de su habitación, siempre pendientes de sus trastornos como jaquecas, diarreas y mareos que lo agobiaban. De un día para otro se terminaron las prisas y las desveladas. Vino una calma chicha, tediosa y cruel como una guerra fría después del fragor de la batalla. Entre tanto silencio y reunidos en torno a la mesa, a veces ingerían sus alimentos sin decir una palabra, o acaso revivían pasajes muy particulares del Richard, como aquel de augurar acontecimientos que de alguna manera se presentarían en adelante. Como cuando, aun no alcanzados los dieciséis años, presagió la muerte de su tío Jesús. Comentó Ricky que, durante una visita a su casa, entró equivocadamente a su recámara y al mirar hacia su cama vio a su tío tirado, maltrecho, fracturado, desfigurado del rostro. En efecto, a un escaso mes de la predicción, el tío murió en un accidente automovilístico en la carretera. Por cederle el volante a su compañero, sin que éste tuviera la suficiente habilidad, no pudieron evitar chocar de frente con un camión de volteo al tratar de esquivar a otro auto. El encontronazo fue contundente, ya no la contó.

Cuatro años después, casi en las mismas circunstancias, presagió la muerte de otro familiar, Armando. Lo raro de ese caso es que lo vaticinó simplemente a la hora de saludarlo de mano. Meses después, el tío Armando, junto a un camarada al volante, chocaron contra un árbol, todo porque repentinamente de la visera del chofer se desprendió una araña; y al tratar de quitársela del rostro manoteando al aire, golpeó el volante cambiándolo de dirección y se fueron directo sobre el tronco. Ahí quedaron.

Una mañana, durante el desayuno, Gilberto puso sobre la mesa un comentario adicional recordando a su hijo cuando, días antes de la última cirugía, le confesó que había soñado con un lugar en donde todos lloraban y cantaban. "Lo extraño papá", le dijo esa vez, "es que ellos me aconsejaban que no me preocupara, que todo iba a estar bien. En eso apareció entre la gente un personaje alto, todo vestido de blanco, de pies a cabeza, al que no pude verle su cara, pero que llevaba una vestimenta tan blanca y brillante que parecía como si por dentro estuviera iluminado. Y escuché desde su boca, a la que no pude apreciar movimiento, decirme claramente: "Ten paciencia, no te he abandonado". Richard hizo énfasis al final: Al otro día papá, te lo juro, me quedé sordo del lado izquierdo; y del derecho, apenas percibía algunos sonidos. Con todo y eso, escuché sin problema cuando aquel personaje me habló sin mover los labios".

Nada fácil fue para la familia aceptar la partida de su ser tan querido. Llegaron pronto las secuelas, pensamientos afectivos, consecuencias psicológicas, un cuadro de duelo. La dependencia amorosa hacia Ricardo había sido tan íntima y estrecha en los últimos años, que prácticamente era imposible borrarla de un día para otro.

Y es que Gilberto, como padre, fue el blanco para ser penetrado por tremendos agujeros culposos en su existencia. Sentía que había sido un pecado mortal no contar con los recursos suficientes para costear los gastos imparables del hospital y la subsecuente atención médica especializada. Falló en su papel de proveedor cuando más lo necesitaba. En ocasiones tuvo trabajo y dinero. Y en otras, anduvo pidiendo prestado para sobrevivir. Recordaba cuando de chiquillo su padre le decía: "Un hombre que no lleva dinero a casa, es un cero a la izquierda". Como ingeniero civil vivía de los proyectos de construcción y no siempre la suerte estaba de su lado. Ya sea por falta de mantenimiento en la relación laboral con quien otorgaba los contratos o porque el área de construcción era de la más castigadas en tiempos de austeridad por parte del Gobierno estatal y federal. Por esa autonomía de sus propias razones, se martirizaba con el *mea culpa,* golpeando su cabeza adrede contra los árboles, contra las paredes. Castigándose como si su cerebro hubiera sido el culpable de haberle heredado tal suerte a su hijo. Se le volvió obscura obsesión. Innumerables veces se decía: *El que merecía morir era yo y no mi pobre chamaco.* Kily medianamente lo consolaba con enunciados expresados con cierta dureza: "Gilberto, hubieras necesitado no uno, sino varios millones de dólares para llevarlo a Houston. Y quién sabe si con todo y eso, los billetes verdes nos hubieran hecho el milagro. El crónico padecer que tuvo nuestro hijo era de efectos extraños y raros. Un padecimiento inusual, es decir, no visto regularmente. Los doctores aquí en Jalisco con los elementales conocimientos en la materia, sumados a la carencia de los equipos modernos de nuestros viejos hospitales, no pudieron combatir con éxito un trastorno cerebral de esa magnitud. No tenían con qué hacerle frente a semejante padecimiento".

Entonces acordaron entre los tres olvidarse de la fantástica idea de que en cualquier segundo se aparecería. Aprender a vivir sin él era lo que les tocaba hacer, recobrar la paz y sacar a flote nuevos motivos para seguir adelante. Echar afuera resentimientos, enojos, culpas y otras alusiones que solo generaban conflictos en el seno de la familia. Fue necesario hacer un alto inaplazable de la situación porque se estaban torturando entre ellos mismos. El tamaño de la decisión evitó precipitarlos al barranco. La depresión los hubiera matado.

Habitando en tu mente

Octubre de 1998

Daniel venía circulando en su bicicleta por la avenida Vallarta. Un temor nada infundado lo arremetía. Marchar sobre una arteria bastante transitada lo ponía con los pelos de punta. Atendía en su interior aquel rumor citadino en que por lo general los conductores jaliscienses no son nada gentiles. Les echan el automóvil encima a los desdichados ciclistas. Por imprudencia o por falta de cálculo, pero arremeten en contra de los que se trasladan en bicicleta. Así que, agarrando a mano fuerte el manubrio, pedaleando y concentrado en lo que hacía iba consumiendo calles. Y mientras desafiaba a los coches pasó la Zona Rosa, después el famoso monumento que todos conocen como Los Arcos, en donde, cruzando la rotonda se aprecia la fuente de Minerva, donde los aficionados a los Chivas hacen de las suyas cuando gana su equipo. Pronto llegó al Centro Comercial Galerías donde había quedado de verse con el papá de Richard. Estacionó su vehículo de dos ruedas en la mediana estatura de una columna de la cafetería, zafó la mochila de la rejilla trasera y entró al local echando miradas por doquier para encontrarse con don Gilberto.

Se fijó en los ojos agotados de un hombre maduro. De rostro adusto, severo, de escaso cabello ensanchando su frente. Pronto quedaría calvo, calculó Daniel. De bigote hirsuto, labios gruesos y mirada etérea, con unas ojeras que demarcaban su rostro de manera particular. Bien vestido, no de corbata, pero sus ropas lucían limpias, planchadas y de buen corte.

—¿Cómo está, don Gilberto? Me da mucho gusto saludarle. La última vez que nos vimos no estábamos en un lugar muy apropiado para platicar…

—¡Nunca una ceremonia fúnebre como escenario será un lugar apropiado! Siéntese por favor —ordenó solemne Gilberto.

Misma cafetería, misma mesa y misma bebida eran las semejanzas de hoy con las de antes, en las pláticas que sostuvo con el Richard vivo. Don Gilberto lo citó seguramente para intercambiar información al respecto de los encuentros que tuvo con su hijo. Eso pensó Daniel. La verdad es que no estaba muy lejos del supuesto; sin embargo, le intrigaban mucho más las palabras que emitió éste cuando le dijo por teléfono: "Me interesa principalmente conocer qué fue lo que él platicó con usted antes de entrar al quirófano". Habían pasado muy lentos los seis meses desde su muerte, y claro, todavía los hechos estaban relativamente frescos. El tiempo no los había avejentado lo suficiente. En poco más de doscientos días no se borra la muerte de un hijo así como así.

—Las horas del reloj activan las del calendario, pero no extinguen los ardores del corazón. No digo que se me esté pasando el dolor, pero la verdad es que es menos intenso ahora. Adoraba a mi hijo tanto como a mis ojos y sus colores. Es harto difícil desprenderse de un ser querido, y más, cuando uno siente que se lo han arrebatado. Pero bueno, gracias a Dios, a mi familia y al imparable correr de los días… éstos han venido aliviando esta congoja. Me han puesto en el centro de la balanza. Sopesando, razonando lo conveniente. Últimamente me he sentido menos tenso. Por fin me atrevo a salir a la calle, para que tardes como la de hoy, con su hermoso aire envenenado y su cálido esmog, me regresen al pálido terreno de los vivos.

—Se oye muy triste, don Gilberto. La verdad es que yo no criticaría su estado emocional. Comprendo que ha de ser durísimo perder su extensión, su apellido y su herencia sanguínea. Créame, bien que entiendo lo que ahora padece.

Su mirada cansada evocó el rostro de su extinta familia. Daniel pensó que colocar nuevamente su recuerdo en la telaraña de una charla cafetera era de mal gusto, quizá lo importante en aquel momento era escuchar la petición del padre del que fue su amigo. A eso había venido, a intercambiar puntos de vista, sacar del archivo de la memoria las notas considerables expuestas en las citas anteriores con el Richard.

—Bueno, vamos al grano. Como decía mi hijo, precisamente: *"A lo que te truje chencha"*. ¿Cómo vio a mi Richard la última vez que platicó con él? ¿Y cómo es que ustedes llegaron a entablar una amistad en tan corto tiempo? Él, lo mencionó en varias sentadas a la hora de los sagrados alimentos. Me impresionó el modo en que lo ejemplificaba. Su injerencia en esos días aciagos, lo puedo aseverar, fue un bálsamo psicológico para mi hijo, me atrevo a decirlo, ¡eh!

—Vi a un joven con muchas agallas —respondió de inmediato Daniel—. Aparte de su corpulencia, me asombró su valor y honradez consigo mismo. Un muchacho de veintitrés, como él lo presumía, pero que parecía de sesenta y tres. Un cuate muy centrado, cuerdo, coherente y resuelto. Lo conocí accidentalmente, incluso podría decir que de modo chusco, hace un poco más de un año. Literal, se cruzó en mi camino, yo le invité un refresco y de ahí brotaron acercamientos impensados que nos identificaron sin previas credenciales de por medio.

—Ha puesto el dedo en la llaga. Me intriga saber… ¿qué fue lo que le dijo acerca de su inaplazable operación? Supongo que sufría, ¿se acongojaba?, ¿quizá sonreía?, ¿lloraba?, ¿maldecía su aspecto?, ¿qué pensaba? —preguntó al tiempo que sus manos cortaban el aire y volaban sin destino sobre la mesa disparando un montón de dudas que incluso semejaban curiosidad de su parte. Indicios de su desasosiego, a pesar de que la ausencia del Richard ya tenía largos meses.

—Dígame una cosa —le cuestionó Daniel mirándolo a los ojos—. ¿Nunca le mostró a usted una libreta de espiral donde describía sus reflexiones en forma de diario? —Quería enterarse si entre ambos había la suficiente comunicación.

—Por supuesto. Él me la mostró en un par de ocasiones. Tenía la ilusa pretensión de publicar sus pensamientos plasmados en esa libreta. Inclusive lo conecté con un hermano mío que vive en Coahuila. Él ha publicado novelas, la intención era que Richard recibiera algunos consejos al respecto, pero todo quedó ahí, en proyecto estancado. Además, ahí no refiere sobre los estragos de su operación. Lo leí, dice y cuenta cómo se siente, pero no toca aspectos de sus últimas cirugías.

—Cierto, el dolor no lo distingue. No se arropó en la conmiseración. Ahí estriba mi asombro, precisamente. Richard me platicó, sin congoja ni pena en sus charlas, de su resolución para no regresar de esa última y maldita operación, cómo él la calificaba. Créame, bien que interpreté sus juicios y razones. Muy cabales. Sabía que de "regresar" estaría tundido en la cama para siempre, además de que sería un estorbo doliente para ustedes por el resto de sus días. Él me lo externó con mucha pasión. Perdón por utilizar la palabra regresar, que es la que él utilizaba, aunque al igual que usted me sonaba extraña, como si él tuviera facultades sobrehumanas para impedirle a los médicos lograr sus objetivos. Dicho lo anterior, me recuerda aquel proverbio: *"Ayúdate que yo te ayudaré"*. Obvio, si él no cooperaba con la intención de los cirujanos, aunque ellos hicieran hasta lo indecible, no podría ocurrir lo que Richard ya tenía determinado.

—¿Hay algo más que le haya contado, que me haga sentir mejor? Ojo: no quiero que me interprete como que necesito una mentira para dormir exento de culpa —dijo el padre. En realidad, lo que buscaba José Gilberto era extirpar de la mente del amigo de Richard información que tal vez consideraba confidencial.

—Que tuvo usted un hijo maravilloso, un ejemplo de vida. Un ser que Dios no debió haber permitido que se marchara, pero Él sabe lo que hace. Porque seres humanos como el que usted educó, necesita este mundo tan violento y agresivo. Su Richard, mi estimado señor, los amaba. A usted, a su esposa y a su hermana, los tenía en su mente prendidos como las pinzas en el mecate. Él siempre los refirió con amor, con retribución y con nobleza. En las dos o tres veces que nos vimos apenas, llegué a quererlo tanto como a un hijo. Un chico de veras admirable. Déjeme agregar algo muy importante: El Richy nunca se cansó de leer. Desafortunadamente no encontró remedio para obstaculizar la entrada de su muerte. Lo que sí halló fue un antídoto para enfrentar sin miedo el trance final. Con toda mi experiencia de vida, pienso que para alcanzar esa meta se requiere de un poderoso sentimiento de realización y no de destrucción, frente a esas instancias de la muerte. Richard superó el temor y murió sin conmoción, ni agonía. Algo muy difícil de conseguir. ¡Usted sufre más que él, créame! Generalmente los humanos le huimos al óbito, aun y cuando ya nos toca el turno por irnos. Él, más bien, se ancló ante el umbral de la muerte forzando el final.

Lo que estaba oyendo de Daniel lo envanecía, claro que sí, porque él fue quien lo educó y le dio, aparte de casa y sustento, una filosofía propia de su vida, la cual el chamaco enceró con toda su inteligencia.

—Quiero comentarle algo muy personal, Daniel. Casi íntimo, viene al caso porque en una de las muchas ocasiones en que estábamos en el hospital, esperando entrar a consulta, se incorporó de su asiento y a bocajarro me preguntó que si él podía habitar en mi mente. Esa tierna propuesta la interpreté como que si yo podría recordarle todo el tiempo. Claro, sin pensarlo mucho le dije que sí. Pero después, pensándolo bien, me hizo ruido el uso de la palabra "habitar". Me quedé gravitando con su significado. Porque aparte de la connotación que guarda, la frase destaca la intención de establecerse, de alojarse, algo así como de morar en mi mente. Pero eso no es todo. Posterior a ese incidente y de sopetón, nos sorprendió suplicando que lo enterráramos. Al preguntarle "¿por qué?", nos respondió sonriente y ufano: "¡Para venir a visitarles!". En eso, el Richard volteó y nos evitó para nulificar cualquier repregunta. Nos dejó turulatos.

—¿Y eso lo intranquiliza don Gilberto?

—Claro, mi hijo tenía poderes mentales especiales. Usted lo ha dicho. Luego nos dejaba pasmados. Presagiaba, predecía, vaticinaba. Sabía lo que vendría por delante. En veces, tan solo con tocar la mano de cualquier individuo presentía lo que a éste iba a ocurrirle. Razón por la que todos en casa luego pensábamos que cualquier día se nos iba a aparecer.

—Pues mire. No es mi deseo espantarlo, mi estimado, pero su Richard me comentó la posibilidad de visitarlo específicamente a usted —dijo Daniel eludiendo toda la verdad al respecto. La sinceridad del joven había ido directa sobre la humanidad de su padre cuando subrayó "habitar en su mente"—. Y todo por considerarlo su salvador, su héroe, su meta. Me hablaba sobre la intención de seguir ayudándole en sus negocios. De protegerlo para que no le pasara nada. De ser, incluso, su respaldo para que tuviera éxito en lo que emprendiera. A eso se refería cuando mencionaba visitarlo. Por supuesto que eligió a su progenitor. ¡A usted, vamos! No se necesita ser mago para entenderlo. Son del mismo sexo, con bastante afinidad en sus pretensiones y, por lo que me contó a últimas fechas, había entre ustedes dos una excelente comunicación. ¿No es así?

—Bueno, pues eso sí. Solo que a veces presiento que me tiene poseído. Lo digo porque lo sueño a diario. Lo veo tras la ventana, cuando me levanto por las noches al sanitario, cuando abro las páginas de cualquier libro. Al caminar por las calles. Cuando subo al camión. Cuando suena el teléfono y pienso que me está llamando. En todas partes se me aparece. Como si fuera una calcomanía sobre mi cerebro.

—¿Le molesta? ¿Le disgusta que se le aparezca como un fantasma?

—¡Ya he dicho que no me molesta! Solo que esa incesante visión no me deja tranquilo. No me puedo concentrar en lo que hago.

—¿Y porque no le pide que no le moleste durante el día? —dijo Daniel, casi afirmando la posesión del Richard sobre su existencia.

Gilberto se quedó perplejo con la sugerencia de Daniel. De pronto pensó que éste sabía muchísimo más y lo estaba escondiendo. O quería verle la cara de pendejo. Cualquiera de las dos. Incluso se imaginó que Daniel trataba de jugarle una mala pasada…

—¿Oiga, me ve la cara de tonto o qué…? ¿Cómo que pedirle que no me moleste si ya no está en este mundo? O dice tonterías, o quiere verme la cara de… —dijo Gilberto.

Daniel se repuso rápido y contestó antes que le preparara un dardo con mayor veneno:

—¡Espéreme! ¡Espéreme! Vámonos con calma, por favor. Usted me dice que él tenía la intención de habitar en usted.

Además, mencionó que vendría a visitarle, por eso evitó la cremación. Y, en lo que a mí corresponde, me contó que frecuentarlo, en especial a usted, sería uno de sus propósitos. Ahora bien, por los antecedentes ya en la mesa y mencionados, entonces, yo le pregunto sin morbo, ¡de verdad! ¿Por qué no le pide que por lo menos no le moleste durante el día? Ya sé que suena descabellado lo que estoy planteando, pero usted más que nadie sabe que eso es posible. Estamos platicando de un Richard que dominaba aspectos de la telequinesis, la telepatía, la clarividencia; y navegaba fácilmente sobre cuestiones proféticas, además de poseer lo que se llama visión remota. Entonces, no sienta que le estoy hablando en otro idioma o que me burlo de sus comentarios. ¡Para nada! Al contrario, quiero ayudarlo… ¿Puedo tutearlo? Se me haría más sencillo platicar así con usted —externó Daniel en son de paz, procurando entrar a un diálogo con mayor cordialidad.

—¡Claro que sí, adelante!

—De la forma en que lo planteó, tal vez, en este momento, él esté con nosotros, ¿no crees?

—Por supuesto. Quizá nos está escuchando en este mismo instante —expresó el padre, pero Daniel encontró en el rostro de Gilberto bastante incredulidad y un sinfín de dudas y preguntas. Verlo así, vulnerable, en cierto modo frágil, corroboraba lo que Richard había comentado cuando dijo que le sería mucho más sencillo incrustarse en la mente de su papa que en la de cualquier otro.

—¿Quieres que yo se lo pida, Gilberto? No me costará ningún trabajo. Él sabe que lo aprecio. Si se lo pido con todo mi corazón y plenamente concentrado estoy seguro de que Richard hará lo que yo le ruegue —Daniel se adelantó a comentarle, pensando en convencer a su interlocutor de lo que tendría que hacer.

—¿Cómo sabes eso? ¿Acaso, como mi hijo, te sientes omnipotente?

—Richard tenía algo que tú y yo al parecer no tenemos bien cimentado. Se llama lealtad y fidelidad. Le tenía ley a quien lo amaba. Aunque éste estuviera equivocado. Seguro estoy aquí y ahora que me correspondería si se lo pido desde la hondura de mis sentimientos.

—¡No! ¡No! Definitivamente lo haré yo —demandó Gilberto—. Se lo pediré con todo mi corazón, como sugieres. No sé en qué momento, pero lo haré. Espero no sentirme ridículo, pero de verdad lo intentaré.

—Si piensas que harás el ridículo, mejor no lo hagas. Otra cosa, te aconsejo que se lo pidas por las madrugadas. Pon el despertador un poquito antes de las cuatro de la mañana. Te concentras con todo fervor, imaginando que lo que estás haciendo es una conexión humana y cuerda. Coherente, digamos. Porque si no estás convencido de tu propósito, nunca lograras nada.

—¡Bien, dicho está! ¿Pero qué pasará cuando realmente lo necesite? Porque de verdad en ocasiones quisiera que estuviera él para ayudarme. Era tan exacto en sus predicciones y el condenado chamaco conservaba el temple para dar en el clavo con muchos asuntos que a mí me costaban un huevo y la mitad del otro.

—¿Conoces el efecto Pigmalión?

—¿Qué es eso? —Gilberto no escondió su ignorancia.

—Si tú crees en lo que vas a hacer, se hará. Es una expectativa que estimula a otra persona a proceder de la forma en que tú quieres que se haga. Al final se cumple tu cometido. Es decir, si tú crees en lo que vas a hacer y le tienes fe a comunicarte con tu hijo en el más allá, lo vas a lograr. Siempre y cuando, insisto, creas en ello. De manera que, cuando quieras que se vaya, se irá. Y cuando lo necesites, vendrá. Inclusive, me atrevo a reiterar que el mismo Richard cooperará para lograr tu deseo. Si de algo estoy seguro, es que él mismo buscará tu territorio cognitivo una vez que empieces a escarbar en el ámbito de su incumbencia.

—¿Alguna técnica en la que pueda apoyarme?

Daniel rio con ganas cuando Gilberto se lo preguntó. Como si él fuera un maestro en los vericuetos de viajes astrales o algo parecido. En realidad, la conversación que sostenía ahora con el papá de su amiguito era cordial, pero en ningún momento pretendía ser el común denominador entre dos seres humanos cuya característica de mayor importancia era que uno tenía un pie en la vida y el otro en el más allá. De cierta manera obligado estaba a externar sus propios puntos de vista, aun y cuando no fuera un experto en la materia.

—Te diré exactamente lo que tu hijo hacía para desdoblar su cuerpo hacia el exterior. Pienso que tu deseo iría por el mismo canal. Dejas volar sin timidez tu imaginación, deberás visualizar con detalle, y hasta el extremo, a todo aquello que te conduzca al objetivo donde quieres llegar. No debes dudar un momento en conquistarlo. Debes mantenerte profundamente concentrado, con tu conciencia metida muy dentro de tu aspiración. Recuerda, las fuentes de conciencia y mente son indestructibles. Resultado, te comunicaras con él. ¡Ya lo verás! ¡Ah! Se me olvidaba. Sería bueno que consultaras los libros que él leía. Sin duda encontrarás ahí más y mejor información de la que te estoy dando.

—Bien... Comprendido. ¿Y si lo sueño?

—Mejor, porque los sueños según el filósofo Aristóteles *"son la continuación del pensamiento mientras se duerme"*. Y, de ser así, se convertirían en una orilla a la que Richard le costaría menos esfuerzo flanquear.

Gilberto empujó su silla hacia atrás. Se levantó, caminó dos, tres, cuatro pasos hacia ninguna parte. Metió su mano derecha al bolsillo. Adrede hizo sonar con sus dedos unas monedas que traía en el interior. Le encantaba producir ese sonido. Lo practicó desde que tenía veinte años. Una y otra vez, y otra vez, las monedas chillaban en el bolsillo de su pantalón. Un hábito terapéutico para sentirse vivo. De hecho, no gastaba ese dinero, aunque tuviera la urgente necesidad de dar cambio por un billete grande. Persistiendo su derecha en el baile sonoro de las monedas dentro de la bolsa de su pantalón, maquinaba algunas preguntas mirando a Daniel de modo amistoso, pensando en satisfacer su curiosidad.

—¡Ah! Se me olvidaba mencionarte —sumó Daniel atreviéndose a ir todavía al fondo del escenario mental de Gilberto—. Te aconsejo que no te opongas, por nada del mundo, a la llegada de tu hijo. Quizá es lo que ha estado pasando. El Richard ha querido integrarse a tu vecindario sentimental, te lo comento, porque dices que lo ves y oyes en cualquier parte, y es porque él ha estado tocando tu puerta. No te resistas. Déjalo que entre a tu espacio cerebral. Deja que explore en tu conciencia. De todas maneras, es tu hijo. ¡Qué daño puede causarte! Como dicen, ponte flojito y deja que explore tu universo.

Gilberto lo miró y lo miró, esbozó una diminuta sonrisa. Luego volteó hacia la calle loca caminada por locos, como él. Y reflexionó sobre lo que oía en voz de ese intruso que se había tragado momentos trascendentales en las postreras gotas de frescura de su hijo. ¡Le dio envidia! Así que quiso conocer el color y sabor de la persona que tenía frente a sí. Su hijo lo había puesto al tanto casi de todo, pero él se guardaba algunas ligerezas que se iban a instalar rigurosas encima de sus palabras.

—Bueno, y a todo esto: ¿Qué haces aquí en Guadalajara? ¿En qué te ocupas? Andas por los cuarenta y tantos, ¿no? —le preguntó Gilberto a Daniel.

Si su hijo la había tenido, era obvio que la curiosidad del padre saliera a flote. Consideró normal la inquietud despertada en Gilberto. De modo que sin sentirse presionado respondió despacio a la pregunta:

—Yo supongo que tu hijo ya te puso al tanto. Soy un hombre pensionado por el Seguro Social debido a una Incapacidad Total Permanente, ganada a pulso, información de la que creo ya estás al corriente. Tengo cuarenta y cuatro años. Gracias a esa pensión vivo de una manera más o menos digna. Y estoy en Guadalajara porque, al no tener cola que me pisen, voy y estoy donde se me antoja. En este momento me hospedo de modo ocasional en una casa amueblada donde una señora solterona llamada Beatriz, que por cierto le apodan La Watrix, y me atiende a las mil maravillas. Cocina riquísimo, y la verdad, me trata como si yo fuera un potentado. Eso me agrada. Creo que ahí me quedaré todavía un buen rato.

—¡Me asombra que transites en bicicleta! Esta es una ciudad medio criminal para usar ese tipo de transporte, hay muchos accidentes en la calle, ándate con cuidado.

—Sí, lo sé. El tráfico es un caos por todas partes. No se salva ninguna colonia. Hay que eludir baches, hoyos, coches, borrachos y policías de tránsito. Todo. Como en casi la mayoría de las ciudades de nuestro México, no hay cultura que nos proteja. Cada quien conduce como el diablo les da a discernir. Aunque muchas veces su entendimiento anda dando vueltas por el purgatorio, como dijo alguna vez el buen Dante Alighieri.

—¿Por qué no te compras un carrito? Hay unos buenos y baratos. Si quieres yo te digo dónde puedes conseguirlo.

—Eso es precisamente lo que los médicos me aconsejan no hacer. Conducir un auto. Me sucederían varias cosas que mi cerebro no podría soportar. Temor obsesivo a espacios limitados. Pánico a la claustrofobia. ¡Sufro de Esquizofrenia Paranoia! Le huyo a la angustia y lo que me provoca la ansiedad. Es kriptonita para mi existencia. Perdería el contacto con la realidad. Manejando un auto y con este diabólico tránsito me sentiría impaciente, enfadado. Seguro estoy que explotaría en seguida. Por eso ando con cuidado. Para darte un ejemplo, en mi departamento tengo muy pocos muebles. Únicamente los esenciales. Una cama, un buró, una cajonera y párale. El resto de la estancia es libre para que yo pueda caminar a mis anchas. Necesito espacio. Cuestión psicológica, ¿sabes?

—¡He oído de la esquizofrenia tantas veces! ¡Nunca le he prestado la debida atención!

—Nada del otro mundo. Es un trastorno complicado, generado por la ruptura entre el pensamiento y las emociones. Afecta directo al carácter y a la personalidad de un individuo.

—¿Y cómo es que te mantienes en tus cinco sentidos?

—Una dieta relativamente celosa que más me vale seguir a pie juntillas. La ingestión de medicamentos de mucha potencia de forma religiosa y, aunque suene cursi, me recomiendan buscar rincones o sitios donde el amor reine entre la gente. Amor del bueno. El grandioso filósofo Platón decía que *"no todo el amor es bueno, hay amores que matan"*. Rápido me alejo de la plebe que no me convience. De ese modo me protejo de verme envuelto en problemas que afecten mi verticalidad.

—Comprendo. ¿Y eso de andar de la ceca a la meca, te satisface?

—No tengo esposa, no tengo hijos. Mis padres fallecieron hace tiempo y no atesoro la dicha de tener hermanos. En pocas palabras, no tengo familia. Estoy solo en esta sociedad enferma que le rehúye a la familia, cuando antes era el valor primordial de toda persona cumpliendo los veinticinco años. Una moral que alguna vez fue poste para la sociedad mexicana. Buscaban afiliarse con su media naranja para crear su propio núcleo familiar. En la actualidad, ya no. Las damas de buen ver, académicamente bien preparadas y con un buen empleo, le huyen al matrimonio. Los hombres prefieren juntarse y los hijos, pos ¡ay! cuando se den. Entonces, como dicen en el futbol, en ocasiones me siento fuera de lugar.

—Bueno, pues ahora yo te advierto: Si te vas a quedar aquí, estás en una ciudad mayúscula. Somos una población aproximada a los siete millones de habitantes, claro en toda la zona conurbada.

—Sí, lo sé. Lo que más encuentro son iglesias y templos por doquier. Algunas consideradas joyas arquitectónicas. Sin embargo, te diré: Lo que más se me antoja recorrer por estos lares son sus museos, eso de la cultura me encanta.

—Y si te agrada leer, mi estimado Daniel, pues espera a que se ponga la FIL Guadalajara. Allí podrás encontrar libros de antaño… o modernos y de una infinidad de autores de talla internacional.

—Me gusta eso, y comer lo que hay aquí. La birria y el pozole. La señora, donde yo vivo, hace unos platillos que me dejan chupándome los dedos, como las tortas ahogadas. Y cuando me aborda la melancolía, Gilberto, me voy a oír el mariachi a Tlaquepaque, es de mis lugares el favorito.

—Ya nomás te faltarían los tragos de tequila para pasarla bien, ¿no crees? Aquí sobran bares y restaurantes donde libar.

—Ni tanto, ponerme hasta atrás me hace daño. Los medicamentos que tomo hacen estragos en mis vísceras y justamente eso me impide ser un cuate que se encierre en las cantinas. La verdad prefiero pasármela tranquilo.

—En eso tienes razón, hay que cuidarse. Pero bueno, te gusta el futbol, ¿no? Hay tres estadios de futbol, aquí en la ciudad.

—Claro, algunas veces Richard y yo cruzamos nuestras preferencias. Mientras que él le iba a las Chivas, yo le dije que le iba a los Diablos.

—Bueno, me despido, te aconsejo busques a alguien que te haga compañía. Eso de estar solo a la edad que tú tienes puede ser perjudicial.

—¡Sí, en esas ando! Gusto en saludarte.

Percepción extrasensorial

El luto se asentó sobre la familia durante muchos meses, dando lugar a un extenso período de tristeza y depresión. La vestimenta negra a la vieja usanza fue la característica tradicional de doña Kily principalmente. "Hay dolores intransferibles en la vida. Se llevan tan hondo, que cuando logras extirparlos del alma, emergen también trozos de tus intestinos", decía ella, erguida y suficiente. Después del entierro la familia acordó poner en marcha sustanciales mecanismos de defensa para superar el golpe; entre ellos, no ponerle barreras al tiempo y, sobre todo, planear actividades que los sacaran del trance doliente en que se hallaban. Había que ocuparse en cualquier cosa con tal de abstraerse de la penitencia.

Cuando así empezaron a comportarse, el dolor de las adversidades empezó a bajar de nivel en sus corazones. *"Después de la tormenta"*, dicen hasta los más doctos, *"viene la calma"*. Como pudieron, todos y cada uno salieron del atolladero. La nave emergió navegando en aguas más serenas. Crearon un medio ambiente hogareño, digno y más humano. Las estridencias y las culpas se moderaron, las recriminaciones se enterraron y las omisiones desaparecieron. Aunque los recuerdos todavía cincelaban el penoso pasado, padres e hija ponían lo mejor de sí para suavizar y enriquecer la relación entre los tres.

El sol entró por la ventana.

Pasadas algunas semanas desde la entrevista con Daniel, Gilberto le puso ganas al encarguito de comunicarse con su vástago. Siguiendo las instrucciones de su amigo abrazó la anhelada concentración y el deseo profundo de ponerse en contacto. Los primeros intentos terminaron en un reverendo fracaso. Se desveló e hizo tremendos corajes sin ver luz en su propósito. Perdiendo la primera pelea, la terquedad siguió su afán en las tentativas. Cerraba los ojos en total abstracción. Tomaba muy en serio su papel. Se esforzaba en soñarlo para acariciar el sueño de ver por lo menos su perfil medio difuminado, pero nada. Aunque por algo dicen que el que persevera alcanza. Y es que un día de tantos, a fuerza de empeñarse, la emoción lo desbordó cuando creyó observarlo en una fría madrugada.

Con el ánimo a tope, a la siguiente noche se fue a la cama muy temprano con el pretexto de estar agotado. Puso el despertador en tono de vibración para las cuatro y media y durmió por espacio de cinco horas. Despertó ligerito en la madrugada. Se deshizo de sus tres almohadas y se extendió a lo largo de las cobijas. De modo que sus ojos chocaban con el techo de la habitación. En calzoncillos suspiró rodeado de un estupendo estado de entusiasmo. Acelerado, se aplicó en la técnica de la concentración, fijó todos sus sentidos en su objetivo, sin distraerse un solo instante; y tras largos minutos de espera imaginó percibir la figura del Richard en la oscuridad. Cerró y abrió los ojos para aclarar el panorama negro que velaba su recámara. Rogaba al cielo ver siquiera una difusa imagen en su vista. De repente nubes cruzaban por las paredes, aunque igual todavía no distinguía con certeza lo que veía. Luego creía cachar una sombra circundando; y enseguida otra que atravesaba el cuarto. Se figuraba verlo, afable y amigable, esforzándose por distinguirlo, como si él fuese a iniciar una plática con un cuate de la escuela. Ese presentimiento le provocó tanta agitación que poco faltó para gritarlo dentro de su recámara. Lo puso tan inquieto como a un chiquillo jugando a las escondidas. Se le hacía increíble dibujarlo apenas entre las siluetas inestables justo en el vértice de las esquinas izquierda o derecha. En su estado afásico Gilberto solo emitía quejidos guturales de nerviosismo. Quedó como estatua petrificada contemplando esas fantasmales visiones circulando entre, y por, la estructura de los muebles habidos en su habitación. Pensó que si abría la boca iba a disipar lo que le regalaba su agudeza. Incluso se reservó cualquier oscilación de su cuerpo. Mantenía la misma postura con la que inició el protocolo, decúbito supino. Postura que mantuvo rígido cerca de treinta minutos, hasta que las líneas de la negrura abandonaron su contenido. Luego del episodio madrugador, Gilberto se incorporó de la cama y caminó por una hora dentro de los estrechos muros de su habitación sin encender la luz. Su excitación superaba el incordio de las trasnochadas. No vio claramente nada, pero creyó haber visto a su hijo como si estuviera vivo. La imagen nunca fue nítida, de acuerdo, pero las sombras, las manchas nubosas que le rondaron y la opacidad intermitente que mudaba en las paredes, hicieron que el júbilo lo sometiera hasta el paroxismo.

Vivida esta experiencia, se imaginaba el inmenso gozo de su hijo debido a que ahora él tenía el poder para viajar fuera de su cuerpo. Para desdoblarse arteramente sobre las personas. *Si yo*, cavilaba entre dientes, *que apenas pude presentirlo, me siento en la gloria, comprendo hoy lo que él se fogueó, maravillado de su alcance astral.*

De ahí en adelante las cosas cambiaron. Su mente abrió la claridad de un futuro prometedor y arrancó solito hacia el quehacer de otro modo de vida. Sintió el estrés desbordar sus prisas. Regresaron las llamadas telefónicas, las visitas a clientes potenciales. Buscó y entró de lleno a los concursos de construcción en el Estado, explorando en el medio sus posibilidades. Volvió a hacerse amigo del espejo. El baño ya lo recibía con un duchazo de agua fría en las mañanas. Como cuando era chiquillo. Su padre los levantaba a eso de las seis y media de la mañana, a él y a sus hermanos, y todos juntos y en bola se bañaban como si estuvieran en las filas del Ejército, dentro de un cuartel. El zacate y jabón rodaba de piel en piel hermana, sonriendo, jugando y preguntándose entre ellos quién era el que aguantaba más el agua helada debajo de la regadera. Toda la palomilla se bañaba junto al jefe, parodiando las características de sus cuerpos y de sus desplantes a la hora del duchazo. Uno mostrando músculo, otro flaco y correoso, alguno con pie de atleta, aquel con las costras en las rodillas, y el que más con raspones en los talones; pero bueno, todo era una fiesta antes de empezar el día. Pasados los años, los hermanos aplaudían y reían evocando esas costumbres de su padre.

Había tenido que vender su camioneta para sufragar algunos gastos cuando el Richard todavía vivía, ahora no tenía auto en que moverse de un sitio a otro, pero ganas no le faltaba para tomar el autobús, el tranvía o el taxi que lo llevara a su destino. Como en aquellos tiempos de estudiante en que caminaba kilómetros como un auténtico tarahumara para llegar temprano al aula del IPN. Andando fue como hizo pierna loca para culminar sus estudios. Todavía lo tenía en mente. Salía temprano de la casa donde vivía con todos sus hermanos. Cinco en total y, uno más que de repente se colaba, un medio hermano de otros muchos, que luego los visitaba. Vivían en la calle de Carpio, número 514, interior 11, en la colonia Santo Tomás, en la Ciudad de México. En un edificio cuya historia estaba sellada por una serie de agujeros en las paredes superiores al tercer piso. Recogía en su memoria los hechos de una madrugada cuando los soldados asaltaron al edificio con la infame intención de desalojar a todos los inquilinos a bayoneta calada, con el perverso pretexto de que en sus departamentos los padres de familia escondían a estudiantes armados. Un tremendo desgarriate organizadamente desorganizado. Un pasaje abyecto de aquel infausto 1968 en que la sociedad mexicana imaginó, por el comportamiento erróneo del Gobierno, que ser universitario era un pecado mortal. Y todo por un levantamiento estudiantil que el Departamento del Distrito Federal no supo parar a tiempo y en su oportunidad. En fin, cosas que sucedieron en su vida. En aquel inmueble de seis pisos había crecido Gilberto, que desde ahí caminaba a diario hasta llegar a la Escuela Superior de Ingeniería y Arquitectura que se hallaba a dos kilómetros de distancia, ida y venida. Con el tiempo a su favor, se tituló años más tarde de ingeniero civil.

A partir de ese momento, su nuevo fervor lo impulsó a reabrir Arsico, S.A. La empresa que su hijo y él inauguraron tiempo atrás y en donde se dedicaban a labores de tratamiento de aguas negras, a la canalización de agua potable en sectores populares, la energía hidráulica, así como a especializarse en una serie de proyectos de obras relacionadas con el agua. Ocupación que le dejaba buenos dividendos. Apalancaba sus contratos con gentes del municipio y afianzaba su negocio en pos de un futuro fecundo. Relativamente en pocos semestres su pequeña empresa empezó a dar color. Obviamente Kily metió su cuchara y trabajaba como su secretaria de lo particular. "Pero de lo muy particular", decía Gilberto bromeando sobre el asunto.

¿Cómo es que se había producido el milagroso cambio? ¿A qué se debía ese fragoroso acto del buen amor hacia las cosas? Fueron casi dos años los que había sufrido hasta lo indecible por la ausencia de su chamaco. Entró en una oquedad depresiva que lo carcomió muy dentro del alma. No comía, no dormía, no salía a buscar trabajo, todo el tiempo andaba somnoliento; cuando no, tirado en la cama. Con ganas de nada. Echado en un rollo de holgazanería y pereza. Y repentinamente canjeó lo malo por lo bueno, lo gris por lo blanco, el antes por lo nuevo. Incluso ya dormía por las noches, tan tranquilo como si no le debiera un solo peso a la tarjeta de crédito. Se levantaba dinámico, con ganas de cambiar el mundo.

Desde que murió su Ricky la pareja matrimonial decidió dormir en cuartos distintos. Lo platicaron y creyeron que era mejor así para descansar cada uno a sus anchas. De modo que llegando la noche Gilberto buscaba la soledad de su cueva. Una habitación que su hijo domicilió interminables años. Ahí estaba todavía la esencia y el alma de quien los había dejado. Terreno conocido. Al entrar no veía la tele, ni prendía la radio. Tan solo exponía su espacio mental en el perfil imaginario de su hijo al que llamaba con intermitencia regulada. Sin verlo, pero sintiéndose escuchado por él, le platicaba lo ocurrido en los últimos días. Era un monólogo breve, sustancial, de minutos, pero con ello lograba estabilizar sus desacuerdos y poner en claro sus ideas. Nunca sospechó que alternando sus noches con un halo circundante llamado en vida Ricardo encontraría la vitalidad precisa para revivir. No se quebraba la cabeza si es que sus abstracciones caían en lo ridículo por mantener una relación con un ser del inframundo. Simplemente intercambiaba sus ratos con el ser al que él dio vida. Cerraba su cuarto a piedra y lodo, apurándose para quitarse la ropa, apagar de volada las luces y hacer amistad con la oscuridad. Justo lo que hizo su hijo después de la segunda cirugía. Gilberto se acurrucaba entre las almohadas, esforzándose en no pensar en nada, y en seguida cerraba los ojos a la espera de conectarse con su chamaco. Entrada la madrugada preparaba su nicho para recibir el postre en cama. Toda vez que lo pensaba, llamándolo por su nombre y pidiéndole que lo habitara. En su fantasía llegaba el espíritu anhelado que no tardaba en aparecer por encima de la pared que dominaba su frente. En otras palabras, el tálamo, el hipocampo y la amígdala, distribuían a la perfección el trabajo entre la fase de la emoción y la fase del sentimiento. Un cerebro funcionando como maquinita. Bien aceitadito, gracias al inesperado consejo que le había donado el buen Daniel.

Con el tiempo dominó la técnica de ponerse en contacto con su Richard sin ponerse nervioso y sin emitir una sola palabra. Sin abrir la boca se comunicaba con bastante destreza. Todo lo gobernaba desde el estrecho de su imaginación. Un ejercicio mañoso de su mente a base de la formación de apariencias, figuraciones o contenidos construidos sobre una plataforma de silencio. Experimentaba una especie de percepción extrasensorial al surgir el espejismo de su hijo sobre la penumbra de su cuarto. ¿Quién sabe cómo era eso? Pero el tiempo discurría entre dos seres a quienes lo que menos importunaba era el murmullo noctívago. Con esa paz enclaustrada la noche terminaba con un universo creado entre el espíritu de un muerto y la sustancia de un vivo en un mundo terrenal.

※ ※ ※

Gilberto recibe constantemente amorosos estímulos que le generan esa visión onírica de la que ha decidido gustoso ser preso. La reacción de su cuerpo y las ideas que lo acompañan determinan la función de su cerebro. Gilberto le platica a su hijo de lo que se ocupa. Entre el ocio y el trabajo. De lo que hace y le gusta hacer. Le dice que trabaja para sentirse bien y no precisamente para ganar dinero sino para vivir lo mejor posible. Quiere atesorar lo que le gusta crear. Le dice a su volátil oidor: "Yo nunca te enseñé a trabajar para ganar dinero, yo te enseñé los valores para que establecieras la diferencia entre el tener y el ser. La gente ya no disfruta el valor del placer, porque lo invade el deseo de tener y poseer. Yo lo que quiero, es volver a anclarme en aquellas cosas naturales y elementales con las que antes me serví para hacerme hombre".

Cada noche que viene, así se va. Con el silencio encerrado. Noche que surge, noche que huye al amanecer por la ventana. No se oye nada dentro. Ni acaso suspiros ni cuchicheos. Un misterio transita entre esas cuatro paredes donde las palabras mudas gesticulan sueños, entrelazan promesas y enredan proverbios. El encierro de su oscura comparecencia hace que Gilberto cada vez se remonte a su adolescencia. Su mente viaja con frecuencia hacia los años verdes. Sin proponérselo se va a sus veinte años, cuando en casa había solo tres literas donde los hermanos tendían su cuerpo por las noches. Le tocó en suerte siempre dormir en la parte baja de una de ellas, la más cercana al baño. Su padre se la asignó desde que era un párvulo. El mayor de cinco hermanos y otro hermano intruso que luego llegaba sin avisar. Gilberto, ejemplo a seguir, según la filosofía paternal. A él, más dinero para gastar en el domingo. A él, la cabecera en la mesa por ser el mayor. Y a él era el único al que se le prestaba el coche los sábados para ir a una fiesta o reunión que tenía con sus amigos. No era el consentido, según el jefe de la casa, sino era quien lo merecía. El papá manifestaba que el que va bien en la escuela con sus estudios, tiene todo el aprecio y consideración.

La memoria seguía sin engañarlo. Cuando los exámenes estaban en la puerta del calendario, se iba con todos sus tiliches al cuarto de la azotea. Echaba a la criada fuera y sobre un estropeado restirador daba rienda a sus trabajos. Extendía sus planos, abría sus libros, hojeaba sus cuadernos y todo para hacerse garras con el análisis de sus materias a presentar. Al llegar a casa los hermanos preguntaban: "¿Y aquel dónde anda?". No lo veían durante semana y media. Nada más bajaba a comer y volvía a subirse a la azotea del edificio. En la plena soledad de sus querencias. Gilberto se arrestaba desde joven en el abandono de su cuarto. Su familia sanguínea lo conocía como Pepe porque su nombre era José Gilberto. Los de su mismo apellido siempre lo nombraban como tal y no fue hasta que se casó, que Kily lo rebautizó como Gilberto porque, según ella, era de más caché. Pero bueno, como quiera,

Pepe o Gilberto invariablemente acostumbrado estuvo al aislamiento.

Igualmente, ahora. Solo y con su alma encendida entregándole al apreciado fantasma noctámbulo todos sus pareceres. Sentirlo le prodigaba una sanación espiritual. No era Lucifer, como Isaías lo bautizó; no era el Mefistófeles de Goethe, con quien compartía sus inquietudes; era su Richard, con quien se apalabraba y a quien transmitía las andanzas de sus caminatas por las calles de Guadalajara, Tlaquepaque y Zapopan. Ya en las madrugadas Gilberto cerraba los ojos y descargaba los trapos de su conciencia. "Fui con... vine para... hice firmar a... contraté a... caminé por... estuve trabajando en...", comentaba el recorrido de los días con una pasmosa tranquilidad, como si el oyente fantasmal fuese el presidente de un tribunal atributivo de sus obligaciones. Ya liberado de sus mortificaciones, el vacío madrugador lo sedaba y se hundía poco a poco en la poza de la modorra, suponiendo que su Richard ya había recogido sus congojas en silencio.

Tres años y medio ensoñándose con el nexo de su hijo en la recámara lo hizo revitalizarse. Todo le salía bien. Marchaban los asuntos de manera positiva. Poseía la energía suficiente para encarar cualquier traba que se presentara, por escabrosa que fuera. Convertía obsoletos procedimientos en nuevos métodos de trabajo. Se encaminaba seguro y confiable en cada contrato que lograba destapar. Lo buscaban para ensamblar proyectos de irrigación, de potabilización y canalización. La eficacia de sus diseños expandía su prestigio en la localidad. Obras cuya apertura y clausura se entregaban en la fecha calendarizada. Todo en tiempo y forma. Así fue de exitoso su período de regeneración.

En cierta ocasión, totalmente fuera de sus cabales, muy excitado y alegre, entusiasmado de su buena fortuna por la que pasaba, tuvo un inusitado desplante.

❋❋❋

Sucedió que una noche después de cenar fuera de casa y para tremenda sorpresa de Kily, su recatado esposo fue hasta su cama. Puso una música muy sugerente y comenzó a desvestirse delante de ella, poco a poco. Ella estaba recostada, debajo de las cobijas, fumaba tranquila, pero veía con sutil complacencia la locura de su marido serpenteando a orillas de su cama. Le estaba haciendo un carnavalesco desnudo con el mejor estilo que había copiado de las películas de entonces. La música con un volumen abierto marcaba un ritmo subido. Por allá fueron a dar la camisa y el pantalón, después los calcetines y la trusa, quedando solamente con una corbata anudada al cuello y con un sombrero al estilo Panamá, bailando sus ojos adrede de manera lujuriosa, al tiempo que decía mostrando el largo de su corbata: "Conste, no estoy desnudo". Fue entonces que por primera vez se comunicaron a carcajadas, el *striptease* fue festejado al ritmo de una melodía cuya tonalidad invitaba a un compás suavemente erótico. El súbito atrevimiento de Gilberto transportó a su Kily a confines no pensados.

Esa noche hicieron el amor mejor que en su luna de miel. Sin duda. Inolvidable momento como para incrustarlo en la gran enciclopedia de sus recuerdos.

El espíritu del Richard

Dicen que el tiempo no siente, no piensa, solo camina, siempre al mismo ritmo. Nada le duele, ni lo acongoja. Las veinticuatro horas lo distinguen, las cuatro estaciones lo dividen; incluso así, nada lo detiene. En cambio, el factor tiempo incide para modificar el futuro de la humanidad. Justo en su trayecto se dan cosas impensadas que cambian el rumbo de los acontecimientos, aun y cuando se piense que se tiene todo controlado.

Casualmente, en una noche aciaga, no prevista ni pensada por Gilberto, el espíritu del Richard ya no surgió en su imaginación. Tampoco en las siguientes noches. Algo sucedió en el tiempo que la conexión ya no figuró en sus sueños. Los monólogos noctívagos ya no tuvieron eco. Los perfiles que en tinieblas figuraba se deshicieron. Su voceo al ser amado del más allá ya no tuvo la eficacia para que su Richard viniese a husmear en los rincones de su cuarto. Él mismo ignoraba si había perdido fuerza de concentración, a pesar del empeño que ponía en cada uno de sus lances. Desafortunadamente, dicen, todo lo que sube, baja. Lo que empieza termina. Diría Sócrates desde su Grecia histórica: *"Nada en la existencia humana es eterno"*.

En primera instancia pensó que era por falta de concentración. Luego Gilberto dudó de su capacidad de contacto por estar tan abstraído con sus obras en construcción. El desgaste de sus jornadas en el campo, la ejecución y elaboración de planos, la supervisión de los trabajadores, la proveeduría de los materiales, los dineros, los cheques por cobrar, en fin, todo ese embrollo relacionado con su trabajo acostumbrado. Se retorcía de coraje porque no lograba su objetivo a pesar de poner todo su empeño para regresar a su onírica habituación. Nada funcionaba. Su confidente se ausentó de manera definitiva e inesperada. Por supuesto que eso le caló hasta el tuétano. De inmediato la tronchada dependencia empezó a cobrarle factura.

Gilberto sabía perfectamente bien que no contaba con el poder que su hijo sí consiguió cuando de concentrarse se trataba. Incluso recordaba con nitidez que, de sencillas explicaciones de un hecho, su Richard las veía con tanta claridad como si estuviesen manifestándose ante sus propios ojos. Cuando leía un libro, de cualquier materia, él traducía e interpretaba lo que leía al momento, y no en sí el contenido de las páginas impresas. Veía la situación que éstas describían y su relación con el todo, de manera que tenía la respuesta de inmediato.

Para su infortunio, luego de un largo semestre de no contar con su oyente en las noches y no ser escuchado acerca de cómo dirigía sus negocios, de no tener a su fiel cómplice de sus transacciones, la balanza comenzó a inclinarse hacia el canal del desagüe, yéndose directo a la oscuridad completa. Cayó en el abismo de sus contradicciones. Desacuerdos consigo mismo en los proyectos por pactar. Inútiles especulaciones sobre el trayecto de sus decisiones. Impartió incongruentes órdenes para dirigirse a sus trabajadores en obras que le tocaba controlar físicamente. Incurría en discusiones bizantinas sin llegar a resolver nada. De la noche a la mañana se le vinieron una corriente de olvidos y extravíos casi infantiles, los cuales hacían pensar a cualquiera que el ingeniero estaba enfermo o le faltaba un tornillo en la cabeza.

Por supuesto que el cambio lo notó su señora. En sendas oportunidades lo sorprendió intentando salir de casa a horas desacostumbradas, sin tener una razón concreta para hacerlo. O pretextaba cualquier incoherencia con tal de fugarse. *¿Qué ocurre en la mente de mi marido?*, se preguntaba la doña.

—Gilberto: ¿Adónde vas? No llevas nada entre las manos, ¿qué vas a hacer? ¿Tienes cita con alguien a esta hora? Hace frío, no llevas nada que ponerte… ¿qué tienes?

Él se le quedaba mirando vagamente sin decir una palabra. Fruncía el ceño, esquivaba la inquisitiva postura de su mujer, movía los labios sin entenderse lo que decía y volvía a meterse a su cuarto como niño regañado. Dentro de sus ocurrencias Gilberto pensaba que tal vez su hijo se le aparecería en la calle, en la noche. Tal vez habría algo que le impedía entrar a la casa. Un crucifijo, un cuadro religioso, un fetiche, quién sabe un amuleto que bloqueaba sus intenciones. Revisó la habitación al detalle pensando que a lo mejor colocó alguna cosa que le estorbaba al Richard. Pero nada. Si algo había procurado era mantener ese cuarto tal y como su hijo lo dejó. Exactamente igual.

Su cabello empezó a caérsele a puños, en un año calendario casi quedó calvo. Le fue necesario el uso de lentes para ayudarse a leer. Adelgazó de prisa, como si adrede se hubiera puesto a dieta rigurosa y en sesiones de aeróbicos de gran intensidad. Sus horas libres las pasaba viendo la televisión sin emitir una queja o una opinión. Se entretenía en estar moviendo su trasero de un lugar a otro del sillón. Tan abismada era su presencia, que luego Kily le preguntaba irónicamente: "¿Estás aquí o no estás aquí?". Le dio por volver a prenderse del cigarro, un vicio que logró dejar diez años atrás. Comía muy poco, rasguñando los guisados que antes le parecían suculentos. No pudo agarrar el vicio del alcohol porque no tenía dinero para costeárselo. El ingeniero civil que fue: presto, rápido, capaz, activo y crítico, estaba escondido. Ese profesionista perdió de plano su cordón umbilical. Se le fue la razón, el poder de la cordura, la fortaleza y la luminosidad de una mente abierta.

El tiempo se le vino encima. Las noches eran muy largas y los días le parecían infinitos. Todo iba de mal en peor. Hasta que de pronto se quedó sin trabajo. Se le enrojecía la cara de vergüenza al ver a su señora vendiendo ropa usada entre los condóminos. Haciendo trueques con los vecinos, vendiendo cosillas o pertenencias para traer a casa un poquito de dinero. Pidiendo prestado y sacando crédito en la tienda de abarrotes de la esquina para completar el desayuno y la comida.

Mostrados un par de años con esta irritable actitud de su esposo, la doña pensó que estaba enfermo. Y como tal lo trataba. La situación llegó a ser apremiante. En un asomo de insensatez Gilberto planeó suicidarse. La tarde de un sábado nublado y lluvioso, nostálgico y con unos tragos de tequila encima, agarró un camión y se escapó hacia las afueras de la ciudad tomando la carretera que conduce a Saltillo. Se halló en La Barranca de Oblatos. Se paró a la orilla del mirador. Subió a la baranda y comenzó a columpiarse con toda la voluntad en sus intestinos de arrojarse. Sin nadie que lo custodiara a esa hora y cegado por la lluvia en su rostro, le imploraba a su Richard recriminándolo por su abandono. *¿Por qué me dejaste solo?, ¿por qué ya no estás conmigo?* Amenazó con irse al vacío sino le enviaba una señal. Urgía una respuesta en ese momento. La noche ruidosa y atormentada se desplomaba sobre la barranca. Los rayos y truenos coloreaban tardíos el panorama oscuro. La caída del agua por los despeñaderos corría con vértigo del mismo modo que su llanto confundido con el aire y la pertinaz lluvia resbalaba hasta sus zapatos empapados. *"Señor, te escuchaba con los ojos, te veía con la piel, te sentía con los oídos, me dabas la vida, pero ahora te ruego me la quites, llévatela, ya no la quiero"*, oró con profunda tristeza.

No hubo señal, por lo menos no la avizoró. Ni una respuesta del cielo que le diera sentido a su reclamo. El firmamento permaneció quieto, mudo. Apanicado, tampoco su cuerpo arrojó al vacío durante el fragoroso aguacero. ¿Arrepentimiento?, ¿remordimientos?, ¡quién sabe! Pero esa noche desgraciada, nunca en su vida la olvidó.

En realidad, quien lo detuvo fue Zujey.

Un maldito tumor cerebral le había quitado la vida al mayor de sus retoños. Ahora no se iba a permitir la osadía de abandonar a su hija. Ella necesitaba de sus palabras, de su calor, de su presencia paternal y de su sabiduría.

Cuando llegó a casa Kily lo zarandeó bien y bonito. Ambas, madre e hija, estaban preocupadas por aquel hombre cabeza de familia que llegaba desventurado y empapado a las tres de la mañana, en una noche que nada bueno les presagió. Le vio el rostro a su hija, dulce y tierno, joven, lozano, entero. Bajó la mirada y se dijo: *¡Qué bueno que estoy de regreso!*

Para esas fechas su hermosa Zujey ya trabajaba entre las filas de un partido político como coordinadora de agenda en la campaña para los diputados del Estado de Jalisco. La niña, vuelta mujer, se había licenciado en Ciencias y Técnicas de la Comunicación y ahora ejercía con todo el poder de su juventud una profesión que amó desde sus quince años. Y claro, entre sus prioridades estaba atender a sus padres que luchaban por la cotidianidad. Con todo y eso, económicamente no le alcanzaba para sostener el paquete familiar.

✻✻✻

Se debían varios meses en la renta de la casa. Había que desocupar. Vivían en La Privada de Ahuehuetes, cerca del centro de la ciudad, pero ahora tendrían que desplazarse con todo y sus chivas a otro barrio menos ostentoso para sufragar los gastos. A Gilberto solo le quedaba un camino. Rendirse y pedirle apoyo a su esposa para que lo aconsejara y abriera el abanico de sus posibilidades.

—Güerita, me siento desgastado —le dijo—, acabado, desmotivado, sin ganas para emprender un negocio. Quisiera dormir y dormir, nunca más despertar. No tengo hambre. No tengo ganas siquiera de asearme. Ayúdame por favor. ¡Ayúdame!

Ese momento fue el que marcó una viva comparecencia entre ambos ya que fue el hito en donde la señora de la casa se percató de que su marido no solo necesitaba ayuda, sino que la necesitaba a ella para poder sobrevivir. Obviamente se prestó para socorrerlo. No lo iba dejar a la orilla del abismo, porque salvarlo a él era como salvar a la familia. Así que, de un día para otro, Kily adoptó el papel de mandamás. Juntos empezaron a platicar los proyectos. Juntos, también, hacían las visitas correspondientes a clientes potenciales. Fechaban, citaban, notificaban, emplazaban y cobraban. Pero ella era la que llevaba la voz cantante, quien cerraba el asunto, quien negociaba el contrato y hacía los ajustes. Era ella quien se apalabraba, por supuesto que delante de Gilberto, para determinar las acciones a seguir en los convenios y lo que estipulaba el compromiso. Alguna vez hicieron algo parecido, pero en otras circunstancias muy diferentes. En los ayeres, el perfil de ayudante como cónyuge se había quedado a la orilla, sin manosear las cláusulas y descripciones de los contratos. Ahora las cosas se tornaron distintas, era ella quien lo dirigía.

Kily seguía admirando la habilidad y conocimientos de su esposo ya que José Gilberto dominaba plenamente la materia de su trabajo. Como ingeniero civil era experto. Se destacaba en sus trazos arquitectónicos. No se le escapaba detalle. Y a la hora de señalar a sus clientes el cómo y el dónde, lo hacía con todo el bagaje de su experiencia. Pero en el orden de cosas de tipo administrativo y jerárquico Kily se volvió su ángel de la guarda. La salvación de cien asuntos que, sin su apoyo, se hubieran ido a la coladera.

Su esposo había nacido en 1943 andaba ahora por los sesenta y uno. Cruzaba una edad difícil en donde la madurez se enfrentaba con el juicio de su prudencia y sensatez. Un veterano de mil batallas que no vivía con la paz que pensó alguna vez alcanzar entrando a los sesenta. Derrotado por ese futuro que lo traicionó. Con todo y eso, conservaba sus afinidades. Conversaba despacio sin atreverse a emitir una opinión impensada o fuera de lugar. Miraba al cielo licuando sus ideas, pensando en lo que iba a decir, luego brotaban sus palabras con una tonalidad grave, pero de bajo volumen.

Había otra costumbre que lo distinguía. Además de guardar la viejísima manía de hacer sonar monedas en sus bolsillos, nunca alzaba la voz. Un hombre cuya dicción era clara y limpia. Paciente al hablar, al emitir sus vocablos y sus opiniones. Normalmente esperaba a que el otro terminara con sus aspavientos para avanzar con sus consideraciones. Pocas veces en su vida gritó para ser escuchado. Levantar la voz le parecía un signo de inmadurez y debilidad. Tenía el don de la serenidad y la perseverancia.

Y a su esposa esa virtud la enamoró desde la primera charla que sostuvieron.

Desdoblando la conciencia

Diciembre del 2004

Era una tarde sin sol, con el cielo encapotado y la premonitoria sensación de una tromba inminente, habían quedado de verse en el Abajeño de Tlaquepaque.

Cuando llegaron, una multitud trataba de ingresar al restaurante. Esperaron al umbral del local. El estacionamiento se veía hasta el tope. La gente se notaba impaciente, atenta, pendiente de ser elegida para la asignación de su mesa correspondiente. Vivían el final de un otoño descolorido pero agitado. Después de largos treinta minutos una chica con sus veinticinco años bien exhibidos, de minifalda negra apenas cubriendo sus piernas blancas, los condujo a través de la selva de mesas y sillas hasta el lugar señalado en el portal. Tomaron asiento. Se presentó el mesero después de otros diez minutos. Los bendijo con un par de banderitas de tequila reposado y al lado les colocó una botana rebosante de chicharrón y carnitas, que dejó encima del mantel a cuadros azul y blanco. Hoy el servicio dejaba mucho que desear, tal vez por la cantidad de gente a la espera, pero bueno, los comensales comenzaron a intercambiar impresiones, de eso se trataba.

—¿Cuánto hace que no nos veíamos, Gilberto?

—¡Años! No me obligues a pensar, aunque sé que fue hace mucho. Yo creo, más de tres. La vida se va muy rápido. A ver, cuéntame, ¿qué ha sido de tu suerte?, ¿te casaste?, ¿ya trabajas?, ¿a qué te dedicas, Daniel?, ¿qué onda? Como dicen hoy los chavos, ¿qué acción?

—¡Oye, tranquilo! Son muchas preguntas a la vez. Pero bueno, trataré de responder una por una para que te enteres. La última vez que nos vimos, si no mal recuerdo te conté que vivía en una casa con un cuarto amueblado. Te dije que me lo rentaba una señora llamada Beatriz, que todos la conocen como La Watrix. Bueno pues, esa dama y un servidor nos entendimos, nos acoplamos, de repente y sin querer llegaron las cosas lejos y nos enamoramos, hasta que comenzamos a hacer vida juntos. A los dos años de pasarla bien mutuamente, nos casamos. Ahora me dedico a atenderla y a disfrutar de las cosas hermosas que posee. ¡Cómo ves! Tu primera pregunta ya fue resuelta.

—¿Y las demás?

—¡Ahí te voy! Bueno pues, así transcurre mi vida. Respondiendo a la segunda, la cercanía me hizo enterarme que ella tenía un guardadito y junto con el mío pusimos un par de negocios pequeños que son los que nos dan vida en común. Desde entonces Dios nos visita a diario y de esa manera la vamos pasando. De hijos, nada. La verdad, no los deseo. No quisiera enredarme nuevamente con un lazo fraternal, después de la pesadilla tan desdichada que viví en la Ciudad de México no me quedaron ganas. Además, el estado emocional y psicológico en que me hallo no sería muy propicio para la llegada de un descendiente. Así estoy bien. Me dedico a mi señora y punto.

—¿Y de qué negocios estamos hablando?, si se puede saber… ¿una cafetería?, ¿una pastelería?, ¿una fonda? ¿o tal vez una mercería en la colonia donde viven?

—Oye, tus preguntas las dejas venir por mayoreo, ¿verdad? Nada de eso. Yo hablé seriamente con mi Watrix y le expuse con buenas razones que los mejores negocios hoy en día son los que están relacionados con los coches. Fíjate, solo aquí en el Estado de Jalisco hay cerca de tres millones de autos rodando por las avenidas. Por lo que, sin pensarlo demasiado, pusimos una vulcanizadora. Compramos gatos hidráulicos, también de pluma, barretas, martillos, motobomba y el destornillador de las llantas. Además, junto a la vulka, instalamos un taller para trabajos sencillos. De los que la gente conoce como "las talachas". Lo que aquí llega son cambios de aceite, cambios de bandas, reparaciones del radiador o del aire acondicionado, fugas de alguna clase de manguera que hay que restaurar. Otros, requieren parchar o reparar el acumulador, o en su defecto, su recarga. En fin, cae de todo en esos changarros. Pero como son changarros del pueblo y la gente de pueblo es lo que necesita, pues Dios te socorre. No la pasamos mal. ¡Ahí vamos!

Respecto a mi vieja, ella ni suda ni se acongoja. Es la que hace los pedidos, los encargos especiales de herramientas, materiales, aceites, filtros, cables, bujías y todo ese chisme de accesorios indispensables. Ella realiza los inventarios, lleva la contabilidad, va al banco, hace los depósitos y tan tan. Y yo no meto las manos en los dineros para nada. Yo soy el que le cobro al cliente, lo convenzo de lo que necesita, o de lo que le urge reparar, y le hago las recomendaciones conducentes para el buen estado de su vehículo. Recibo la lana, la cuento y luego se la doy a mi señora, quien es la que va administrando los pesos y centavos. En mi papel de terrateniente, ordeno, vigilo y superviso el trabajo de los operarios, para que cada uno haga lo que le corresponde, sin que se pasen de la raya.

¡Qué barbaridad!, pensó Gilberto arbitrariamente. *La señora es la cerebrito y Daniel solo se preocupa porque las cosas rueden como debe de ser con los operarios y con el pago de las chambas. ¡Bonito conchudo!*

—O sea... Tu señora es la que lleva las riendas de los negocios. Ordena, compra, almacena y guarda el dinero que se obtuvo por día.

—Mira, mi querido amigo. Tus comentarios no me hacen mella. Te voy a ser muy sincero y honrado. Hay cosas que hacen mejor las mujeres que nosotros. ¡No nos hagamos! Los números me intranquilizan. No los domino, me ponen nervioso y la verdad no sé qué hacer con el dinero cuando lo tengo en la mano. Cuando tengo un billete de a cien en mis manos me lo quiero gastar de inmediato. No sé ahorrar. Mi Watrix sí sabe. Ella intuye perfectamente qué hacer con los dineros. Abre una cuenta de cheques. Otra de ahorros. Luego me platica que metió el dinero a pagarés para que no esté parado. Al mes siguiente compra dólares con el pretexto de prepararnos disque para la inflación y las arañas.

No sé qué carajos hace con los billetes, pero yo estoy confiado plenamente en su trabajo. ¡Ella sabe lo que hace!

—¿Y tú nunca revisas las cuentas?, ¿ganancias o pérdidas?, ¿cuánto dinero llevan ahorrado?, ¿cuánto tienes en el banco? En fin…

—Igual ella me informa. Cada mes nos reunimos con el contador y éste a su vez nos asesora sobre el estado financiero de las cosas. Yo solo sé que hay un buen billete entre los dos changarritos. Por otro lado, mi esposa nunca me pregunta si ese día hubo pocas o muchas ganancias. Si cobré cien o cuatrocientos. Si a un cliente le di descuento y al otro no. No se mete en mi chamba. Cada quien en lo suyo. Beatriz simplemente recibe la plata y no cuestiona si falta o sobra, se la doy y punto. La coge, me da mis besucones y opina, según la cantidad obtenida, si la chamba del día correspondió a una ganancia digna o no. Así que por eso no me preocupo. Bueno, ya hablé mucho. ¿A ti como te va?

—Escuchándote me ha ayudado a entender unos asuntos que ahora mismo estoy aterrizando en mi mente. Idéntico caso es el que vivo con mi señora. Ella hace algo semejante con mi trabajo. Es más, yo de broma le digo que ella es mi secretaria de lo particular. Yo soy ingeniero civil con especialidad en hidráulica, responsable de los trazos en los planos arquitectónicos, figuro los proyectos, me enfrasco con los albañiles y los maestros de obras, y mi güerita es la que se hace presente para cobrar, administrar y ordenar los dineros. Lo increíble de todo esto es que antes de cruzar palabra contigo me figuraba que yo era el único cónyuge en el mundo capaz de dejarse mangonear por su mujer. Pero ya veo que no. Ya somos dos.

Después del chascarrillo rieron con ganas.

—Es que eso no significa dejarse mangonear por ellas —expresó cuanto antes Daniel antes de darle velocidad a su monólogo—. Es reconocer que nuestras parejas pueden y quieren ayudarnos en las áreas que nosotros no gobernamos con desenvoltura. Ahora bien, si ellas asumen esa responsabilidad con resultados buenos, no veo porque nosotros se lo vamos a impedir. Yo no voy a contratar a un empleado más porque no quiero aceptar que mi cónyuge resulta excelente para esos asuntos. No es que ella sea más o menos inteligente que yo, simplemente se le dan las cosas mejor en el área que domina, eso es todo.

—¡Tienes toda la razón Daniel! Créeme que me has quitado un gran peso de encima. Pensaba que yo era un títere de mi mujer. Tus palabras me han hecho bien. Me has puesto en mi lugar.

Ya había pasado un buen rato desde que les asignaron mesa. La plática estaba sabrosa, pero su rumbo se estaba yendo hacia otro recodo que Daniel quería evitar. En un resquicio de la conversación pausó intencionalmente la charla, y desvió la dirección de la misma hacia donde él deseaba sostenerla.

—Oye, Gilberto, me tienes intrigado. Si mal no recuerdo te interesaba conectarte con Richard a través del sueño. ¿Cómo te fue en el intento? Quedamos en que lo practicarías con todo el fervor posible. ¿Lograste algo positivo?

—Déjame te comento que las cosas se dieron en un sube y baja de manera irregular. Los primeros meses me costó casi un ojo de la cara hacer contacto con él; pero una vez que se dio el primero, no lo solté. Ciertamente, el enchufe nunca fue físico, aunque sí considero que hubo un acoplamiento entre ambos. Como aquí lo platicamos en su momento, mi quehacer era sumirme en un sueño controlado y ahí lo retenía como si estuviera realmente a mi lado, entre mis paredes, amparado bajo las sombras de mi habitación. Advierto, yo dominaba plenamente el control onírico de mis percepciones. Fue algo que logré hacer después de muchos intentos. En esa intimidad lo presentía, lo figuraba como si él estuviese ahí, presente. De ese modo muchos días me familiaricé con su vecindad. Mi recámara, que fue la suya en vida, intuía su silueta nubosa o su sombra, llámale como quieras, pero sentía que ahí estaba él. Un perfil difuminado entre los muros de mi cuarto, concibiendo su imagen intacta en mi cerebro. Semanas enteras de intuirlo me transportaron a una feliz estadía en mis pensamientos. Yo calculo que esas visiones se dieron positivamente unos tres años y fracción.

—Esa visión, que comentas, ¿era clara?, ¿le veías el rostro?, ¿lograron sentirse en físico?, ¿escuchaste algún cuchicheo?

—Para nada. Siempre veía volando algo por encima de mis ojos, como si fuesen nubes corporales vagando sin descanso en torno a mi habitación.

—Si nunca le viste el rostro o cruzaste palabra con él o pudiste abrazarlo… ¿cómo puedes asegurar que era el Richard?

—¡Ah! Porque cuando yo me comunicaba con él, esas nubosidades oscuras oscilaban, la opacidad de las paredes mudaba del negro intenso al semi claro. Además, percibía un vientecillo muy ligero que movía los vellos de mis brazos. Por eso aseguraba que él estaba conmigo. Sin embargo, para mi infortunio, un día ya no se presentó. A pesar de insistirle, de suplicarle, de poner mi mente en máxima concentración y toda mi energía en ello. Así como lo oyes. De una noche para la otra, no supe más de él. Lo extrañé tanto que hasta me enfermé. Adelgacé casi como un inválido. Entonces sí sucedió que no conciliaba el sueño. No te miento, pero pasé cerca de seis meses sin dormir con normalidad. Siempre desvelado, con ganas de suicidarme, carajo. Me vi en unas condiciones verdaderamente lamentables.

—¿Crees que ya lo superaste Gilberto?

—¡No! Yo creo que no. Aún no. Cuando un hijo se va antes que tú, no hay remedio que valga. ¿Pero qué puedo hacer? Este asunto se lo he dejado a Dios. Ahora comprendo que no puedo regresarlo al mundo de los vivos. Ya digerí su fallecimiento. Al fin encontré la resignación.

Daniel no quiso quedarse callado, persistió en su empeño de mover las partes blandas de los sentimientos de Gilberto. Sabía cómo hacerlo, solo era cuestión de provocarlo para que cayera nuevamente en el enceste. Todavía recordaba las aseveraciones de su hijo cuando decía que la mente de su padre era un nicho fácil para su acomodo. Y si él lo apuraba en los vericuetos astrales, con toda seguridad Richard, desde donde estaba, volvería a conectarse.

—Si yo te dijera que hay otro modo de comunicarte con él, ¿lo harías?

—Tú sabes que sí lo haría. Cualquier cosa. Nomás de pensar que no soy ni el cincuenta por ciento de lo que yo era cuando él vivía conmigo. Claro que me atrevería a comunicarme con él otra vez. ¿Y cuál es ese otro modo?

—Poniendo en práctica lo que tu hijo hacía cuando se preparaba a ver sus propias cirugías del cerebro desde lo alto de un rincón en la sala de operaciones. Él mismo te contó detalles y pormenores de sus visiones.

—Te digo una cosa, Daniel. No me lo vas a creer. ¡Nunca le puse atención! Me contaba, sí, pero yo me imaginaba que él se imaginaba cosas como consecuencia de sus males cerebrales. Decía que se suspendía por el aire para ver cómo operaba el neurólogo. Para así retarlo y después contarle al mismo médico lo que había sucedido dentro de la sala de operaciones. Cuando lo escuchaba proferir tales versiones, el doctor las interpretaba como una afrenta. Se me figuraba que lo supuestamente visto por mi Ricky, él lo magnificaba para que todos voltéaramos a verle. La verdad es que siempre pensé que mi hijo lo provocaba porque quería ganarse la atención de su propia familia. No lo culpo. Sospechaba que lo hacía por celos. Tal vez sería por cuestiones del azar que nunca escuché a mi hijo detallar cómo es que el cirujano le metía las manos dentro de su cerebro, sin duda se hubiera robado mi atención.

—O sea que nunca le creíste.

—No es que le creyera o no. Por supuesto sabía de sus poderes. Pero eso de lograr suspenderse en el aire para observar a los médicos en su propia cirugía, lo juzgaba como un pensamiento hablado desde el rincón de su desesperación por no dejar este mundo. Justamente ahí confinaba mi dolor, oyéndolo expresar cómo es que su cerebro rendido en la sala de operaciones se desmadejaba. En pocas palabras, platicando acerca de su suplicio horadaba mi conciencia.

—Entiendo amigo. ¿Quieres que te diga cómo hacerle?

—Por supuesto, ¡Adelante!

Como en todo, Daniel comenzó desde el principio. Como si sentado frente a él tuviera a un tenso estudiante universitario en su examen de admisión. Le habló de los fenómenos asociados a los misterios del ser humano. De los múltiples episodios extracorpóreos. Del desdoblamiento de la conciencia. De la idea de vida tras la muerte. De explorar todas las expectativas.

Como complemento, le platicó acerca de las investigaciones científicas realizadas en los últimos años. De las conexiones entre los viajes astrales. De las experiencias cercanas a la muerte. De los estados hipnóticos y de finales diversos en el mundo de lo astral. Le dijo tajante que debía admitir a su cuerpo como una cosa y a su espíritu como la otra:

—Tú eres tú —le subrayó mirándolo directo a la cara—, y tu cuerpo es algo que no tiene importancia. Tu cuerpo no cuenta, tú eres quien manda. No necesitas de tu cuerpo. En el afán por desdoblarte tienes que conseguir que tu cuerpo muera. Es lo más difícil. Comenzar a morir. Ese era el secreto de tu hijo. Abandonarse físicamente ante la tortura. Así fue como superó el suplicio. Por eso lograba suspenderse, porque su conciencia se desprendía fácil de su cuerpo. Claro, hay que trabajar mucho para lograrlo.

—Entiendo. ¿Y con eso qué ganaré?

—Colocarte en el mismo espacio en donde él reina. Cuando consigas al fin suspenderte y realizar tus primeros viajes astrales, seguro lo hallarás. Porque te remontarás a su nivel. Estando fuera de tu cuerpo viajarás en el mismo cosmos en donde tu Richard acostumbra a estacionarse. Él no ha muerto para ti. Eso es lo primero que debes pensar. Él está al alcance de tu conciencia. Cuando lo quieras ver tendrás que viajar hasta donde él está, seguramente esperando por ti.

—Ya que me hablas de todo esto. ¿Por qué crees tú que el Richard huyó de mi habitación?

—No conozco el mundo en donde vive tu hijo. Pero si me recargo en nuestra lógica, me obliga a pensar que rebasó su meta. No en veces, no en la repetición de sus apariciones, sino en la capacidad intelectual de las conexiones que ensayó contigo, sin llegar a tentar tu intención de transportarte hasta su espacio. Creo que su presencia habitual atrapó tu indolencia. Pero ahora, con su silencio y ausencia, te está invitando a que lo hagas. Para decirlo rápido, te está esperando. Así lo veo.

Se le quedó mirando directo a la cara, a la expectativa de lo que dijera. Pero éste seguía en pleno mutismo. Como licuando sus ideas y ordenando las siguientes preguntas. En eso, Daniel volvió a interpelarlo. Quería saber su guardadito que tenía sobre su haber.

—Dime algo que me parece importante. En las apariciones con el difuminado Richard en tu cuarto. ¿Oíste su voz? ¿Un ruido, un carraspeo, una señal?

Gilberto rápidamente contestó:

—Nunca. Ya te dije que no.

—Ya lo figuraba. Nunca le diste la oportunidad de hacerlo. Siento que lo primero que te pediría sería que fueras hasta él. Vas a tener que flotar en tu habitación si es que quieres reunirte nuevamente con tu Richard. No hay de otra.

—Eres muy facilito para motivarme, pero eso que propones es harto difícil. Yo, suspenderme, ya mero. Yo, viajar fuera de mi cuerpo, ¡bah!

—Cuidado con lo que dices. ¡No estoy diciendo que ya la hiciste! O que es sencillo… ¡No! El Richard me contó que lo practicó mucho tiempo hasta que pudo ejercer cierto predominio sobre este fenómeno psíquico. Hazte de sus libros. Por ahí han de estar guardados. O vete a la FIL, que por cierto ahora está instalada; como dijiste, se pone los diciembres. Compra cualquier libro relacionado con esto. No olvides que él comenzó con un sueño al que pudo encontrarle un significado y un porqué en su creación, de esa manera empezó a horadar el mundo que lo transportó a otro espacio. Yo pienso que si puedes dominar la aparición de los sueños en tu mente, como ya lo has hecho, puedes también sumirte en una profunda concentración para desprender la conciencia de tu cuerpo. Y si no dime, ¿qué es un sueño? sino el traslado de tu mente hacia otra imagen creada por tu conciencia. Una idea que está implícita en las funciones de la memoria.

—¿Quién te enseñó todo esto?

—Nadie me enseñó, tú hijo fue el que me motivó, despertó la cosquillita de mi curiosidad. La experiencia de estar con él y escucharle me llevó al túnel de la exploración. En los últimos tiempos he leído más al respecto de lo que puedas imaginar. Hasta me creo capaz de darte una catedra de fenómenos físicos y psíquicos. ¿Como la ves? —le afirmó sonriendo.

El viaje astral de Gilberto

Marzo del 2005

A lo que menos aspiraba Gilberto era a vivir del recuerdo. Estacionarse en el andén del pasado le impediría plenamente disfrutar de su presente. Vivir del recuerdo lo debilitaría. Era como enchufarse a una extensión sin corriente eléctrica. Es decir, perdería entereza.

No quería malgastar más energía de la que ya había dilapidado. Deseaba evaporar sus culpas, liberarse de auto castigos, expulsar su masoquismo. Romper con ese sentimiento de pecado y omisión tan socorrido por la iglesia católica. Inventar y descubrirle un sentido sano a todo aquello por lo que había pasado. Dar en el blanco para hallar un nuevo significado de vida. Proponerse ser feliz, con todo y las cicatrices en el alma.

Según su amigo Daniel estaba en él mismo regresar al terreno incorpóreo de su vástago. La idea, que parecía alucinante, era casi imposible. Había que superar severas limitaciones que veía enfrente. La más difícil era la de explotar el tiempo para dedicarse a la insalvable concentración. La otra era el espacio para practicarlo cotidianamente hasta obtener algún aliciente que lo motivara. Para tal efecto era obvio que requería un sitio donde no lo molestaran. No era lo mismo decir "buenas noches", después de cenar y ver el noticiero, que irse a su habitación a eso de las siete de la tarde. Porque aparte de mostrarse indiferente con la familia, no tendría pretexto razonable para retirarse temprano. Aparte de que sus tareas laborales se lo permitieran. Además, tendría que leer, informarse, prepararse para ponerse en órbita con los misteriosos viajes astrales y, desenganchar su cuerpo, descubriendo en dónde supuestamente estaba estacionado su Richard.

Con la mente puesta en la memoria de su hijo, pensaba en el tiempo enorme que tuvo para ensayar, practicar y sondear cada una de sus posibilidades. Así fue ganando confianza, destreza, habilidad en su propósito. Claro, al final llegó a dominar todo terreno sin una pisca de miedo. Con premeditación y ventaja su hijo había contado con espacio, tiempo, soledad, silencio y un sinfín de elementos que le favorecieron para adueñarse de su plan.

Para él no sería lo mismo. Analizándolo, en casa no podría foguearse a sus anchas con los ejercicios mentales. ¿Dónde? Cavilaba detenidamente. ¿En casa de un amigo? Daniel vivía al otro lado de la ciudad, imposible. No contaba con otro camarada capaz de cobijarlo en ese sentido. ¿En una biblioteca?, ¿a qué horas y cómo?, ¿en una iglesia? Hasta risa le dio esbozarlo. Gilberto era un tipo que no generaba amistades. No era un fabricante de relaciones públicas. Casi un ermitaño. Su pretexto siempre fue ¿con qué tiempo? Parco, serio, absoluto. No hacía migas profundas con nadie. Con la gente se manejaba de lejitos. Sus asuntos los regía directo y al grano. No se enredaba sosteniendo subterfugios ni escondrijos en sus charlas habituales. Tenía sus formas e instintos en el singular intercambio de impresiones que nunca modificó. Franca y lisa sustancia en su personalidad. Un rasgo que siempre lo distinguió desde jovenzuelo.

De vez en cuando le llegaban ráfagas a su mente de cuando era agraciado y joven, como dicen. Tuvo un amigo por allá de sus veinticuatro años casi dejando de ser universitario, con un final no tan feliz, cuando se lio a golpes con él. Una amistad que duró sus buenos años. Una discusión, un desacuerdo, y ¡zas! la hora de los leñazos llegó sin previo aviso. El supuesto amigo había mostrado el cobre y ponerlo en su lugar era una obligación para los cuates de la colonia. Todos le apodaban El Zapata porque, aparte de apellidarse así, era un tipo broncudo, con suficiente dinero en el bolsillo, con auto particular para ir a la universidad, siempre bien vestido, pero que su estilo para integrarse con la palomilla lo lucía con ínfulas de prepotencia y sintiéndose superhombre ante los demás. Este individuo se destacaba por sus desplantes vulgares, corrientes y medio agresivos. Una ocasión se puso a hablar por teléfono en una caseta pública con el pene al aire. Y aunque el tipo estaba bien dotado, sin duda, no era para exhibirse a plena luz del día y ante la vista de todo el vecindario. Claro, las vecinas llamaron a la policía, pero ni cuando llegaron los azules hicieron que se retractara. Al contrario, los polis rieron, éste les ofreció un billete y los uniformados lo dejaron ir sin condena que lamentar. El pleito que sostuvo con El Zapata fue a mano limpia y vigilado por todos los cuates que se juntaban en la cuadra. Cuando Gilberto sangró la nariz y la boca de su rival, los asistentes pararon la contienda y de ahí no pasó a mayores, pero bueno, la memoria le acarreaba esos recuerdos de una amistad que se volvió antagónica por las circunstancias. Por lo que hacer amigos con esos antecedentes no era muy de su agrado.

✳✳✳

Tres meses después de las fiestas de Navidad y Año Nuevo que, por cierto, pasaron sin pena ni gloria. La única idea que se le ocurrió fue la de ir a meterse a la espesura de un parque, donde la soledad reina en sus tardes sombreadas por los montones de árboles que crecen copiosamente en su interior. Y ese fue el bosque Centinela, ubicado en la zona urbana de Zapopan. Un vergel precioso donde el verde natural domina la vista de sus paseantes. Solo era cuestión de seleccionar un sitio apartado entre esa enorme extensión de la arboleda.

Ya entrado el 2005 comenzó a incursionar en la soledad de dicho bosque. Generalmente llevaba en su portafolio uno que otro libro encontrado en las repisas de la casa. Los libros de Ricardo eran fáciles de identificar. Aparte de los títulos o temas que eran de su predilección, estaban autografiados por él con fecha y lugar donde los había leído. Así que, parado al lado de un árbol o sentado sobre un peñasco, abría uno de ellos y, a manera de acordeón, se hacía fuerte leyendo en voz alta, o sacaba los apuntes de su hijo elaborados antes de su muerte. El caso era buscar a toda costa estar dentro de su espíritu. Cerraba los ojos, distendía los brazos, aflojaba su cuerpo y abría su mente hacia el infinito con la esperanza de acercarse a su deseo. No se esforzaba en aprisionar la figura de su Richard frente a él. Más bien procuraba no tener nada en su pensamiento que estorbara su llegada en cualquier momento. Antes de ello, inspeccionaba el lugar para asegurarse de la ausencia de ruido. El sitio escogido siempre era el más lejano del rodar de los automóviles. A pesar de cuidar los detalles, de repente paseaba uno que otro caminante, pero lo que veían éstos era a una persona rezando o pidiéndole a Dios por algo en especial. Eso era lo que Gilberto proyectaba ante los demás. Tristeza, nostalgia, melancolía. Un poco de misericordia para ese pobre hombre que seguramente padecería un gran sufrimiento.

De manera que sus sesiones las practicaba en cualquier rato que consideraba libre. En casa, por lo general durante las noches, al irse a su cuarto. En el camión, cuando iba de un lado a otro. En el bosque, al acudir por las tardes sin la premura de sus obligaciones. Y, lo más asombroso, lo practicaba al caminar. Le nació un capricho repentino. Le encantaba caminar y caminar largos trechos. Se percató de que haciéndolo se desconectaba de su realidad viajando a la madriguera de sus deseos. Comenzaba su marcha y su mente se trasladaba al cosmos en automático.

El tercer domingo de marzo, recostado en el amplio sofá de su casa y ensayando sus maniobras mentales, percibió una misteriosa e inusual sensación en su cuerpo. Como si su organismo fuera tomado por otro. En un inesperado momento se encontró en un estado que no reconocía. No le dio miedo experimentarlo, al contrario, dejó que este efecto inundara su cuerpo. Se sintió aspirado por una fuerza extraña. Una succión ascendente que lo impulsaba al exterior de su tronco. Por increíble que fuera se vio flotando en su propia casa. Su esposa e hija habían ido a entretenerse al cine, por lo que Gilberto disfrutaba de su paseo aéreo por arriba de los techos. Se dio cuenta de que su visión tenía una amplitud magnánima. Mayor precisión luminosa sobre los muebles, paredes y cuadros que adornaban la casa. Oía todos los sonidos de forma amplificada, como si él fuera un aparato estereofónico en donde atrapaba cualquier resonancia por grave que fuera. Estando en los aires, imantado por las alturas de la casa, de primero no podía controlar el curso de su cuerpo que se metía en problemas entreverándose por clósets, espejos, roperos, paredes, puertas y de habitación en habitación. Al final se percató de que ya no era material. Estaba suspendido en el trayecto de su primer viaje astral. De aquí para allá y al revés. Derecho y chueco se fue, hasta que sus tropiezos lograron enderezar la direccionalidad de sus voluntades. Una vez afianzado en la conducción de su corporeidad volátil regresó a su punto de partida. Se hallaba listo para hacer conexión con su hijo. Pero presentía, sin equivocarse, que una vez conectado con su Richard en el más allá, difícilmente regresaría.

Acomodado nuevamente en el sofá le invadió una alegría desusada. Los ojos se le mojaron sin quererlo y sus gotitas hicieron dos hileras delgadas sobre sus mejillas. El júbilo provocó que abordara fronteras no incursionadas antes. Hasta entonces volvió a acordarse de Dios y le sonrió por permitirle darle alcance a su máximo deseo. Sus lágrimas se mezclaron con la sonrisa y la alegría se amontonó entre el desorden de sus sensaciones. Comprendió que ese era un momento crucial al que había llegado. Lo presintió. Podría marcharse en cualquier instante sin el permiso de nadie. Solo era cuestión de hacer contacto con el ser que más amó en el mundo donde él todavía habitaba.

Estaba por llegar su mujer a casa. La mujer que siempre adoró como parte de su parte. Como un todo sobre el todo. Ella era su piedra angular, su brújula, la voz cantante, la decisión última, el beso premiado, el abrazo de su gloria. Lo mejor de su vida. La madre de sus hijos. Pero, como siempre, hay un pero en la sopa. Se preguntaba: *Me voy o me quedo. Se la debo a mi esposa. Se la debo por su lealtad, por su coraje, por su fidelidad, por su contundencia para resolver lo más intrincado. Qué dilema, ¿qué debo elegir? ¡No sé qué hacer! Mi hijo vino al mundo gracias a su vientre, pero hoy mi muchacho habita en otro mundo al que me ha llamado. Y yo quiero que me lleve. Quiero ir al mundo de mi hijo. ¿Qué hago?*

Con su Kily había vivido todo. Luego le llevaba flores, un regalito tonto entre las mil cosas por hacer, le ponía recados en su bolso para apantallarla, le escribía poemas malísimos, pero con la mejor intención, o se fusilaba uno de Sabines o de Neruda. El cine, el teatro, el sexo y todo aquello que conlleva al ritual del cortejo. La amaba sí, pero la llamada de su hijo era imperiosa, necesaria, vital.

¿Se iría?

Yo sí regresaré

El mundo habitable queda ahora en el lado mortal. Aquel en donde hay odio, ira, violencia, acritud. Esa humanidad que rompe, hiere, deshace, quema y desaparece. Propiedad imperfecta del libre albedrío mal conducido. Espesura de llanto. Tierra que nació virgen, pero defectuosa, proclive al rencor. Globo terrestre ahogado no solo en los océanos, sino también en el resentimiento y en la enorme polución.

Gilberto y Ricardo juntos presencian lo que antes vivieron sus ojos desde un estado distinto de las cosas. Contemplan lo evitado, lo que fue prohibido sin un cejo de asombro. Donde ellos están no hay calendario que indague fechas o que imponga conmemoraciones. No hay reloj cuya terquedad someta a una cita. No existe el minuto ni la hora. No hay aduanas ni fronteras. No existe el término de libertad porque no se conoce la esclavitud. No hay mundo, hay espacio. No hay paredes que encierren al hombre porque el aire autoriza la independencia.

En el espacio donde viven hoy no hay palabras ni frases que quiebren los aires. No existe la voz que marque una intención en su volumen. No hay tonos en su emisión. Solo miradas repletas de entendimiento que llenan cualquier vacío. La mente localiza a otra mente y transmite su gestión. El intelecto se posa en la sensatez que no requiere capacitación ni adiestramiento. En un palmo de su universo se comprenden como si su amistad fuera de siglos con un mero gesto facial.

No hay felicidad en este cosmos porque el sufrimiento no llega ni a ser forastero. Solo existe la paz y la concordia entre el sesgo de sus nociones. El llanto se quedó en la humanidad donde el ángel más bello reina sobre una tierra bíblica nacida para morir. Gilberto y Richard no requieren de un libro, todo lo saben. Donde hoy habitan es el espacio del conocimiento, de la razón y la sabiduría.

Aquí no ha llegado la modernidad tecnológica que en el mundo terrestre es indispensable para competir con el otro. No hay computadora ni teléfono celular. Mucho menos la televisión idiota que encadena al sillón durante horas y envicia al televidente a una programación obsoleta y podrida. En este cielo tan extendido la verdadera ilustración está en el cometido de unir a muchos seres intangibles en consonancia con el fin de entretejer un firmamento al que llaman paraíso. Los perfiles de los seres no se contienen de sangre, no hay herencia ni extensión sanguínea. Por lo que padre e hijo no aparentan serlo. Gilberto aborda en el lugar sin medidas su nuevo plano astral, viviendo en el más allá junto a su ser más querido, ahí donde no existe la muerte y el alma inicia un viaje ascendente a través de los aires hasta lograr un éxtasis experimental fuera del cuerpo humano.

✳ ✳ ✳

Una extraña mañana a finales de un marzo estropeado del año 2005 las cosas para Gilberto cambiarían de manera sustancial. Uno de sus hermanos, Eduardo, que por cierto era médico naturista, estaba de visita en casa. Su esposa y su hija en ese instante ausentes. Ese día su Kily se ocupaba del asunto de un contrato hidráulico por firmar. Zujey había salido temprano a la oficina donde se empleaba. De manera que Gilberto decidió platicar un rato con Eduardo e intercambiar con él algunos puntos de vista. De su familia sanguínea nunca lo visitaban, por lo que ahora se sentía agraciado de recibirlo en su hogar.

Eran las nueve de la mañana y oyendo ruidos en la cocina supuso que su hermano andaba en busca de un refrigerio. Así que se metió en unos vaqueros, se abotonó una camisa de manga larga, acomodó sus pies en unas chanclas y recorrió las escaleras bajando siempre apoyado en el barandal. No se sentía viejo, pero casi en los sesenta y dos había que tomar precauciones para evitar un desaguisado.

—¿Qué haces de metiche en la cocina, muchacho?

—Se me antojó un café y, ya ves, aquí me tienes, preparándolo.

—¿Ya encontraste la cucharita?, ¿el café y el azúcar?

—¡Ya Pepe! Ya los encontré, no te preocupes.

A él se le hacía tan cómico y extraño que su hermano le llamara Pepe. Remaba su imaginación hasta los confines de su infancia; la remontaba hasta su adolescencia, donde los vecinos, parentela y amistades lo conocieron como tal. En verdad, solo hasta que se casó fue que su señora lo sacramentó como Gilberto. "Me habrás de perdonar mi cielo", le dijo, "pero para mí no eres simplemente Pepe, para mí eres Gilberto. Se oye intransferible y siento que le va mejor a tu identidad". Razón por la que ahora escuchar "Pepe", en viva voz, le producía salpullido en su piel morena.

Aprovechando el silencio cortado de a ratos por la cucharita golpeándose contra la taza de café, Eduardo inició una sesión de preguntas y respuestas:

—¿Cómo has estado?, cuéntame. Me dijo tu señora que últimamente las cosas no han caminado bien en tus negocios. Y que no te ve bien de salud. Dice que andas como despistado, que todo se te olvida. Que seguido te pierdes en las calles y que ha tenido que ir por ti para auxiliarte. ¿Se puede saber qué te pasa?

La mirada extendida de Pepe apareció cosmogónica, intensamente profunda. Creyó que era el momento de desahogarse con él. Contarle la verdad sobre su inestable comportamiento. Confesarle abiertamente que su cabeza estaba en otra parte. Que con extrema frecuencia se iba de este mundo para estar en el universo de su hijo, con el que se comunicaba clandestinamente. Contarle cada inquietud que estaba viviendo, cada sueño que se prolongaba. Relatarle que era feliz prendido de su Richard, disfrutando de un cielo al revés del humanamente conocido. Que ya no era dueño absoluto de su tiempo puesto que su hijo, desde el más allá, lo gobernaba. Y en el instante que lo requería, se suspendía, dejaba de ser un simple terrícola para irse de inmediato al territorio de su astralidad. Pero también como relámpago pensó que tal vez ni siquiera explicándoselo detalladamente lo entendería. Desmenuzarlo sería como platicarlo en otro lenguaje. No lo descifraría, con todo y que ambos eran hermanos carnales.

Su transformación en los últimos meses era para alarmar a cualquiera, lo adivinaba. Hacerle comprender a Eduardo lo que él experimentaba no sería nada sencillo, principalmente si nunca lo había palpado. Su hermano, siendo médico, naturista y sus hábitos cotejados bajo la vitrina de la ciencia, lo tacharían de iluso en un santiamén. El ser siete años mayor que él no le proporcionaba el crédito omnímodo para hacer valer su palabra.

—No pondré en tela de juicio las observaciones que te ha hecho mi mujer. De verdad, lo siento. Pero debo admitir que los tiempos que enfrento ahora son tan diferentes a los que viví hace apenas unos años. Cierto, me extravío por las colonias donde voy. De pronto no sé dónde ando. La brújula se me pierde y la única salvación que encuentro, y hasta ahora no he olvidado, es el teléfono de casa anotado al reverso de mi cinturón o en la palma de mi mano. Gracias a ello Kily está más tranquila. Si estás pensando en el Alzheimer, caerías en un error. No es eso. Es que reconozco que soy cada día más pendejo que antes.

Los dos rieron como si evocaran al pretérito pulido en los anales de la historia del siglo XX. Una vez repuesto de la risa sinvergüenza, Eduardo prosiguió:

—Me dice que ya no te deja salir solo. Tiene miedo de que te ocurra un accidente en la calle. Me contó cosas que apenas le creo. ¿Es cierto que tan solo te ocupas de las cuestiones técnicas y de la planeación de tus proyectos, y a ella le dejas la administración y las cuestiones financieras de los contratos hidráulicos que amarras en las construcciones?

—¡Es cierto! ¿Y qué pasa con eso? No tengo porque mentirte, ni sentirme menos por ello. Ella ha resultado ser un excelente elemento para negociar con ciertas ventajas las cláusulas que amparan nuestros convenios. Justo ahora se encarga de ir a concertar las limitaciones de un acuerdo, previo pacto ya concretado la semana pasada. Los patrones al verla cruzar el umbral de su despacho se ponen a temblar. ¡Créeme! La ven como una dama enérgica, decidida para hacer valer sus derechos. No tengo queja, lo hace muy bien. Por lo general mi vieja se sale con la suya. Y te diré algo que una vez un amigo me aconsejó: Si ella lo hace mejor que yo, no le voy a estorbar para que realice su trabajo. —Y al terminar de decirlo le vino a la mente aquella charla que tuvo con Daniel en donde éste le aconsejó hacer lo mismo.

—¡Vaya! Te quitaron lo machín. Y te convertiste en mandilón.

—Para nada. Solo reconozco sus virtudes y sus…

De súbito el cielo se cerró, la luz se fue de sus ojos en la mitad de un segundo. A Pepe el habla lo enmudeció como el chubasco eléctrico después de haberse descargado sobre la ciudad Su hijo Ricardo lo llamaba de modo imprevisible justo en ese instante. Ya no sintió ni vio nada. Se fue de la Tierra. Ni siquiera su ardua respiración existió en su memoria. Su propio hijo lo arrancaba de raíz del suelo físico. Eduardo atestiguó cuando su hermano mayor, a metro y medio de distancia, se le venía de bruces sobre el mosaico. Aunque quiso, no pudo detener el cuerpo de Pepe que, sin defensa, se estrelló en el piso. Se dio un tremendo golpazo en la cara, sin que para ello pusiera las manos de por medio.

Eduardo pensó de inmediato: *Por Dios. ¡Qué chingadazo!*

Absolutamente sin sentido, derrotado, deshecho, sangrante, había quedado el cuerpo exangüe de su hermano mayor sobre la losa blanca de la cocina.

Con inmediatez dejó la taza de café encima del mostrador y se dio prisa para socorrerlo. Su hermano yacente le daba la espalda. Con extrema urgencia lo volteó cuidadoso. Miró su rostro con meticulosa avidez y emprendió lo consabido para practicarle los primeros auxilios como cualquier doctor en medicina lo haría. Sus signos vitales, su respiración, el pulso, sus pupilas y, en fin, todo lo que concierne al caso.

Desabrochó su pantalón, le zafó las chanclas que parecía tenerlas enredadas entre sus pies desnudos. Desabotonó ambas mangas de su camisa. Averiguó que respiraba porque el movimiento leve de sus fosas nasales lo anunciaba. Una vez que realizó la primera inspección se fue sobre el profuso sangrado del que era víctima su cara. Tomó un trapo de la cocina, lo empapó y se dio a la tarea de limpiar la herida. Era una clara abertura en la frente de aproximadamente cinco centímetros, tal vez más. Tomó su pañuelo y a manera de apósito lo usó para presionar el corte y así calmar un poco el chorro de sangre. Tuvo que esperar un tiempo razonable para dejar que el hilillo rojo dejara de husmear sobre su frente. Toda vez que lo logró, comenzó a coserlo con aguja e hilo de algodón que encontró en la cómoda de la recámara principal. No había de otra. Sí, así fue. Tuvo que hacerlo porque Kily no llegaba. No sabía de su paradero y Eduardo ignoraba a qué hora cruzaría por la puerta nuevamente. Además, no podía trasladarlo a ningún hospital de la Cruz Roja; primero, porque él no traía vehículo en que moverse; y segundo, porque apenas conocía la ciudad metropolitana de Guadalajara y seguramente tropezaría con muchas dificultades para ponerlo en un lugar seguro. De manera que no le quedó más remedio que poner manos a la obra. Unas puntadas sin anestesia y con un singular y corriente hilo blanco culminó la faena. Después de ello, como pudo arrastró a su hermano, todavía inconsciente, al sofá de la sala. Allí lo recostó, y sin descuidarlo un momento, de rato en rato le mojaba los labios para mantenerlo hidratado mientras llegaba su cuñada.

Él estaba de visita en la casa. A nadie conocía. Entonces, para hilvanar con cierta cordura un seguimiento de ayuda a su accidentado hermano, requería por lo menos tener una noción de la ciudad, el teléfono de algún pariente, un conocido, en fin, algo con qué enfrentar esta desgracia que estaba viviendo. Lo único que se le ocurrió fue tratar por todos los medios de revivir a su hermano mientras que Kily llegaba para llamar a una ambulancia y trasladarlo a un hospital. Por lo que, pasado el trago amargo, él rogó intensamente que su cuñada no tardara mucho en llegar.

A Eduardo le atacó un hambre atroz. Desde las ocho de la noche anterior, en que se fue temprano a la cama, no había probado bocado. Sus ojos abrazaron el reloj. Marcaba las cuatro y media de la tarde y desde las nueve de la mañana estaba metido en ese problemón. Fue al refrigerador, agarró lo que encontró y, como gorila, con los dedos se metió a la boca el alimento. Una tostada, un trozo de queso, unas rebanadas de jamón y aguacate, y al final una lata de atún entró por su intestino vacío a punto de la inanición.

Ya más tranquilo y con algo de comida en el estómago, al pie del congelador notó que el cuerpo de Pepe se movía. Se acercó, y en su rostro se asomó algo de lucidez en sus facciones. Encontró sus ojos en el camino de los suyos y se dio cuenta que trataba de decir algo, hacía un esfuerzo por hablar, pero la voz lo traicionaba, no le salía de su garganta. Sus labios se movían intentando enunciar algo que no alcanzaba a proferir. Afasia expresiva. Voló su mente hasta el ecuador de su pasado estudiantil. Un calificativo en el archivo de su raciocinio médico. *Eso ocurre*, se repitió Eduardo, *cuando el enfermo sabe lo que quiere decir, pero tiene una gran dificultad para exteriorizarlo.*

Dieron las cinco y media de la tarde y la señora de la casa entraba con una bola de tiliches que traía en sus brazos. Los dejó por ahí y se introdujo en dirección del sanitario. Cuando salió del mismo se fue en busca de los que estaban en casa para saber cómo la habían pasado. Enorme fue su sorpresa cuando vio a su marido tristemente tirado sobre el sofá de la sala con visibles chipotes en el rostro. Cosido de la frente. Hinchado de los labios, con los pómulos enrojecidos y los ojos todavía medio desorientados.

El doctor no perdió el tiempo en flaquezas, le narró desde la "a" hasta la "zeta" los pormenores. Inmediatamente después de desmenuzar los detalles de lo ocurrido, se llevaron al descalabrado al Hospital Civil de Guadalajara, donde a Kily de sobra la conocían. Pero ahora no llegaba con su Richard, como fue la costumbre hacía apenas siete años. Aterrizaba con su marido estropeado y bastante atolondrado por un severo traumatismo craneal.

Encaramados dentro del taxi, Gilberto iba con la cabeza recargada en las piernas de su señora. No le importaba en absoluto ver las calles y le valía madres si había un tráfico endemoniado esa tarde. Él se sentía reconfortado así. Sintiendo las manos de su Kily acariciar su cabeza pelona, mientras el carro de alquiler zigzagueaba entre los baches de la ciudad. Escuchando a su hermano cuando le contaba a Kily lo sucedido, se enteró que lo conducirían por los reconocidos pasillos y salas blancas de la macro clínica de Guadalajara, donde su cuerpo mudaría de dueño y los médicos lo pondrían de cabeza. El golpe en la frente no era para menos. Su cara maltrecha, chipotuda. La nariz le dolía de a de veras, tal vez traía roto el tabique. Iba sin su dentadura superior postiza. Seguro que ésta con el impacto cayó al piso, se fue a meter por debajo de la alacena. Sentía que los dientes inferiores se le desprendían hacia afuera. El porrazo en el suelo todavía lo acompañaba, de eso habían pasado ya más de siete horas. Y él, sin poder articular una palabra.

Con todo este panorama encima, Gilberto permanecía casi inconsciente, enredado en sus propias reflexiones, imaginando que con toda seguridad los médicos del hospital vaticinarían una maligna función cerebral. En cambio Kily y su cuñado, el doctor, lo analizaban desde otro punto de vista. Algún motivo había causado este estropicio en su cerebro, aunque ellos intuían un infame desmayo por extrema debilidad.

Por otro lado, Gilberto, estando en la frontera de lo sobrenatural, últimamente había forzado muchísimo a su subconsciente. Viajar y peregrinar en dos zonas a la vez. Era mucho ir y venir. Estar en el espacio espiritual de su vástago y luego regresar al mundo de los terrícolas, con su hija y su mujer, era demasiado el trajín. Imposible hacer doble vida en globos desiguales. Por eso es que ahora lo asaltaba el vago presentimiento de que una vez ingresado al hospital ya no saldría. Entró al umbral del desasosiego, tarde o temprano tendría que tomar la decisión de irse o quedarse. Nuevamente en la disyuntiva que hacía tiempo lo tenía dubitativo. Amaba a su esposa. ¡Claro que sí!

Sentada en el asiento posterior del taxi, Angelina se agachaba para buscarle un guiño en sus ojos y escucharle si por alguna casualidad emitía cualquier queja. Le iba implorando a todos los santos, pegada a su oído: "Cariño no me dejes sola, no te vayas todavía, nos faltan muchos años por vivir juntos". Ella veía cómo su hombre, en plena madurez, se atormentaba por sacar las sensaciones de su interior, pero solo quedaba en eso, en un intento fallido que la angustiaba cada vez más. Durante el trayecto notó el empeño que ponía por establecer comunicación con ella, pero apenas si el aire salía de su boca.

Media hora después, a punto de llegar al hospital, por fin, él pudo expulsar algunas palabras que ella escuchó con apuro entre el ruidoso exterior y el motor del taxi. "Amor, yo sí regresaré, de verdad te lo digo, sí regresaré", le repetía. "No te alarmes". En seguida de esa sorprendente confidencia ella le tomó sus manos, las besó y las apretó tan fuerte como pudo para sellar esa promesa que discernía a la perfección. Era un mensaje que solo entre ellos dos tenía significado, viajaba como la electricidad entre el cátodo y el ánodo. La pizca de un llanto vertió una gota sobre la cabeza hinchada de su viejo, y ella se dijo apesadumbrada: *La proximidad de la muerte siempre hace brotar verdades.*

Habían pasado siete años desde que su Richard se les fue y ambos recordaban, tan fresco como si hubiera sucedido ayer, cuando él les vaticinó que no regresaría de la última cirugía que se le iba a practicar. Hiciera lo que hiciera el neurocirujano dentro del ámbito de su neuromaquia, él ya no volvería.

En su mente estaba sellada esa imagen cuando el Richard se les fue. Todavía fresca estaba su lacra. Inolvidable razón para que su Gilberto exteriorizara su preocupación, obligándose a regresar. Kily lo escuchó balbucear: "Yo sí regresaré". Dos veces dicho, dos veces oído, dos veces grabado, dos veces sentido.

¡Mentira! Él sabía que no iba a regresar. ¿Por qué dijo esa mentira? Conocía su nuevo paradero. Alguna vez expresó un emperador romano: *"Morir no es otra cosa que cambiar de residencia".* Y en este momento lo consumaba. Abandonaba el nicho matrimonial para navegar en otro conocido firmamento junto a su hijo, quien lo había convocado de manera fulminante.

Efectivamente, veinticuatro horas más tarde, el cerebro de don Gilberto entró en estado de coma del que salió meses después, para morir.

Una historia encadenada

Se fue al instante en que su hijo lo llamó. Sin perder siquiera un momento en introspecciones. Había sido decisiva e intempestiva su pronta partida. Gilberto por fin supo la verdad: Así es el tránsito entre lo vacío y lo lleno. Entre la Tierra y el Espacio. Como un tronido entre los dedos, desaparece al instante. Ahora estás y en otro segundo ya no estás. El poder mental magnifica, enaltece, eleva. La mente altera los tiempos de vida.

Al ingresar Gilberto a esa dilatada extensión de extraña atmósfera, no tenía lenguaje para describir lo que admiraba. El encanto de las hermosas figuras que no podría asegurar que fuesen humanas, pero que sus siluetas lo sugerían por su contorno, pasaban volando al lado y por encima de su corporeidad. Aguzaba sus sentidos para percibir la perfección grandiosa de sus cantos. De sus murmullos, que asemejaban una melodía irreconocible, pero armoniosa, admirando el estadio de su reinado celestial. Como si en aquel cosmos no pudiera apreciarse nada sin advertirlo en su corteza. Un misterioso encuentro con algo nunca visto abrillantado por su propia naturaleza. Comparecía ante unas ondas que juraría portaban colores nada universales en la Tierra y que cruzaban por los aires como si fuesen trenzas rebeldes a la gravitación de los seres que las acompañaban. Hasta su mente llegó Albert Einstein, cuando predijo que el mundo se movía entre ondas gravitacionales. Y él, aquí y ahora, lo testimoniaba.

En vida consideró que la mente, el alma, el espíritu fueron parte invisible e intangible de su costal psíquico y orgánico. Creaciones de la conciencia que hasta ahora habría referido desde su incansable cerebro; pero, donde estaba, no sabía siquiera si esto le era familiar, porque ese aquí y ahora no podría considerarse humano, ya que se trataba de un sitio donde nada tiene superficie ni pared. Los conocimientos de Gilberto no eran tan amplios como para designar e intitular un espacio por donde se fluía como una pluma entre algodones. Su construcción mental se disociaba mirando un horizonte irreconocible. Un sentido común extraviado en una esfera cuyos colores no estaban archivados en su código habitual.

En la realidad humana, la familia y el otro definen la identidad de un individuo. Pero en este imperio celestial no encontraba a ese algo o alguien que le llamara por su nombre o por un rasgo de su personalidad.

La fe no entra en este parámetro de acción; es más, no existe. Y la lógica en esta dimensión en donde nada es material queda fuera de contexto. Y no es que Gilberto estuviera en contra de la fe; aunque siempre que entró al templo lo hizo para conmemorar algún festejo en particular al que fue invitado, incluyendo su boda con Kily. De hecho, en su vida profana nunca fue aficionado a la lectura, estaba más o menos enterado de los avances técnicos y científicos que, según su cacumen, parecían generar un encadenamiento continuo de exámenes, sondeos y de cálculos que reducían su relevancia en el orbe.

También, mientras estaba fuera de su cuerpo contemplando sus alrededores, era tremendamente bombardeado por infinita información sobre la naturaleza y estructura de un nuevo universo, uno que excedía por mucho el aforo de su intelecto y su capacidad de comprensión.

Lo extraño de todo esto era que Gilberto parecía adaptarse a este nuevo plano de existencia incorpórea, había perdido el temor a la muerte humana empujado por el entusiasmo de su vástago que lo arengaba sin cesar. Estaba convencido del hecho de que contiguo a la vida se avecinaba la conciencia hacia el otro lado. El puente entre ambos extremos era tan escueto que, sin precisarlo, se estaba en la otra orilla a solo un paso, sin dificultad, para cualquiera que se ocupara de ello con una mente abierta.

Persuadido por este inefable enamoramiento, adherido a la estampa abstracta de su Richard pensaba que, si la humanidad pudiera verse a sí misma y a las demás cosas como son realmente, el mundo terrestre estaría estructurado por esencias espirituales. En este apartado firmamento Gilberto estaba hechizado y persuadido de que no había principio ni final.

Cuánta razón le concedía hoy a Thomas Alva Edison. En su tiempo, a principios del siglo XX, lo acusaron de loco, porque desde entonces pretendió desarrollar una máquina que estableciera contacto con la muerte. Es decir que él ya intuía que la muerte es apenas, espiritualmente hablando, un vecino accesible. O a Sócrates, que hasta instantes antes de su muerte aseguraba que su espíritu seguiría viviendo.

Sin embargo, desde tiempos inmemoriales, la vida misma contiene y maneja sus aforismos o axiomas tan característicos como: *"Nada en la naturaleza mundana tiene un carácter permanente"*. *"Nada es eterno, nada existe para siempre ni desde siempre"*. *"Quien respira está en continuo movimiento hasta morir"*. *"El cambio y la mutación es una constante del mundo terrenal"*.

Era en esta vasta extensión, sin medida ni periferia, donde Gilberto elucubraba sus nuevas visiones. Un lugar desconocido, sí, pero que no inspiraba suspicacia ni recelo. Era un cosmos amigable, blando, sensible y favorecido por su medio. Todos iban y venían sin tropezarse y con un objetivo trazado. No había voces, tampoco estridencia. Reinaba el susurro sobre la reserva y la prudencia, el reposo. Una mirada prolongada traía el contenido, la palabra o la intención. No había señas o manoseo aéreo, lo que existía era una telegrafía que emergía de la propia acción incorporal destinando mensajes con estricto acierto. Comunicación dada de ingenio a talento, de juicio a razón. Intangible, imperceptible, pero asimilada por el emisor y receptor.

Y es justo en este estrato elevado donde Richard y su padre tienen un dialogo perfectamente descifrado.

Gilberto sabe que debe ir a despedirse. Cortar en definitiva con el cordón umbilical de un cuerpo que en el hospital todavía es vegetal. Sabe que solo ocupa un espacio muerto. Un tiempo sin vida.

"¿Y tú qué sabes del tiempo, si aquí no existe?", le argumenta Richard a su padre.

Y Gilberto pronto respinga: *"¡Porque lo leo en los ojos de tu madre! ¡En su semblante! En la oscuridad de su sonrisa. En su frente marchita. Recuerda, hijo, que a ella la amé primero que a ti. La conozco tanto como la playa a sus olas. Merece una vida mejor mientras que se encuentre allí entre el dislate humano. Ya cuando esté entre nosotros las cosas serán distintas. Nunca te dije, pero tu madre siempre fue muy posesiva, dominante, escrutadora y firme como la columna que sostiene al Ángel de la Independencia en Reforma. Le admiré su valentía para imponerse a lo imponderable. Solo un terremoto la quebraría. A veces le tuve miedo. Mucho más a su carácter que a su temperamento. Pero, bueno, la vida humana está anegada de esas pasiones en que a cada ser le urge tener la razón. Y tu madre siempre, aunque no la tuviera, quiso tenerla".*

✦✦✦

Doña Angelina se distinguió en todos los ámbitos por ser la defensora de la justicia, en casa y en otros lugares más. Una Juana de Arco al amparo de causas nobles, dignas, sin importar que en su intento fuera casi alcanzada por la hoguera, como sucedió en la historia fiel de aquella heroína francesa.

Impensado, quien lo diría. Pero su principal rival fue su propio padre que quería controlarlo todo. Absolutamente todo. Un patriarca de corte militar, dictador en su hogar como un Idi Amin Dada en la Uganda africana en sus tiempos. Un progenitor que asumió el poder en su hogar bajo el longevo pretexto de erigirse como el incondicional y único proveedor. Y eso era más que suficiente para considerarse el rey. Subrayaba que la mujer debía prepararse exclusivamente para ser entregada al hombre en matrimonio. O sea, macho entre los machos, el cabrón. Un señorón que imponía, que juzgaba, y que intimidaba con la última palabra.

Desde sus quinceañeras primaveras Kily fantaseaba con ser contadora pública. Cuando su padre se enteró de sus sueños guajiros, con la voz rotunda le machacó: "¿Para qué? Si pronto te vas a casar". El ingrato ejemplo de su papá le bastaba para odiar en primera instancia la ambición del matrimonio. *Si como es él son todos los hombres, yo no me quiero casar. Mandón, arbitrario, insolente, tirano.* Una vez que se sentaba en la mesa, quería que le sirvieran de comer al instante. La verdad es que eso la desalentaba. *Tiene que haber algo más que eso*, pensaba. No creía que todos los hombres fueran igual de zopencos que su progenitor.

Luego cambiaba de parecer a medida que crecía. Hubo un tiempo en que le dio por ser monja. Ser misionera. Le encantaba la idea porque leía en revistas que éstas viajaban mucho. Y viajar trabajando le entusiasmaba de siquiera pensarlo, le despertaba muchas ilusiones.

En otras tantas soñó bajo el velo de un espíritu de beneficencia que hacía mucho por los demás y poco pensaba en ella. *Primero los otros*, discernía... *y después yo.* Disfrutaba con dejarlos satisfechos. Esa conducta filantrópica la había recogido de su madre.

De jovencita se sintió una guerrera. A toda costa defendía a su mamacita, como ella le decía. Obvio que la protegía de las garras de su esposo, principalmente cuando él quería agredirla. La afinidad entre ella y su madre fue más allá de la simple filiación. Ola y playa. Luna y sol. Nunca estaban separadas y ambas se unían para navegar en las aguas tormentosas de su femineidad. El apego a su madre le nació desde sus abriles ingenuos cuando la consideraba su heroína. Continuamente ella la defendía de los golpes de su padre. Razones tenía y muchas. Por no hacer lo que se le había ordenado o por omitir una demanda, o simplemente porque ya era tiempo de ponerle las manos encima, como él les cantaba. "Ya se te subieron los humos y es hora de que te ponga en su lugar".

La química entre madre e hija fue tan patente que a don Ricardo le daban sus ataques de celos por la solidaridad que entre ellas existía. Es más, Kily sufría cuando su madre sufría. Lloraba cuando su madre lloraba. Pero también reía cuando doña Evangelina mostraba alegría.

Sin contar con el apoyo paternal, Kily se obligó a ser mejor hija, no solo para condicionar el lado sentimental de la autora de sus días, sino para mostrarse como la modelo a seguir en casa. Seguido su mamacita la ponía como ejemplo con sus hermanas menores y ella se enorgullecía de su papel.

Bajo el cobijo y amparo de su madre, y con deseos de superarse cada día, entró a estudiar cosmetología y estética en un instituto que en Ciudad Guzmán era de lo mejorcito. La idea a largo plazo era poner un negocio cuando pudiera valerse por sí misma. Un año después, sin embargo, para conseguir entrar a las aulas de la preparatoria del pueblo, fue toda una batalla campal conquistar el ansiado permiso del papá. Sus padres se dijeron de todo, hasta de lo que se iban a morir, pero al final, las dos mujeres se alzaron con la victoria. Doña Evangelina se salió con la suya y su hija Angelina pudo asistir a la prepa. Cada mañana, durante tres años, derrotaron al mazo masculino de la casa.

Eso sí: desde los quince años Kily fue muy asediada por los jóvenes y no tan jóvenes. En la escuela, en la calle, en la iglesia, en los paseos con sus amigos, inclusive en las reuniones en donde sus padres asistían como invitados. Ella siempre juraba que el día que escogiera a un hombre, a él se dedicaría toda la vida. Le sería fiel sin restricciones. No importaría si éste tuviera dinero o fuera un simple asalariado. Le quedaba muy claro que no quería dar su brazo a torcer con cualquiera. Quería por esposo a un hombre hecho y derecho. No a cualquier pelafustán.

De chiquilla fue muy hacendosa y acomedida. Le gustaba atender a los demás. Agarraba sus ondas de peinar a su madre, luego le cortaba las uñas, o le sacaba prendas del clóset para aconsejarle cómo vestir al acudir a un compromiso social. Cuando su padre estaba de buenas y se dejaba acicalar, también le cortaba las uñas de las manos y de los pies, y, aparte, se las pintaba. ¡Qué cosa! Lo afeitaba, le quitaba las canas de la cabeza y el pecho. Y depilaba los pelos rebeldes de las orejas. Extraño, pero su padre, luego se dejaba querer. Con cariño le recitaba: "Tú eres mi "consen", hija". Así era ella, de repente se le metía en la cabeza cortarle el cabello a toda la familia.

Se deleitaba complaciendo a otros.

Una tarde, casi noche, en que don Ricardo llegó a casa con unos tragos encima, le puso unas bofetadas bien sonoras a su niña consentida por no obedecer las instrucciones que se le daban. Pasó mucho tiempo para que a Kily se le olvidara el incidente. Eso sucedió porque esa noche le ordenó llamar a su mamá que estaba enferma y exigía que aún en esas condiciones lo atendieran. Su hija mayor se opuso categóricamente. No se iba a levantar de la cama para cumplir un caprichito del ogro de la casa. Fue suficiente para recibir dos bofetadas en el rostro. La propina recibida por su intransigente señor le provocó un zumbido en los oídos que le duró más de cuatro horas. Esa lección nunca se le olvidó. Kily seguido se lo reprochaba cuando él quería que su niña se le acercara.

El tipo de incidencias vividas en el seno de su casa la marcaron. La fueron moldeando y formando para superar en el futuro la agresividad masculina. Imponerse ante las circunstancias totalmente adversas la fortalecía.

Es así como desde pequeña se acostumbró a lidiar con hombres de la talla de su progenitor. Con frecuencia se repetía: *Si pude domar a la reciedumbre de mi padre, cualquier otro tipo que se me ponga enfrente, me lo pongo parejo.* No les temía. Si el miedo lo había perdido encarando a su progenitor, mucho menos iba a sentirlo con otro gorila por delante.

Pero, siempre hay un pero, un hombre que vestía de bata blanca, con su geografía localizada en los pasillos de un hospital y que se ufanaba de ser doctor en medicina, representaba un muro gigante, improbable de salvar. Generalmente un doctor en medicina adornado de blanco es dueño de su diagnóstico, que se convierte en edicto, al que es difícil impugnar y antepone una valoración irrebatible a consignar. El oyente se somete a sus apreciaciones sin derecho a réplica. Con esta clase de seres, caciques de la salud humana, es absurdo ponerse al tú por tú. En este terreno perdía hasta su apellido. Y, por lo mismo, no le agradaba la estampa de cualquier médico. Igual que a su hijo Richard en vida, los soportaba porque su innegable juicio era imprescindible para sus oídos. Pero, bueno, fuera de estos dechados de virtudes; sin mirar a quién, ella se imponía regularmente en el campo masculino.

Trapitos colgados en el tiempo que le venían a la mente cuando de sobreponerse a los desatinos varoniles se trataba.

Salvado el tropiezo con el macho de su padre, lidiar con los hombres ya no representaba una piedra en el camino para tomar la delantera en sus pronunciamientos. Con los médicos pactó, desde su trinchera femenina, respetar su posición, sin menoscabo de su integridad emocional.

O sea, para Kily un doctor en medicina era terreno infranqueable, era como un policía uniformado del siglo XX; respetuoso, digno y honorable. Aclaremos, en el siglo anterior.

✳✳✳

Pero, volvamos al desenlace…

La vida y sus empeños seguían noqueándola cada vez que la tenían a su alcance. El primer hijo convertido en hombre se le había ido hacía siete años por una rara complicación cerebral. Una cabeza invadida por tumores malignos se lo llevó. Hoy enfrentaba otro problema de similar envergadura con su hombre, el compañero de toda su vida. Su esposo, en estado de coma, hospitalizado, tirado en un catre hospitalario como un ordinario costal, sin tener la seguridad de resultados positivos.

De nuevo comenzaron las complicadas interpretaciones con las estimaciones de los médicos. El primero en la lista visualizó:

—Presenta un glioma de bajo grado…

El segundo valoró con mayor autoridad al paciente y apuntó:

—Presenta un severo cuadro de encefalitis…

Y el que más se atrevió lo calificó así:

—Se aprecia la posible aparición de un tumor cerebral.

Sin embargo, diez días después, el cirujano en jefe de Neurología, sabedor de los sufrimientos de la familia por la ingrata experiencia que tuvieron con su Richard en años anteriores, habló sin tapujos, yendo directo al meollo del asunto:

—Siento mucho informarle, mi señora, que a su esposo se le mueren rápidamente sus neuronas; pensamos que es por un mal infeccioso que altera toda su actividad cerebral…

—¿Y ahora qué hacemos, doctor?

—¡Esperar! No nos queda otra más que esperar para ver cómo evoluciona. Le practicaremos todavía algunos exámenes que nos arrojen más resultados para estar en condiciones de obtener mejor información y así conocer con exactitud qué es lo que padece su esposo.

—Doctor: ¿Qué fue lo que le ocurrió? ¿Por qué el repentino desmayo?

—En el argot de la medicina, él tuvo lo que nosotros llamamos un paro cardiorrespiratorio. Esto es que las funciones del cerebro cesan de manera irreversible y después de ello el paciente presenta, igual que ahora, un cuadro comatoso. Y como le comento señora, me atrevo a asegurar que, de un tiempo para acá algunas neuronas en la cabeza de don Gilberto comenzaron a estrangularse y terminaron muriendo muy discretamente. Se podría decir que sucedió de una forma tan engañosa, que las propias neuronas iniciaron una cadena de autodestrucción.

—Oí decir a uno de sus pupilos por los pasillos que era como una imprudencia molecular. Incapacidad celular para responder a la vida.

—Con todo respeto, doña Kily, probablemente mi practicante estudiante acierta en su apreciación. Lo siento mucho, de verdad.

La inesperada noticia le quitó el sueño. La sumió otra vez en un estado de total depresión. Fue necesario que se auxiliara con un cspccialista. A sus cincuenta y dos años la ironía de su temperamento tornó a desaparecer y pasó a vivir atormentada con aquel nuevo y sorprendente rumbo de los acontecimientos.

Ellos se habían casado una tarde decembrina del año 1972, cuando ella apenas contaba con diecinueve primaveras y su Gilberto cruzaba los treinta. Ahora, a mediados de marzo del 2005, los hechos se agolpaban sobre una pared rocosa contra la que brutalmente se estrellaba. Para ella treinta y tres años de matrimonio eran toda una vida. Un bagaje que conllevaba toda una enciclopedia de historias encadenadas.

Un vegetal tirado en cama

Siete larguísimos meses en coma. Mientras que para la doña era "muerte cerebral", en la voz de sus vecinos era un inalterable "estado vegetativo", y para los cirujanos era "muerte encefálica". Para el caso era lo mismo. Los síntomas no dejaban de ser innegablemente contundentes. Pérdida absoluta de conciencia. Nula respiración espontánea, pupilas dilatadas, sin reflejos a la luz. Sin respuesta a reacciones de tipo cerebral.

Desde finales de marzo el cerebro de su marido seguía sin cobrar vida. Ella esperándolo, consciente de su inconsciencia, de una sola pieza. Fiel, solidaria, leal, franca. Toda la primavera agonizó sin que abriera los ojos, el verano se fue marchitando sus esperanzas; y ahora corrían los aguaceros del otoño en la vieja Perla Tapatía sin visos de buenos augurios. Gilberto seguía empecinado en no despertar de su narcosis. Más bien, daba a entender que se había ido inesperadamente sin anunciar su partida.

En septiembre las malas noticias siguieron apareciendo, las autoridades administrativas del Hospital Civil realizaron un inventario y entonces le ordenaron a Kily sacar el cuerpo inmóvil de su cónyuge. Seis meses ocupando una cama en ese hospital del pueblo sin vislumbrar mejoría, era un desperdicio para pacientes que requerían urgentemente de un colchón con catre. La presión que sobre ella ejercieron fue tan apremiante que no le quedó más remedio que llevárselo a su domicilio, eso sí, siguiendo las instrucciones del neurocirujano.

Gilberto, sin embargo, persistió obstinado en ocupar una cama, así fuera ahora de su casa. Teniéndolo cerca, la familia entera se conmovió al verlo en un estado inerte. Se le miraba sin color en la piel, sin vida en sus ojos, sin fuerzas y sin que pareciese un ser humano; más bien parecía un trapo de cocina gris y mal oliente.

Una vez que Gilberto fue expulsado del hospital, la familia de Kily se prestó para socorrerla. Querían ayudarla en todo lo que se ofreciera. Gilberto para allá, Gilberto para acá. Llevaban y traían, compraban y dejaban, hacían y deshacían en pos de la paz que querían prodigarle a la señora afligida que se ocupaba de los menesteres propios de un vegetal tirado en cama.

De hecho, dos hermanos de él, Carlos y Roberto, se solidarizaron con Kily y Zujey apenas dos meses después de que Gilberto cayó en coma. Ellos lo visitaron en el hospital, constataron su apremiante situación; y al ver todo esto, Roberto organizó una tanda para que los cuñados cooperaran con algo. Los gastos eran excesivos y ellas dos no podían solas con la pesada demanda por atender. Efectivamente, la mayoría de los hermanos prestó y colaboró. Se reunieron miles de pesos que fueron entregados a Kily. Pero el dinero brindado solo fue un paliativo que ayudó muy poco, además de que esta cooperación solamente se hizo una vez, y nunca más ninguno de ellos puso un billete encima de la mesa. Pasada la contribución, hija y madre se las vieron negras para costear comida, honorarios médicos, exámenes de laboratorio, servicios de hospital, ropa y sábanas a lavar.

Zujey había renunciado irrevocablemente a las oficinas de Metepec, en el Estado de México, donde llevaba ya dos años desempeñándose como auxiliar de un diputado de la localidad. De un día para otro vigilar la salud de su padre fue su prioridad cero. Es decir, se propuso cuidarlo antes que otra cosa. Su asistencia se volvió imprescindible. Obvia aportación a su sangre. Aunque fuese con un granito de arena, pero era necesaria su presencia. Para su mamá, este gesto representó un gran apoyo y un emotivo respaldo. Prestarse para intentar restablecer la salud de su señor padre fue un acto encomiable. Zujey dispuso de todo su tiempo para cubrir las exigencias del caso. Hacerlo le satisfizo. Se multiplicó colaborando en las tareas que se dieron con el paso de los días.

Estando las dos en casa, con la imperiosa necesidad de atender al desvalido, tenían que rascarle al monedero para obtener un preciado billete para comprar unos fideos, hacer frijoles, guisar arroz, hacerse de unas piezas de pollo y, con tacos en la estufa, saciar el hambre. Por fortuna lo único que consumía Gilberto era suero, así que no había que prepararle nada en especial. Pero el líquido preciado también tenía un costo considerable.

Llegaron los fríos de noviembre anunciando la entrada próxima del invierno. En las estaciones de radio informaban que sería más helado de lo normal porque se estaba viviendo el fenómeno climático del "Niño". "Pamplinas", decía la doña, "ahí viene el pinche frío, y ya. Hay que cobijarse y salir a la calle bien abrigado, tomar café caliente y echarse unos tragos de tequila para defenderse de las bajas temperaturas". Para ellas no era tan cruenta la gélida temporada que se avecinaba, puesto que la vivienda donde pasaban sus días era igual de pequeña que una jaula de pájaros en el vivero. De modo que mientras que en el exterior se registraban los tres o cuatro centígrados, dentro de su departamento estaban a quince generosos grados. Sin embargo, el paciente tendido en cama exigía, sin palabras, ciertos cuidados de los que se ocupaban de manera puntual.

Ambas sabían de antemano que el coma que presentaba el enfermo era irreversible. El neurocirujano había explicado en los primeros meses después del colapso que el daño fue tan severo que el único calificativo orillado a la realidad era una muerte encefálica. Es decir, irreparable. Por tanto, Kily solo esperaba que el reloj marcara el momento final del adiós para despedirse de él. Habían transcurrido ya siete meses desde aquella mañana en que perdió el sentido cayendo a los pies de su hermano, y a la fecha seguía en las mismas. Estaba desesperada. Ni para atrás ni para adelante.

La tarde del día doce de noviembre se extinguía como la llama bajo el extintor.

Recostada en la cama apagó la televisión, le parecieron aburridos todos los programas que pasaban. *Esa es la costumbre de Televisa*, caviló, *nos ponen a ver puras idioteces para enajenarnos como si fuéramos reclusos condenados a una muerte lenta, sin espacio a la capacidad de distinguir. Ponen una programación infame.*

Fue a la cocina, se preparó el tercer té del día. Desde el borde de la mesa contempló el cuadro fotográfico donde su marido se erguía como una bandera. Tanto lo admiró cuando era joven y fuerte. Repasaba ese cuadro una y otra vez, contemplando ese helicóptero con sus enormes hélices mostrando la grandeza de la montaña y su amado amante erguido triunfante en la gran roca, al lado del pájaro de acero. ¡Qué imagen! ¡Verdad de Dios que sí! Imponente. Su viejo, con la mente ancha, pensante, lisa; asomando un cabello hirsuto, rebelde y abundante; con sus hinchados labios que tanto le gustaban cuando se besaban en la intimidad. Su señorón, un tipo con figura fiera, de hombros anchos, fuerte, vigoroso, estudiado, emprendedor, poseedor de grandes proyectos arquitectónicos. Así lo admiraba desde la silla donde, ya sentada, absorbía su taza de manzanilla en flor. Un hombre con el que había sufrido el octavo y había gozado el entero. Que le dio su apellido, la extensión sanguínea, la madura consecuencia de ser y cárcel casera, se decía. Además de conversaciones maravillosas que disfrutaron en los buenos ratos.

Se incorporó pesadamente, como si llevara anclas en las piernas, y se trasladó hasta la recámara donde él moría permanentemente. Caminó con flojera hacia su cama. Se paró a su lado y desde la altura de sus ojos lo miró inmóvil entre las sábanas, con mucha paciencia, con exagerada resignación. Extrañada de su paz. Con la taza de té en la mano y erguida como semáforo junto a su socorrido inconsciente, lo escrutaba con una calma chicha, suspirante, rememorada. Muchos instantes fueron los que se cruzaron en el reloj para que éste marcara una hora examinando el rostro de un ser que respiraba, pero que, aparte de ello, no emitía ninguna señal de estar vivo. Sin querer hacerlo se sentó al margen derecho de Gilberto, dejó la taza todavía con algo de manzanilla en el buró, encendió la lámpara que descansaba sobre su superficie caoba y con desusada apacibilidad comenzó a pasar su diestra sobre la piel de su inerme marido.

Con sus pupilas pendientes de su respuesta, sobaba sus brazos y su pecho, del cual amorosa en tantas ocasiones desmayó su complacencia, desde virgen hasta señora. Siguiendo el camino de su diestra halló el abdomen flácido, pero que, en su tiempo, era un ansiado tabique por disfrutar. Acarició su cabeza calva. *Increíble*, recordó, *después de haber tenido tremenda melena, terminó sin un pelo encima.* Sentada a su lado reacomodó su cuerpo de tal modo que lo giró hacia el perfil acucioso de ella. Movido hacia su rostro contempló la atrofia de la cara de su marido. Lo miraba, lo miraba, sumida, embebida, culpando a los años de haberlo demacrado con tanta crueldad. Sin compasión.

Se fue a la luz del diciembre de 1972 en que contrajeron nupcias. Entonces él lucía elegante, derechito, trajeado, de mancuernillas y corbata al pie del templo. Viajó también con su mente a la plaza central de Ciudad Guzmán, donde Gilberto se le arrojó como un jovenzuelo puntilloso sin miramientos.

—Quiero que seas mi novia.

—Óyeme, ¡qué te pasa! —contestó ella airada.

—No te estoy pidiendo permiso —respondió él—. ¡Quiero que seas mi novia! Punto.

Sin quitarle los ojos de encima, recordó aquella noche en que este bárbaro le hizo un *striptease* en la recámara. Ella se desternillaba de la risa, presenciando sus meneos exóticos y cabareteros sobre la cama matrimonial. Tan solo se quedó con una corbata que colgaba de su cuello en señal, decía él, de que no lo hacía del todo desnudo.

Una oleada de recuerdos le llovieron en su mente. Frases irónicas, poses eróticas, jugueteos conyugales, besos compartidos, melodías tarareadas, charlas conjugadas. Como aquel día del nacimiento del Richard, cuando ambos festejaron la llegada del primer miembro de la familia como si hubieran encontrado la isla del tesoro en medio del océano. O cuando Zujey escapó del vientre de su madre, dando pie a una alegría estrepitosa por tener a la parejita. Siempre juntos, los dos, para allá y para acá, siempre de la mano.

Fue jalando la sábana poco a poco para explorar su cuerpo, como si fuese aquel andrajo, en ese instante, su primera experiencia sexual. El paño floreado bajaba despacio por el desierto corpóreo de su esposo, hasta dar con la cuantía de su fin, sin que en ella sintiese siquiera un vientecillo de humano asombro. Desnudo, sin la gracia de su rubor, Kily cosquilleó con su índice y dedo medio la planta de sus extremidades, evocando instantes en que el atrevimiento de él cosquilleaba sus dedillos del mismo modo. Eso la excitaba, la ponía chinita, a punto del hervor. Mientras que él, vencedor, retozaba con sus ansias metido en sus adentros.

Bajo el velo inefable de instintos desconocidos y sin poder dominar su febril inquina de esposa enviudada, de amante dejada, de mujer abandonada, teniéndolo así, a su merced, sin que él pudiera defenderse, comenzó a golpearlo en el rostro, una, otra y otra vez, abofeteando las mejillas de su marido, primero con cariño, después con desprecio, luego con dolo, y en seguida con dolor. Agigantó su potencialidad sobre el muerto en vida. Kily se sentía traicionada por su hombre al que le tuvo tanta fe desde siempre, aquel que incluso le prometió antes de hospitalizarse que sí regresaría. "Yo sí voy a regresar", ofrendó. "Te prometo que voy a regresar", expresó en el último instante de su lucidez.

Sin saber por qué y de dónde recogía esa imperiosa razón, se hincó alucinada al pie de la cama individual y gritándole con todas las fuerzas que podían expeler sus pulmones le dijo:

—Tú me dejaste. Te fuiste a sabiendas que no soy nadie sin ti. Me prometiste regresar. Toda la vida supiste que te amaba. Socorrido con mi devoción te fuiste sin despedirte… ¡Desgraciado!

De estar vivo Gilberto bien podría haberle roto los tímpanos. Porque ella se desgañitaba con la fuerza de un rugido de una leona en pleno combate.

—No seas cobarde, dime algo, no me tengas aquí en blanco —seguía gritándole. Te estoy esperando. Abusas porque sabes que te necesito. Por eso te escondes en el desmayo. Por eso te refugias en la sinrazón. Te marchaste como el villano de las películas monstruosas matando mis esperanzas —continuó sus regaños sin descuidarse de los lanzamientos al cuerpo exánime y ya magullado de su adversario. Los golpes que le propinaba en la cara, en el pecho y en los hombros tenían un gran contenido de rencor e ira amontonada. Sin parar, claro, su retahíla de improperios, llena de rabia, le atizaba con puñetazos bien dados por donde cayeran.

—Quiero que regreses, no quiero estar sola, me cuesta mucho trabajo estar sin ti. Ven. Me desespera tu indiferencia, tu estúpido silencio. No me importa si lo haces desvalido o discapacitado por la eternidad. Quiero cuidarte, consentirte, seguir siendo tuya como lo hice desde nuestra luna de miel.

Con mucha entereza y energía Kily reclamaba lo que Gilberto se había llevado. Herida por su destierro cerebral, protestaba su mutismo, su fuga del mundo inteligente. Siguió apaleándolo un buen rato, tal vez más allá de una hora, atizándole entre los pedazos de la noche. Protestándole con firmeza sus desaciertos hasta llegar al momento en que supo que se había largado a Cozumel con esa méndiga piruja que se amarró en su oficina. Hacía tantos años de ese incidente, mas ahora el volcán de sus pasiones le exigía recuerdos para acumular odio en el encuentro con la verdad última.

El rumbo de sus ataques verbales comenzó a modificar el canal de su frenesí. Cambió de postura y ahora sus rodillas descansaban sobre el suelo encementado. Postrada ante él, humedeció su pecho con las lágrimas que escurrían desde sus cachetes despintados. Golpeó su tórax hasta que se cansó. Lloró sobre su pecho un rato prolongado, quizá lo que el minutero en el reloj tarda en dar la vuelta completa. En momentos volviéndolo a golpear, hasta que las fuerzas marchitaron su pujanza y la debilidad la doblegó.

Se quedó dormida sin darse cuenta.

Mas cuando tuvo noción de su postura y sosiego, deseó acurrucarse al lado de su indefenso indolente. Pasadas las cuatro de la mañana quiso recostarse junto a él, tenía muchos meses de no hacerlo, añoraba la dulzura de aquellas noches en que innumerables veces lo repitieron, entrelazando sus cuerpos en una búsqueda muda de sólido entendimiento.

En vista de que Gilberto yacía boca arriba, lo empujó del hombro con todas sus fuerzas para que el cuerpo de éste se pusiera de costado, quedando su rostro hacia la pared. Luego de penosos intentos lo consiguió. Enseguida se sumergió en el pequeño recodo y se encogió entre las sábanas, a la espalda de su comatoso marido.

Haberse desahogado tan furiosamente le hizo bien después de todo. Terapia burda en un momento casual. Añejos sentires que había guardado en el armario de su pensamiento. Luego de quemarlos nuevamente todos se quedó profundamente dormida, abrazada del fofo cuerpo de su compañero.

Sin necesidad de que el reloj lo anunciara dieron las ocho y media de la mañana y los rayos del sol le robaron la sombra a las paredes de la habitación. Kily despertó deslumbrada por el astro rey, desconcertada por estar a las espaldas de Gilberto que, a pesar de todo, se sentía tibio. Se incorporó muy lentamente, como si quisiese no despertarlo de su sempiterno sueño. En el momento en que se quitó del trasero de su esposo notó que su cuerpo se acomodaba boca arriba, no le sorprendió que eso sucediera. Sin embargo, extrañísima fue su sorpresa cuando estando ella parada a la orilla de la cama, y teniéndolo de frente a sus ojos, se percató que su mirada tenía direccionalidad, es decir, sus pupilas estaban en su sitio, justo en el centro de sus ojos, cobraban poder y energía. Repentinamente su vista resucitaba. Su marido estaba vivo.

Muy asustada avivaba su percepción de su entorno, el asombro era superlativo. Inmediatamente se arrodilló y lo miró tan de cerca como quien ve un dedo junto al otro. Él no decía nada, pero estaba vivo. ¡Vivo! Luego de haberlo tenido inconsciente durante casi ocho meses era incuestionable el hecho de reconocerle la vitalidad en sus ojos. Oyó claramente su respiración y advirtió a plenitud el momento de ingreso de ese soplo de vida que conmueve a los seres humanos.

—Gilberto, corazón, ¿dime si me escuchas?

Lo primero que Kily quería conocer era si él tenía la capacidad para razonar.

—Dime algo. ¡Hazme una señal! ¿Cómo te sientes? ¡Hazme una señal!

Era urgente capturar sus reacciones. Buscó su mano más próxima y la apretó con las dos suyas, diciéndole:

—Anda, aprieta mi mano si me estás escuchando, anda.

Kily no cabía de la alegría, pero también le abordó el pánico al pensar que solo fueran instantes lo de su regreso. Ella quería gritárselo a alguien, correr para que un familiar o amiga la acompañara en ese momento crucial, pero estaba sola, inmensamente sola. Nadie en casa, solo ella con toda la carga emocional encima de sus cincuenta y dos años de existencia. Quería un testigo. Quería ayuda para socorrer a su Gilberto, a su hombre de toda la vida. Pero en su prisa por actuar solo alcanzaba a preguntarse: *¿Qué hago, Dios mío?, ¿qué hago?*

Acarició la calvicie tersa con su mejilla, sobaba su mano derecha, la cual mantenía aprisionada entre las suyas, para después besarlo en todas las arrugas de su rostro. Hubo un momento en que levantó esa mano y la trasladó a sus labios para besarla como si fuera su padre cuando de chiquilla lo despertaba por las mañanas en el rancho de Ciudad Guzmán.

"Papá", le preguntaba, "¿cómo amaneciste? ¿Nos darás una vuelta hoy? ¡Tengo ganas de pasear en tu coche!". Mas su padre se hacía el dormido, cerrando más y a propósito los ojos; y ella lo apremiaba, ávida de una respuesta, urgiéndolo: "¡Hazme una señal con tu mano!, ¡anda papá!, ¿nos llevarás al circo? Anda. ¡Di que sí!". Y don Ricardo con perfecto disimulo apretaba la manita de su niña en señal de que así sería. Una vez con la señal prometida en su mano, Kily se desprendía de la cama de sus tutores y se iba saltando hacia el patio sabedora de la aprobación de su progenitor.

Ese día fue igual, esperaba una respuesta de su Gilberto estropeado y maltrecho. Claro, en esa ocasión no había fingimiento de ninguna de las partes, todo era tan real como la muerte misma.

—¡Hazme una señal, anda Gilberto! Dime si estás escuchándome. ¡Por favor! ¡Por favorcito! Anda…

Lo decía suplicándole, rogándole angustiosamente, como si en ese momento su cónyuge fuera un funcionario de la Lotería Nacional extendiéndole un boleto premiado. No perdía de vista sus ojos. Los tenía atrapados en los suyos como el tesoro encontrado en un barco hundido en alta mar. De súbito el llanto la estranguló y de su rostro empezó a llover copiosamente, tanto que se limpiaba la humedad con las palmas de sus manos para no perderse del menor indicio. Lloraba con lamentos, casi a gritos, su garganta era incapaz de silenciar su desesperación. Se le ocurrió entonces ponerle una almohada delgada en la nuca para que, según ella, él estuviera cómodo. No paraba de acariciarlo, lo examinaba con ansiedad. Kily abría los ojos nublados tan grande como podía, aguzaba los oídos, lo puso en la mira de todos sus sentidos, pendiente de alguna reacción. Y, como adivinándolo, él le apretó su mano levemente en señal de que sí escuchaba lo que ella le estaba exigiendo. Imposible tener control en esas circunstancias. Su cercanía milimétrica le autorizaba para abrazarlo incómodamente. Porque en la posición en que ella se mantenía un abrazo bien dado era más que imposible.

—¿Quieres decirme algo? Aquí estoy, dime lo que quieras.

Él hacia un gran esfuerzo por abrir la boca sin lograr articular un sonido siquiera ininteligible. Ella se dio cuenta de que no tenía fuerzas para emitir palabra alguna, por eso es que machacaba con las señales a través del puño, abriéndolo y cerrándolo.

—¡Hazme una señal! Por favorcito, amor. ¿Qué es lo que me quieres decir?

Notó que su viejo empezó a mostrarse más dispuesto. Vino otro apretón de manos, esta vez de mayor energía. Con mayor empeño. Se llevó la diestra de su cónyuge al pecho en signo de avenencia, mostrándole total devoción por lo que quisiera manifestarle.

—¡Te amo! —le susurraba.

Tan urgida de una respuesta, sostenía su cara a centímetros de su oído.

Recapacitando, ella consintió en alejarse un poquito de su oído para contemplar su rostro plenamente y así apreciar la magnitud de sus facciones. De pronto, anhelándolo con toda su alma, sintió que Gilberto apretó aún más recio su mano, cruzándose en ese instante mirada con mirada. *Está viva, está viva su mirada*, se repetía silenciosa en el trance privado de su competencia. Ojos muertos que resucitaban en la jurisdicción de su convaleciente coma. Estaban poderosamente vivos. En ellos, él enviaba un recado milagroso envuelto en treinta y tantos años de amor compartido, conducido a la ruta hundida de sus entrañas y el tuétano de su cordura. Kily recibía el mensaje telepático sin temor. Sin escollos. El recado llegó directo a su intuición femenina.

Impávida lo leyó: *Te amo, no he dejado de pensar en ti, solo vine a despedirme, vengo a decirte adiós.* Imposible, en su aflicción, evocar en voz alta aquel poema de Cernuda que repitió incansable para declararle el amor a su Kily y pedirla en matrimonio esa tarde en que la invitó al cine. Al tenerla tan cerca de su vida todo se le olvidó. Le gustaba tanto, que verla al rostro le paralizaba su voz, enmudecía sus ojos, ensordecía su olfato, cegaba su piel, volvía locos sus sentidos. Extraviado en lo anterior y al postrer instante de su partida, recordó del mismo poeta: *"No es el amor quien muere, somos nosotros mismos…".* Cierto, el amor en él no moría hoy, solamente su cuerpo. Fue así como una nube invisible se expandió hacia el techo, buscó un resquicio en la ventana y por ahí escapó a su alado destino.

Con una ternura jamás medida sujetó enamoradamente su mano, fundiéndola en todas las partes de su cuerpo, y sin dejar de tenerla, notó cómo él abría la boca desmesurado. Instante en que él tragó tanto aire como si hubiese salido del fondo del mar y enseguida lo expulsó todo, como si un globo se desinflara.

Kily, trémula, se percató que justo en ese momento su Gilberto se le había ido.

¡Su esposo nunca más respiró! Paralizó el tiempo. Hasta ahí llegó.

Ella, en cambio, lo miró muy detenidamente, con extrema quietud y delicadeza. Dejó su mano sobre su tórax y le cerró los ojos de manera solemne.

Angelina lloró de un modo y de otro, sin parar, a veces a gritos, luego en silencio. Respiraba hondo y se ahogaba en sus propias lágrimas, vaciando todo su interior envenenado desde muy adentro, con gran intensidad. Y así, contemplándolo por última vez, le habló a sabiendas de que ya no la escuchaba:

—Fuiste el único hombre en mi cuerpo, esa unidad que multiplicó mi vida con dos tallos que brotaron de mi vientre. Fuiste mi primera vez, el ansiado beso, la esperanza, la promesa cumplida y mi mañana que hoy llegó a su fin. Gracias Gilberto, lo poco que me diste lo hice mucho. Pero ese octavo me bastó para ser entera.

Pasó un buen rato en esa postura. Sus ojos se borraron aún más sobre la espesura de un doble río de amarga pesadilla.

Comprendió que el fin había llegado. Se había ido. Ya no estaba más con ella. Ya podía enterrarlo junto a su Richy. Orilló su oído al corazón y percibió una quietud luctuosa en su pecho.

Viuda quedó el trece de noviembre del 2005.

❊❊❊

Desde un cosmos sin energía terrestre, sin gravedad ni atmosfera que atomice su estructura molecular, dos seres extrañamente exóticos se comunican a través de un sistema sin expresión sanguínea. Desde un plano astral, estelar, espacial, que para la humanidad es irreconocible. Un lenguaje penetrante que no requiere señas ni mohines, tampoco el habla, sino la simple transmisión extrasensorial para emitir y recibir el acuerdo armonioso de una conexión precisa.

Ricardo y Gilberto se rindieron ante el adiós escenificado. Una última exhalación de un capítulo pendiente. No quedó más vida en ese trance humano donde el zumo sangrante dejó de inundar las venas. El cuerpo murió, el postrer suspiro se perdió en una vivienda sin vida, pero el alma pervive transmigrada en otra dimensión sin tiempo.

El panorama desde acá es distinto. Ambos saben ahora que dejaron un mundo de oscuridad, suplicio y dolor. La humanidad está gravemente enferma por encima, en el fondo y en su apariencia. Los placeres voluptuosos se tragan sus partes nutrientes. Todos participan de la ponzoña, nadie pierde un trozo. La búsqueda de la felicidad externa continúa, nadie la podrá encontrar. Inhalan fuerza y calor en esa extensión que no tiene fin. Richard y Gilberto entregaron ya su alma al nuevo universo. Le buscaron alas a la mente, volaron muy lejos desde su imaginación. Ángeles salieron de sus pensamientos, yendo juntos al inmenso espacio desconocido. Almas que supieron desprenderse de las prendas mundanas y ahora estrenan una sustancia incorpórea de exquisita naturaleza que no requiere materia para existir.

El poder de los sueños

Junio de 2015

¡Qué difícil es vivir!... ¡Seguro! ¿Quién dijo que es fácil vivir? Los humanos luchan a diario en contra de la muerte. En constante antagonismo. La vida tiene sus aliados y todos son de la misma especie humana. En cambio la muerte tiene aliados que basan su existencia en lo impredecible, en lo intangible. La aparición de una enfermedad, un accidente; todo se entrampa con la maldad, con el tiempo, y hace migas con el amor para matar. ¡Porque también de amor se muere!

Y eso es justamente lo que las arrugas en el rostro de Kily marcan, los ayeres de la doña. Incansable prosigue en su nuevo papel de vida. Cuidar de su hija en la sombra, en el claro, en lo espeso y en lo absurdo. En el rincón y a la intemperie. Dentro y fuera de la casa. A diario, con una palabra de admonición, un consejo al oído, un buen platillo en la mesa, un té y una pastilla si está enferma, una pomada untada en donde duele. Con su vigilia, con su mirada amiga, con su oído a la confidencia.

Reflexiona en tanto que un ramo de flores adorna la mesa a la que rodean seis sillas. A la orilla de un comedor que apenas cabe en donde todavía acostumbran hacer vida. Pero no todo está resuelto.

A Zujey le urge salvar a su mamá de tantas palizas que le ha propinado la vida. Liberarla de los crueles descalabros. Piensa que es imprescindible alejarla de este escenario de tristeza y de nostalgia. Se dice también que es hora de meter las manos en bien de la salud de su progenitora. Mas no puede soportar. La ve acongojada, sumida en la enorme distancia recorrida, invadida por un bosque de recuerdos.

Por tanto, se impone a realizar un secreto loable, acelerar un trueque en las oficinas de Mercado Empresarial donde labora. Materializar una permuta con un ejecutivo interesado en migrar a Guadalajara. Ansía salir de esa metrópoli. Al final consigue su objetivo. La insistencia la premia. Se irán de la ciudad a buscar la orilla del mar. Cancún las recibirá con un mar alumbrado por el sol.

Llegada la fecha Zujey y su madre dejan una vivienda anegada de paredes marcadas por miradas masculinas y el eco de voces circundando fantasmas entre las pequeñas habitaciones. Juntas dejan atrás la historia de un Hospital Civil que palpitaba hasta en las pesadillas. Ese gris nosocomio engulló a dos seres amantes de las cosas buenas de la vida. Y a ellas las había dejado mutiladas.

—Vámonos madre, escapemos de aquí. No quiero terminar yo también en ese horrible hospital. Hagamos cosas nuevas, vayamos a morar a una casa distinta, cerremos este caduco ambiente y busquemos un panorama que nos ofrezca otras expectativas. Respiremos un aroma azul, fuguémonos al mar donde la brisa nos humedezca la mente y transforme el gris por el océano abierto al cielo. Vámonos madre. No perdamos tiempo en evaluar si está bien o está mal lo que hacemos. Encaminemos nuestras baterías al encuentro de otras oportunidades.

✳✳✳

Los años pasaron, primero lentos y después sordos, sin dejar huella en el vacío. Sobreponerse no les fue nada fácil. Justificado argumento para deleitarse de las tardes incomparables que ahora les ofrecían los calores del Caribe. El atardecer entre las aguas de Cancún sin duda era inigualable. Hasta cierto punto saludable. Como una terapia para el cerebro. La vista se pierde allende en el azul infinito de las aguas profundas del océano e invita para el transporte consciente de una mente flagelada por el sufrir, rastreando la esperanza humana de reconciliarse con lo que vendrá.

✳✳✳

Meditando a la vera de una playa, tentadas por la espuma de incontables olas, Zujey y su madre aprecian el grandioso plural de la divina naturaleza. Unen sus manos, su respiración se confunde con la oración espontanea, un abrazo oportuno las sorprende y una lagrima reprimida les hace mella en la garganta evitando un susurro lastimero.

Un departamento blanco las acoge en medio de una urbe despejada y clara. El cielo encendido, acostumbrado al gobierno del rey sol, abraza poderoso la atmósfera del barrio. Aquí vienen ellas a derramar el resto de lo que les toca por vivir en busca de su piedra angular. Junto al mar, la vida se vive de otra manera. La fruta se apetece y les parece maravillosamente fresca. Escuchan el sonido único que emite el océano cuando ruge. Presencian mágicos ocasos y hallan la tranquilidad que requieren para establecerse.

La agenda se consume por decenas de compromisos. Semanas van y vienen. La esencia de la Riviera Maya va borrando el desconsuelo y es entonces cuando Zujey busca el movimiento, la acción, el meneo. Y corre a protegerse bajo el amparo de un gimnasio para quemar la energía de su juventud que está en su apogeo. *Spinning, aerobics, zumba, yoga y pesas.* Actividades dinámicas que la mantengan motivada. Lo que desea es definir su cuerpo controlando la masa muscular, desconectarse y relajarse. Por supuesto, todo combinado con una buena alimentación la cual su mamá vigila celosa.

También le da vuelta a la página oscura y da paso para buscar enamorarse del hombre que se enamore de ella. No quiere casarse aún, solo pretende los mejores instantes de una relación sentimental. Ser atrapada por un beso ansiado, excitarse con la intimidad de una caricia intencional, recurrir al abrazo entregado, escuchar la frase honesta, el sentimiento rendido y la inmejorable sensación de ser amada por un hombre, que no escape en la primera contienda.

—Hija, mírate al espejo —la inquieta su mamá—. Eres bella, como una luz en el camino.

—¡Ay, mamá, tu expresión es venida de una madre que inspira amor apache!

—Ojos grandes, igual que los míos; boca jugosa, como la de tu padre; blanca tu piel, como la de tu abuelo; frente amplia, como la de mi madre; cabello negro pero encendido y una estatura que a poco rebasa la mía. Linda figura. ¿Dime, entonces, si no estoy hablando con una princesa tapatía?

—Expresados así tus piropos suenan cursis, aunque no desmienten que el amor por tu hija supera la realidad, mamacita. Soy de carne y hueso, no lo olvides; con muchas ganas por vivir, eso sí; y con unos deseos enormes de superarme. ¡Ah! Sin olvidar que quiero viajar por muchas partes del mundo.

Angelina, rasguñando ya la vejez, se acerca a su hija y le planta un beso en la mejilla dejándole marcado el lápiz labial. Le da las buenas noches y la despide, no sin antes decirle que lo mejor que le ha dejado la madurez de su vida es tenerla todavía.

Zujey suma treinta y ocho en sus abriles cumplidos. Entre madre e hija existe una relación de afecto, empatía y confianza. Ahora sí, que una para la otra. Mientras que Zujey convive con sus amistades y se relaciona con sus compañeros de trabajo, Kily se presta para ser su compañera sin limitaciones. Su secretaria de lo particular. Guarda sus confidencias en lo profundo de su corazón y la ama tanto que la vida valdría nada si no tuviera a su nena.

Un día de esos, cuando sola se engarrotaba en casa, oró en voz alta: "Si me la quitas, Dios, esta vez no me quedaré a llorar mi soledad. Me voy con ella".

❋❋❋

En este departamento rentado, ubicado a quince minutos de distancia del mar, ambas poseían su propia recámara. Una propiedad sagrada donde cada cual encaprichaba sus cuadros. Cada habitación era como un territorio aparte. Acomodaban al gusto sus colgajos en cada pared, custodiaban con celo sus esculturas y sus estantes, sonreían con la chiflada partición de sus preferencias. Muros blancos no muy altos, ventiladores de techo, aire acondicionado y cortinas oscuras para impedir la entrada del inclemente sol al medio día.

La doña había trasladado todo su pasado fotografiado a las paredes níveas de su nueva habitación. Pero Zujey armonizaba sus objetos personales de una manera particular. Conservaba una fotografía enmarcada, de regular tamaño, que mostraba a sus padres abrazándose en una tarde tapatía. Otra de su papá exponiendo orgulloso la portada de un libro que le fascinó. El tercero era una foto donde ella y su hermano compartían el crédito de un paraje pedregoso a sus espaldas. Dicha escena correspondía a la de una tarde de paseo en un anciano agosto, por allá de los noventas, a las faldas del espléndido volcán de Colima. Además, mantenía en su buró una imagen muy familiar, donde ambos lucían agarrados de la mano al salir de la escuela cuando eran todavía escolapios. Al acostarse y de forma religiosa, papá y hermano eran cordialmente despedidos con las buenas noches. Un deseo que antecedía al sueño reparador. Su costumbre era echarles un vistazo para sentirse de algún modo bien acompañada por su extinta familia. De modo que cuando recargaba su cabeza sobre la almohada los miraba de reojo y les deseaba buenas vibras.

⌘⌘⌘

La noche del diez de junio se acostó pensando que justo ese día su hermano cumpliría años, si viviera. Antes de cerrar los ojos quiso enviarle un mensaje especial con una carga emocional distinta y bastante cálida. Vio el retrato de siempre, prendado a su izquierda, sobre el buró. Pensó tan cariñosamente en él, yéndose hasta la extensión vívida de su recuerdo. Sintió el calor de su mano sosteniendo la suya. Miró sus ojos, atrapó su rostro y se quedó con su imagen en la mente, antes de bajar el telón para dormir.

El sueño la poseyó.

Lo sintió a su lado, como cuando Ricardo tenía la misión de ir por ella a la salida de clases de la escuela. Ella con su morral en el hombro y él con su mochila a cuestas, caminando entre pasos zigzagueantes por las aceras descompuestas de la colonia. La una de la tarde y llovía tan fuerte que tuvieron que protegerse del copioso aguacero que inmisericorde se desbordaba sobre Guadalajara. En eso vieron el zaguán de un edificio en el que había medio metro de profundidad figurando la entrada antes de dar con la puerta principal. Ahí se metieron y Zujey oyó muy clarito cuando su hermano le dijo: "Hazte para acá, te estás mojando". Sintió que Richard ponía su cuerpo de por medio para protegerla del chubasco rabioso que caía de veras por las calles, inundándolas casi de inmediato. Encarcelada por el cuerpo de su hermano, sintió su apoyo que defendía su integridad física. Percibió el aire expulsado por sus fosas nasales y subió el rostro para ver que le sonreía apaciblemente, como diciéndole: "No te preocupes hermanita, estás conmigo y conmigo no te pasará nada". Tanto que se parecía a su padre, que también lo recordó en la hondura de sus recuerdos. Pero al Richard lo escuchó tan nítido y tan cerca de sus oídos que la trascendencia del momento la despertó; y abriendo los ojos advirtió la mirada penetrante de él que se dibujaba en la pared de su habitación frente a su frente. ¡Era él! Su hermano. ¿*Cómo puede ser posible?, ¿estoy despierta?, ¿esto es real*?, se preguntaba. Abría los ojos. Se los frotaba. Los cerraba y los volvía a frotar. Fue presa al instante de una intensa y creciente vibración, una presión en forma de enérgicos latidos golpeándola en la nuca, al tiempo en que aumentaba la sensación de que su cuerpo quería desprenderse de la cama. Como si su alma quisiera escapar del cuarto y su humanidad marcharse sin previa autorización. Nunca había sufrido esta experiencia, era la primera vez que su hermano la obligaba a hacer algo sin su consentimiento.

Cubría luego su cara con el fino y delgado cubrecama. Pero cuando espantada renovaba el intento de ver si ya había desaparecido el Richard del muro, éste seguía estando engomado sobre la pared, justo enfrente de su cama de tamaño matrimonial. No atinaba a cerciorarse si estaba todavía dormida o despierta, pero ahí se hallaba al alcance de sus ojos. Al acecho. Le faltaban fuerzas a Zujey para reaccionar; la verdad, no lo intentó siquiera. Su respuesta era de perplejidad y de asombro frente a lo que presenciaba en ese instante, encerrada en su habitación con la imagen de su hermano reflejado en el muro. Y, para colmo, de inmediato al lado del Richard apareció su papá. ¿Cómo? Esto no podía estar sucediendo. No era posible, ¿Los dos?, ¡increíble! Aunque a su viejito lo veía distinto, diferente, rejuvenecido, tonificado, como si tuviese apenas cuarenta y tantos años, con su cabello negro bien acicalado, su sonrisa blanca reluciente mostrada bajo el lustre de sus labios gruesos, joven, como si el tiempo y el extravío le hubieran hecho un favor. Los dos en ese instante acometiendo su conciencia.

¿Y a cuántos años de distancia?

¡Por Dios! ¿qué ocurre?, ella se preguntaba muerta de los nervios. *¡No es cierto! ¡Estoy soñando! Como siempre, mi otro yo, rebelde, metiéndome en problemas gruesos, lo sé. Los amo, por eso creo verlos, pero no están aquí, ellos no viven. ¡No puede ser!*

Zujey podía gritar y no lo hacía. Podía llamar a su madre y no lo hacía. Podía echar a correr por la casa y no lo hacía. ¿A qué se debía que aún se mantenía dentro de las sábanas? ¿Miedo?, ¿sorpresa?, ¿pasmo? Estaba atónita, sin habla, viendo visiones, anonadada, boquiabierta.

De súbito, como si fuese una reprimenda cariñosa de su padre, junto al susurro amoroso de su hermano, oyó cuando ambos la nombraban…

—Hola Zu. ¿Cómo estás?

Ambos levitando en su recámara, suspendidos, sin un ruido de por medio que la sacara de su concentración etérea, ¿acaso onírica?, ¿astral?

Padre e hijo no cesaban en repetirle directamente a su mente:

—¡Venimos a verte!... ¿cómo estás?

—¡No tengas miedo, somos los tuyos!

Las nubosas imágenes cada vez se hacían más cristalinas. En el imparable transcurso de los segundos Zujey percibía el dibujo de sus perfiles casi con perfección. Después de indescriptibles suspiros, su vista se adaptó a la penumbra, alcanzando a distinguir las sombras de las figuras que inundaban su conciencia. A pesar de desear con toda su fuerza que la alucinación ya no la atormentara, que los queridos espectros se escurrieran y la dejaran tranquila, eso no sucedía. Llegado un momento se dijo conscientemente: *Esto realmente está sucediendo. Y todo porque antes de conciliar el sueño mi honda concentración de ellos en vida los atrajo hasta mí*, concluyó.

Hubo un momento en que ya no se resistió a lo que estaba ocurriendo, mucho menos a la figura de sus allegados, tampoco a los llamados silentes que le hacían de conciencia a conciencia. Por el contrario, puso sus cinco sentidos en la situación. Advirtió la manera en que ellos se ponían en contacto con ella, dando entrada sin demora a las voces perfectamente asociadas a su existencia. Preguntándole sobre su estado, arengándola para apaciguar su temor; le decían que el miedo era terreno para los humanos, que donde estaban solo existía paz y cordura.

Zujey los escuchaba a la perfección. Sin que tal sonoridad chocara con lo albino de las paredes. Sus palabras descendían plenas sobre sus sentidos, con claridad estereofónica. Aun así, la vibración no se iba de su nuca, ahí estaba, necia como un temblor. Advertía que no era de pánico. También percibía un ligero estremecimiento en sus hombros. En ningún momento desterró la impresión de flotar hacia el techo. Como si la manguera de una potente aspiradora la succionara.

—¡Hija mía! —oyó a su padre nítido, cual ser viviente—, ¡venimos a verte!

—¡Hola, papá! Richy. ¿Cómo están?, los escucho muy bien —aunque la boca de Zujey no emitiera un susurro, hablaba con ellos extrasensorialmente.

Inconcebible. Se podía comunicar con ellos. Era inverosímil. Los percibía claro, como si a punto estuviera de tocarlos. Los captaba, los advertía en los huecos del espacio del dormitorio. A punto estuvo de aceptar que ella también era una nube en esa oscuridad.

—Hola Zu, me da gusto que sepas de nosotros —le declaraba su hermano, al que le veía la sonrisa en los labios, sin tumor alguno en la frente. Estaba pleno, sano, íntegro. Como cuando tenía apenas quince años.

Sin detenerse, a sus sentidos seguían llegándole encíclicas en donde aseguraban que ellos habían encontrado un paraíso pletórico de quietud, serenidad, armonía, concordia. "¡Somos felices!", le aseguraban.

Zujey respondía a su vez, ingeniosamente, que también ellas eran felices, que vivían bien y que no se preocuparan.

—Lo sabemos hija, lo sabemos. Solo vinimos a echar un vistazo, ya que tú nos llamaste, ¡por eso estamos aquí!

Y surgió entonces, del espacio dilatado una demanda que la puso en jaque en automático.

—¿Quieres venir con nosotros? —Padre e hijo, ambos perfectamente acoplados, extendieron sus manos en pos de su silueta.

Ella se asombró de la súplica de la visión conjunta. Pero también de ese poder que repentinamente surgió en su mente. Podía comunicarse en el mismo canal en que le estaban hablando. Significaba que de allí en adelante podría hacerlo sin dificultad. Tenía la autoridad y la anuencia de ellos para vocearlos cada vez que los requiriera. En alguna parte de su estructura molecular había nacido el poder para hallarlos en el inmenso vergel de su conciencia, sin utilizar técnicas científicas o electromagnéticas del modernismo absurdo en que hoy se enredaba. Le dio mucha alegría saberlo.

Abrió hacia el cielo los brazos, respiró profundamente como si en el gesto quisiera absorberlos como materia viva. Zujey les gritó llorando:

—¡Los amo! ¡Los amo! —repitió una y otra vez.

Ella no soportó más. Sintió un nudo en la garganta. Un algodón acaramelado se embotelló en su faringe con un sentimiento evidente de sabores. Como si intencionalmente alguien la estuviera acariciando con sus manos y la impulsara para acoplarse a la esencia de sus perfiles. Mientras sus ojos no perdían de vista los torsos inestables de Gilberto y Richard, que no cesaban de mostrarse por encima de su aposento, visiones endulzando el momento estrujaban su complacencia.

—¿Quieres venir con nosotros? —repetían ellos.

De súbito Zujey despertó de su estado de ensoñación y manoteó. Agitó sus brazos, arrojando hacia un lado las sábanas que cubrían su cuerpo. Se incorporó, despejó el espacio por donde se levantaría agitada y con los ojos fuera de sus orbitas gritó con todo lo que le quedaba en los pulmones:

—¡Mamá! ¡Mamá! ¡Mamá!

Una oleada de impresiones la había estremecido en instantes larguísimos en que supuso estuvo en el más allá junto a sus seres queridos.

En eso Kily abrió la puerta de un solo golpe y notó que su hija se hallaba parada a la orilla de la cama llorando, pero con una sonrisa agónica. Su primer reflejo fue observar que su hija miraba apurada hacia las cuatro paredes, como examinando cada muro. Sin pensarlo y de inmediato Kily fue hasta su hija cubriéndola con sus brazos. Abrazándola igual que cuando era chiquilla y tenía pesadillas. Un amor maternal que todo lo puede. Justificación absoluta de su preferencia. Zujey respiró profundamente y se dejó ir en el amoroso abrazo que su madre le prodigaba.

—¿Qué ocurre hija? ¡Por Dios! ¿Qué son esos gritos? ¡Me espantas!

Al haber entrado intempestivamente se hizo la luz que Kily arrastró desde su cuarto. Motivo razonable para que la visión astral de sus invitados desapareciera en un santiamén. Pero… ¿acaso volverían?

Zujey se dejó abrazar por su mamá, a la que adoraba con alma y vida, queriendo extender la ternura de ese momento. Correspondió al afecto con otro de la misma intensidad. Una fusión que representaba lo incorruptible, lo inalterable, lo íntegro. Cuando sintió que las aguas regresaban a su nivel, contestó mirándola directamente a los ojos:

—¡Mamá, te amo! No pasa nada, mamacita. ¡Es mi conciencia que luego parece un escenario de guerra! Soñé que alguien me quería apartar de tu lado, pero ya pasó. ¡Qué bueno que estás aquí, conmigo! Aunque, siendo honesta, fue un sueño seductor, mamá, que me mostró una visión, que, segura estoy, mi conciencia repetirá. Y es que me acabo de percatar del poder de los sueños.

Si usted desea una opinión o comentario del señor Roberto Meléndez, comuníquese a: romel1947@hotmail.com